KB055976

# 노량진 학원 살인사건

조금씩
맞물려가는
서로 다른
다섯 개 이야기

# 노량진 학원
# 살인사건

주요한 지음

좋은땅

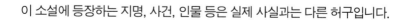

# 시작하는 글

어릴 적부터 나만의 세계관을 갖고 있었다. 평행 세계 속에 존재하는 나만의 친구들을.

그리고 어릴 적부터 일본 만화책과 소설을 보고 읽으면서 자랐다. 그러면서 그들의 문화 및 역사, 언어를 알아야만 해결할 수 있는 사건들을 보면서 불편함을 느낌과 동시에 그들의 문화에 어느 정도 친숙해져 있는 나를 발견하게 되었다.

그래서 애국심인지 내 익숙함을 찾으려는 이기적인 마음인지 대한민국의 괴도와 탐정이 보고 싶었다. 프랑스의 괴도 루팡, 일본의 괴도 캐릭터처럼 한국에도 한국적인 괴도가 있었으면 하는 바람, 그리고 영국의 셜록 홈즈, 일본의 탐정 캐릭터처럼 한국에도 한국적인, 한국만의 평범한 탐정이 있었으면 하는 바람이 어릴 적 내 세계관 속 인물들을 수면 위로 끌어올리게 했다.

이 소설에 등장하는 인물들은 어릴 적부터 나와 함께한 친구들이라 나한테는 익숙하지만 독자 분들에게는 이 친구들이 익숙하지 않아 등장인물들에 대한 설명이 불친절하다고 생각하실지도 모른다. 또한 짧은 에피소드 하나하나마다 사람이 살아가면서 조금 더 괜찮은 삶을 위한 주제 의식을 부족한 글놀림 속에 넣으려고 노력하였다.

　감안하시고 읽어 주신다면 조금 더 글을 읽는 재미가 느껴지실 거라고 생각한다. 하지만 어찌 되었든 간에 제일 중요한 것은 이 글을 읽어 주시는 독자 분들이다. 내가 어떤 의미로 이 글을 썼든 간에 독자 분들이 이 글을 읽고 느끼시는 그대로를 얻어 가셨으면 하는 바람이다.

# 등장인물 소개

## 나매구

어릴 적 부모님을 교통사고로 여의고 어렵게 자랐지만 열심히 공부하여 의대에 진학하여 외과 의사가 된다.

## 차로렐(괴도 버드)

까칠하면서도 명랑한 아가씨. 밤에는 사연 있는 보석을 훔치는 신출귀몰한 도둑이다.

**박쉬유**

백수, 고시생, 항만 부두
아르바이트생. 소심하다.

**조용민**

광주의 한 문방구 주인,
미미의 남편. 엉뚱한 면이 있다.

## 차미미

젊은 시절 파독 간호사로서 나라를 위해 일한 뒤 승승장구하여 보건복지부 장관이 된다. 용민의 아내.

## 이세리

인천 항만 부두 물류관리과 팀장. 기업 회장의 딸로 세상 물정을 잘 모르는 순수하고 어벙한 면이 있다.

## 왕경미

베트남전쟁 때 해병대 파병을
다녀온 현직 베테랑 강력계 형사.

## 박희라

노량진 학원의 일타 강사.

**박라이트**

자존심 강하고 건방진 천재 탐정.
매구와 만나는 사이다.

**박슈팅**

노량진 장수 고시생.

크리스마스 선물

늦은 밤, 서울의 화려한 거리 중 하나인 강남 테헤란로 곳곳에 팬시리 사람들의 마음을 설레게 하는 캐럴이 은은하게 울려 퍼지고 있었다. 그리고 미세먼지가 숨겨 놓은 하늘의 별들을 대신해 크리스마스 내음 나는 크고 작은 장식들이 하얀 빛을 내고 있었다. 요즘 각박한 세상살이 때문인지 예년보다 지나다니는 사람들이 줄어 조용하긴 했지만 커플들의 따스한 사랑은 여전히 아름다운 것 같았다. 전날 눈이 와서 소복이 쌓인 눈 위에 새겨진 두 쌍의 발자국들은 조용한 크리스마스 이브 전전날 거리를 포근하고 따스하게 해 주고 있었다. 자동차의 열기가 녹인 건지, 제설차가 지나간 건지 깔끔하게 치워진 테헤란로 차도 양옆으로 난 인도에는 수많은 커플들이 오가고 있었다. 지적으로 보이는 안경을 쓰고 넥타이 정장에 코트를 입은 남자와 귀여운 산타 모자와 목도리를 두른 여자, 따뜻해 보이는 커플패딩을 입은 남녀, 살짝 추워 보이긴 하지만 세련돼 보이는 정장스타일의 여자와 관리 잘한 삼십 대 중후반같이 보이는 남자 등 각양각색의 커플들이 오가고 있었다.

　그렇지만 이 테헤란로 거리에는 커플들만 있는 건 아니었다. 커플들 사이사이엔 얼어붙을 것만 같은 손을 호호 불면서 바쁜 걸음으로 인도를 혼자서 걷고 있는 사람들도 많았다. 그중 테헤란로 변 어느 건물 2층에 위치한 PC방에서 막 나온 쉬유도 커플 사이를 혼자서 걸어가는 사람들 중 하나였다.

'되게 춥네… 크리스마스 경험치 두 배 이벤트라고 하더만… 뭔 조건이 이렇게 까다로워? 젠장… 내일 다시 와야겠다.'

오래 입어서인지, 험하게 옷을 입어서인지 조금 낡아 보이는 통통한 김밥 모양의 검은색 패딩에 손을 찔러 넣은 쉬유는 괜한 시선을 돌리지 않고 고개를 숙인 채 터덜터덜 테헤란로를 걸었다. 부한 패딩과 질질 끌리는 청바지가 쉬유의 뚱뚱한 몸매를 어느 정도 가려 주고 있었다.

'아… 뭔 커플들이 이렇게 많아? 오늘이 며칠이지?'

쉬유는 사실상 시계 역할만 하는 자신의 최신식 스마트폰을 확인했다. 스마트폰에는 밋밋한 화면에 12월 22일이라는 날짜가 밝혀졌다. 쉬유는 날짜를 확인하고는 우울한 감정에 휩싸인 듯했다.

'외롭다… 아니, 아니야… 안 외로워. 아니… 슬프다… 비참하다… 지금 난 도대체 뭐하고 있는 거지…'

쉬유는 지난 자신의 삶을 비참하다고 생각해 왔다. 미혼모 가정에서 태어나 식당일과 파출부, 공장 일을 해 가면서 하루하루 먹고 살며 전전긍긍하는 엄마의 모습은 사춘기 쉬유의 눈에는 매우 창피해 보였다. 다 쓰러져 가는 오래된 빌라 반지하 작은 원룸 월세에서 살며 엄마 로즈는 일을 갔다 온 뒤 항상 늦게 들어왔고, 하나 있던 여동생은 수년 전 가출을 한 뒤로 집에 들어오지 않고 있었다. 쉬유는 이런 가정환경이 매우 불우하고 불행하다고 생각했다. 그래서 자신도 여동생처럼 집을 나오고 싶었지만 용기가 없었다. 나가서 자신이 무엇을 할 수 있을까에 대한 두려움이 집을 나올 수 있는 용기보다 컸기 때문이었다. 그렇게 쉬유는 하루하루를 버티면서 어느덧 이십 대 후반의 나이에 접어들었다.

그렇다고 쉬유가 아무 일에도 도전을 해 보지 않은 것은 아니었다. 얼마 전까지는 편의점 알바를 하면서 노량진에서 공무원 공부를 했었다. 그러면서 자신이 번 조그마한 수입과 공부를 하면서 머릿속에 차는 지식이 나름대로의 자신감을 갖게 해 줬다. 더불어 쉬유는 그토록 벗어나고 싶던 집을 나와 독립을 했고 비록 고시원이긴 했지만 암울했던 어린 시절을 벗어났다는 생각에 한결 자신의 삶에 자신감을 갖게 되었다. 그러나 그런 자신감도 잠시… 수년간의 공무원 공부는 결국 실패라는 결과만을 낳았고 도무지 사람이 살 공간이라고 여겨지지 않는 고시원에서의 생활은 쉬유에게는 비참함의 연속이었다. 그렇게 오늘도 비참한 하루를 마치고 고시원으로 터덜터덜 걸어가고 있었다. 테헤란로의 화려한 불빛은 쉬유의 검은색 패딩과 우울한 걸음걸이에 대비돼 보였다. 그때 크게 울리는 한 목소리가 쉬유의 귀를 거슬리게 만들었다.

"와~ 저기 봐 봐! 사람이 저 높은 곳에 있어."

큰 목소리가 쉬유의 귀를 찔렀다.

"어디, 어디?"

그 사람의 말에 길 가는 사람들이 하나둘씩 멈춰서더니 고개를 들어 저 높은 건물을 처다보기 시작했다.

"뭐야? 위험하잖아!"

"사람 맞아?"

"경찰에 신고해야 하는 거 아니야?"

주변이 점점 사람들의 웅성거림으로 시끄러워지자 쉬유도 걸음을 멈추고 사람들이 가리키는 방향으로 시선을 돌렸다. 쉬유는 시력이 그렇게 좋지 않아 인상을 찌푸리며 고개를 들어 빌딩을 보았다. 빌딩은 강남 테헤란로의 랜드 마크라 일컬어지는 25층짜리 교보타워 건물이었다. 쉬유는 그렇게 테헤란로를 오갔음에도 이렇게 큰 빌딩이 여기에 있는지는 처음 알았다. 매일 땅만 보고 걸으니 이 동네에 뭐가 있는지 잘 모르는 쉬유였다. 그래도 이번에는 확실히 알 것 같았다. 분명히 저 높은 빌딩 중간 창틀에 사람이 있었다. 쉬유는 이런 괴이한 광경을 더 잘 보기 위해 더 인상을 찌푸렸다.

"와~ 봐 봐! 바로 괴도 버드야!"

웅성거리는 사람들 속에서 어떤 한 사람이 밝은 목소리로 외치듯 말했다.

"뭐? 괴도 버드라고?"

"정말? 진짜, 진짜?"

교보타워 주위에 모인 주위 사람들은 너도나도 놀라기 시작했다. 웅성거림은 더욱 커졌다.

"괴도 버드가 뭔데?"

"뭐? 괴도 버드를 모른단 말이야? 우리나라에서 괴도 버드를 모르면 간첩이라고! 주로 깊은 사연이 있는 물건만 훔치는데 문제는 그 훔친 물건을 도대체 어떻게 하는지 절대로 다시 찾을 수 없다는 거야! 장물로도 나오지 않고 세계를 이 잡듯 뒤져도 찾을 수 없단 말이지. 이건 바로 물건을 훔치는 데에 돈이 목적이 아니라는 소리지. 그래서 여태껏 수많은 물건을 훔쳤어도 수많은 의문점을 가진 베일의 인물, 신출귀몰한 도적이야!"

"그리고 봐 봐! 저 은빛으로 흩날리는 아름다운 머릿결! 그리고 전신을 한복 같은 옷으로 휘감은 저 하늘거리는 신비로운 모습이 하늘을 나는 새와 같다고 해서 붙여진 별명, 괴도 버드라고!"

사람들 중 한 명이 한층 고조된 기분으로 두 손을 기도하듯 모은 채 반한 표정을 지으며 말했다.

그 사람의 말대로 교보타워의 난간에 서 있는 괴도 버드의 머릿결은 바람결에 별빛을 쓸어내리는 듯 아름답게 빛나고 있었다.

"진짜 신비롭다~"

"사람 맞아? 천사 아니야?"

"천사는 무슨… 도둑이지."

어느덧 교보타워 앞에는 발 디딜 틈 없이 수많은 사람들이 모여들어 괴도 버드에 대한 이야기를 하고 있었다. 그러지 않아도 교보타워 앞에는 크리스마스를 기념하여 감성을 자극하는 아름다운 크리스마스트리가 있어서 예쁜 사진을 찍기 위해 상당히 많은 사람들이 있었는데 이제는 한 발짝 움직이기도 어려울 만큼 많은 사람들이 모여 있었다. 쉬유는 모여드는 사람들로 점점 좁아지는 길에서 벗어나기 위해 인상을 찌푸리며 사람들 틈새를 헤집었다. 그러나 쉬유는 교보타워 앞을 벗어나려고 하면 할수록 점점 더 교보타워와 가까워지고 있었다. 물밀 듯이 밀려드는 사람들의 파도에 휩쓸려 교보타워 쪽으로 밀리고 있었다.

"처음 봐~ 사진 찍자~"

"난 두 번째로 봐~ 두 번째 사진 찍어야지~"

하나둘 사람들이 핸드폰 카메라를 하늘로 향하여 괴도 버드를 향해 사진을 찍기 시작했다. 그러자 너도나도 핸드폰을 꺼냈다. 사진을 찍을 때 터지는 플래시가 테헤란로의 밤거리를 아름답게 수놓았다. 쉬유는 너무 눈이 부셔서 다시 한번 인상을 찌푸렸다. 아니 계속 인상을 몇 분째 찌푸리고 있었다.

괴도 버드는 테헤란로를 대표하는 25층 빌딩인 교보타워 중간층의 창틀에 서서 이 모든 광경을 찬찬히 바라보고 있었다. 사람들이 핸드폰으로 터뜨리는 플래시는 땅에서 바라보던 하늘의 빛나는 별들을 하늘에서 바라보는 느낌이었다. 한복 같아 보이는 하늘하늘한 옷으로 전신을 휘감은 옷은 검은색이어서 이 어둠 속에서 쉽게 눈에 띄지 않을 것 같았지만 괴도 버드의 하얗게 빛나는 얼굴과 선선한 바람결에 은은히 흩날리는 윤기 나는 머릿결, 그리고 한복 같은 옷에 콕콕 박혀 있는 빛나는 큐빅 장식은 충분히 눈에 띌 만큼 아름답고 신비로움을 자아냈다. 괴도 버드의 얼굴에서는 서울의 가장 핫한 번화가인 강남 테헤란로의 아름다운 뷰를 감상하는 듯 황홀한 표정이 엿보였다. 그러더니 이내 곧 수많은 사람들이 몰리며 문제가 생길 것을 감지했는지 괴도 버드의 표정이 살짝 굳어졌다. 그러고는 이내 곧 자리에서 천천히 일어나 테헤란로 마천루의 스카이라인을 따라 한 마리의 새처럼 유유히 어둠 속으로 사라졌다.

"뭐야, 뭐야. 갔어?"

"와, 진짜 빠르다…"

괴도 버드의 등장에 흥분했던 사람들은 괴도 버드의 날렵한 몸놀림에 감탄함과 동시에 순식간에 사라져서 아쉬움을 표했다. 교보타워 앞에 모였던 수많은 사람들은 언제 그랬냐는 듯 이내 곧 썰물처럼 아스라이 거리로 빠져 나갔다. 그와 함께 하마터면 사람들 틈에 끼어 질식사할 뻔했던 쉬유는 안도의 한숨을 내쉬었다. 쉬유는 인상을 쓰며 괴도 버드가 사라진 방향을 바라보았다.

'저 사람이 괴도 버드라고? 괴도 버드가 누군데? 저 사람은 이런 겨울에 춥지도 않나? 저 얇아 보이는 옷으로 겨울나기가 가능한가? 아니면 저 옷이 발열 기능이 있는 건가? 아님 핫팩을 장착한 건가? 저 높은 곳이 무섭지도 않나? 에휴~ 내가 무슨 남 걱정이나 하고 있나? 내 앞가림도 못하고 있는데…'

쉬유는 속으로 생각했다. 하지만 문득 주위의 사람들은 사라져 버린 괴도 버드에 대해 더 이상 미련 없이 제 갈 길들을 가는 것을 보자 고시원으로 돌아가는 걸음을 멈춰 그에 대한 쓸데없는 생각을 했다는 스스로에 대해 한심함을 느꼈다. 쉬유는 그런 기분을 뒤로 하고 테헤란로 사이 골목을 두세 블록을 돌아 들어가 자신이 살고 있는 창문 없는 이십오만 원짜리 고시원을 향해서 터덜터덜 걸어갔다.

테헤란로의 화려함과는 대조적으로 테헤란로와 불과 두세 블록만 떨어졌음에도 불구하고 어두침침한 골목이 나타났고 이는 음침함을 자아냈다. 그렇지만 쉬유에게는 이 넓은 서울에서 유일하게 편안히 눈을 붙일 수 있는 공간이었다. 그렇게 2층 고시원으로 올라가려고 하는데 너무 어두웠기에 바로 근처에 사람이 있는 줄 전혀 알지 못했다. 인기척도 느끼지 못했기 때문에 바로 앞에 올 때까지 쉬유는 전혀 몰랐다.

어둠 속에서 천천히 나타나는 사람의 모습은 방금 본 사람처럼 낯이 익어 보였다. 그 사람은 하늘거리는 활동성 한복을 입고 있었음에도 나름 타이트한 한복이라 그런지 아름다운 몸매가 적나라하게 드러났다. 한복을 입었음에도 전혀 부해 보이지 않았고 조금은 짧은 치마와 적당한 하이힐은 오히려 날렵하게 보였다. 그 사람이 점점 쉬유 곁으로 다가오자 쉬유는 살짝 겁을 먹은 듯 뒷걸음질을 쳤다. 그리고는 그 사람의 눈이 부시도록 빛나는 흰 피부, 갈색인지 금발인지 윤기 나게 아름답게 흩날리는 머릿결을 보고는 쉬유는 그가 누구인지 깨닫게 되었다.

그는 바로 방금 전까지 교보타워에서 쉬유가 괜한 걱정을 했던 사람이었다. 사람들이 흔히 말하는 괴도 버드였다. 조금 전 멀리서 보던 것과는 달리 가까이에서 괴도 버드를 보니 생각과는 달리 수수하고 청초해 보였다. 그리고 표정에서도 그녀의 우수에 찬 듯한 아련한 눈빛이 빠져들게 만들었다. 쉬유는 그런 괴도 버드를 멀거니 넋 놓고 바라보았다. 그때 괴도 버드는 조용히 쉬유의 앞까지 스르르 미끄러지듯

다가왔다. 그리곤 괴도 버드는 그의 분홍빛 입술을 뗐다.

"이봐… 당신이 입고 있는 패딩 나한테 줄 수 있어?"

쉬유는 괴도 버드의 말에 자신이 괜한 걱정을 한 게 아니었다고 생각했다. 정말로 괴도 버드가 추웠나 보다 하고 생각했다.

\* \* \*

"그래서… 정말 안 되는 거야?"

카페의 원형테이블에서 남자친구인 라이트를 마주 보고 앉아 있던 매구는 양팔을 테이블에 꼰 채 마시던 커피를 옆으로 슥 치우면서 말했다. 그러고는 몸을 라이트 가까이로 바짝 당겨 초롱초롱한 눈망울로 애원하는 듯, 갈망하는 듯 라이트를 빤히 쳐다보았다. 라이트는 매구의 눈빛에 얼굴이 조금 붉어지며 살짝 시선을 피했다.

"그래… 안 된다니깐… 괴도 버드한테서 예고장이 왔어. 교보타워 앞 크리스마스트리 꼭대기의 별 장식을 가져가겠다고."

매구에게서 조금 멀어진 라이트는 어떤 쪽지를 매구 쪽으로 슥 내밀며 말했다. 괴도 버드의 예고장인 듯했다. 예고장에는 괴도 버드의 고유한 서명과 함께 '모두가 온 세상이 하얗게 물들기를 원하는 날 저녁 일곱 시, 서울에서 가장 비싸고 귀한 별을 대접하러 가겠다'라고 적혀 있었다. 매구는 무슨 말인지 잘 모르겠다는 듯이 호기심 어린 눈빛으로 예고장 가까이로 몸을 숙여 예고장을 빤히 보았다. 매구는 이십 대 초반이었지만 티 하나 없이 맑은 피부와 아직 덜 빠진 듯한 통통한 볼살이 고등학생 같아 보였고, 그렇게 크지 않은 키와 양갈래로 땋은 머리가 더욱더 그녀를 어려 보이게 만들고 있었다. 웃는 상의 큰 눈과 자연스러운 이목구비는 꾸미면 연예인을 할 수 있을 정도로 예뻐 보였다. 미스코리아급의 엄청난 미인은 아니었지만 그렇다고 그 누구도 매구가 미인이 아니라고 할 사람은 없을 정도로 예뻤다. 그런 매구를 잠시 지켜보던 라이트는 그녀의 생각을 읽기라도 하듯 자신의 스마트폰에서 검색한 내용을 보여 주며 말을 이어 나갔다. 라이트의 빛나는 최신형 스마트폰에는 그보다 더 빛나 보이는 보석이 하나 검색돼 있었다.

"봉황기업 성경 대표가 아들인 성수의 이십오 년 전 돌잔치 때 받은, 1,000캐럿짜리 별 모양으로 가공한 다이아몬드로, 이 큰 보석의 이름은 문드스타라고 해."

"우와… 1,000캐럿이라니… 난 1캐럿짜리 다이아몬드도 본 적 없는데…"

매구는 그러지 않아도 큰 눈이 더 커지면서 대단하고 놀랍다는 표정으로 말했다.

"그래? 그러면… 지금 보면 되겠네."

라이트는 그렇게 말하고는 주머니에서 작은 보석함을 꺼내고는 매구에게 슥 내밀며 말했다.

"자, 크리스마스 선물이야. 1캐럿짜리 다이아몬드야."

라이트는 무덤덤한 표정으로 말했다. 매구는 깜짝 놀란 듯 침을 꿀꺽 삼켰다.

"어, 어? 라… 라이트~ 내가 언제 이런 거 좋아하는 거 봤어? 이번에

라이트한테 받고 싶은 크리스마스 선물은 우리 별빛 고아원 와서 산타 역할 해 주는 거라니깐~"

"그래? 그렇다면 뭐 어쩔 수 없지. 알았어."

그 말을 들은 라이트는 피식 하며 다시 보석함을 주머니로 가져갔다. 매구의 시선이 보석함을 따라 움직이는 게 보였다.

"그러면 다시 이야기해 줄게. 봉황기업의 성경 대표는 워낙 허영심과 허세가 있는 사람이라 항상 자신만의 특별함을 내세우고 자랑하고 싶어 하지. 그래서 이번 겨울에도 봉은사에 있던, 수령이 백오십 년 된 우리나라 최고급 나무인 전나무를 자신의 사무실이 있는 강남의 교보타워로 가지고 와서 트리로 꾸몄어. 최고급 원예업체인 흰별원예를 불러서 가장 아름다운 트리로 만들게 했지. 거기에 화룡점정으로 여기 1,000캐럿짜리 다이아몬드를 트리 꼭대기에 올려 장식을 했으니 그 화려함이란 말 다했지. 괴도 버드가 지칭하는 가장 비싼 별은 이 문드스타를 말하는 걸 거야. 그러지 않아도 어젯밤 괴도 버드가 봉황센터에 나타났다고 하더라고. 보석을 훔치기 전 미리 확인하려고 온 걸거야."

"아… 정말? 그러면 이 말은 뭐야? '온 세상이 하얗게 물들기를 원하는 날'? 백야 현상 말하는 건가…? 우리나라엔 그런 현상 없을 텐데…"

매구는 떨리는 고운 손가락으로 예고장의 문구를 가리키며 궁금하다는 표정으로 말했다. 아무래도 조금 전 1캐럿짜리 다이아몬드의 여파가 가시지 않은 듯 아무 말이나 하는 듯했다. 라이트는 매구의 말에 피식하며 조금은 한심한 듯, 조금은 귀엽다는 듯한 표정을 지었다.

"매구는 일 년 중 '화이트' 하면 어떤 날이 가장 잘 떠올라?"

라이트는 매구에게 물었다.

"음… 하얀 떡국을 먹을 수 있는 설날도 있고… 하얀 송편을 먹을 수 있는 추석도 있고…"

매구는 골똘히 생각하며 진지하게 말했다. 라이트는 이렇게 먹는 생각만 하는 매구가 귀여워 보이는 듯했다.

"매구야, 여기서 말하는 모두가 온 세상이 하얗게 물들기를 원하는 날은 화이트 크리스마스를 말하는 거야. 바로 내일 크리스마스이브라고. 모두가 화이트 크리스마스 하면 설레잖아. 물론 군인들만 빼고."

"아… 맞아! 그리고 보니 내일 오후부터 눈 내린다고 하더라고! 우리 고아원 아이들도 참 좋아할 거야."

매구는 두 손을 모으고 기대에 찬 초롱초롱한 눈망울로 말했다. 그러고는 곧장 라이트를 장난스럽게 흘겼다.

"그래서 안 된다는구나! 내일 저녁에 괴도 버드 님 잡으러 가야 해서!"

"그래… 미안해, 매구야. 괴도 버드가 이번에 정말 오랜만에 예고장을 보낸 거거든. 요즘엔 어찌된 영문인지 괴도 버드가 활동을 거의 안 했거든. 그래서 이번 기회를 놓치면 너무 아쉬울 것 같아. 새해엔 꼭 고아원에 떡국 같이 끓이러 갈게."

"그래~ 라이트가 여기서 선뜻 고아원 자원봉사 한다고 하는 게 어울리진 않긴 하지~"

매구는 알았다는 듯 고개를 끄덕이며 아쉽다는 표정을 지으며 말했다.

"그럼… 다른 사람 없을까? 작년에도 사람이 없어서 내가 산타 역할 했었거든~ 근데 아이들이 나인 줄 알아 버려서 아이들 동심에 금이 갔나 봐~ 흑흑."

매구가 우는 시늉을 했다.

"산타 할아버지가 바빠서 못 왔다고 이 누나 언니한테 대신 선물 맡겼다고 했는데… 아이들이 믿지 않는 거 같더라고."

매구가 슬픈 표정을 지었다.

"글쎄… 당장 내일이라… 보통 배텐러* 아닌 이상에야 크리스마스 이브 때는 약속이 있으니…"

라이트는 고민이 된다는 듯 말을 했다.

"흠…"

매구도 생각하는 사람의 포즈를 따라 하는 양 턱을 괴고 심각한 표정을 지어 보았다. 본인 딴에는 심각한 표정이라고 생각했겠지만 다른 사람이 보기에는 별로 심각한 표정으로 보이진 않았다. 오히려 귀여워 보였다. 그때 번뜩이는 생각이 있었는지 매구의 표정이 밝아졌다.

"아! 라이트! 라이트 아는 오빠 있잖아~ 쉬유 오빠라고 했지? 근처에 산다고 하지 않았어?"

"뭐? 박쉬유? 그 녀석은 안 돼. 구제불능이라고. 그 녀석은 나이만 거의 서른이나 먹고 자기 앞가림 제대로 못하고 맨날 PC방만 다니고 고시원에서 TV만 보고 잠만 자고 그렇게 살고 있어. 하고 싶어 하는 것도 없고, 할 줄 아는 것도 없어서 편의점 알바로 생각 없이 하루살이 인생을 살고 있어. 오히려 봉사 활동하는 데 피해만 줄 거야."

라이트가 쉬유를 생각만 해도 한심하다는 투로 쉬유를 무시하며 말

---

* 유명 인기 라디오 프로그램 〈배성재의 텐〉을 듣는 시청자를 일컫는 말.

을 했다.

"왜…? 쉬유 오빠도 생각이 있겠지. 쉬유 오빠 산타 하면 잘할 거 같은데에? 몸도 듬직~해 가지구~"

매구는 산타를 구할 수 있다는 희망에 얼굴에 미소가 번지기 시작했다.

"듬직? 맨날 먹고 자고 먹고 자고만 하니깐 돼지같이 뚱뚱한 거지. 그게 무슨 듬직한 거야?"

라이트는 매구의 말이 말도 안 된다고 생각하는 듯 어이없어하며 말했다.

"그럼 라이트가 추천해 줘~ 없지? 없지? 나 쉬유 오빠한테 찾아갈 거야~ 여기 이쪽 푸른 고시원에 살고 있다고 했지?"

매구는 하얗고 고운 손가락으로 스마트폰 지도를 켜서 위치를 가리키며 말했다.

"에휴~ 우리 매구 뜻을 누가 거역할쏘냐. 그런데 아마 쉬유 그 녀석에게 말해도 본인이 안 한다고 할 거야. 자존감이 워낙 낮은 녀석이거든."

라이트는 여전히 회의적인 표정을 지으면서 말을 했다.

"내가 잘 말하면 되지~ 내가 누구야~ 매구잖아~"

매구는 자신감에 찬 어조로 말을 했다.

"그래, 매구이기 때문에 '아마'란 단서를 붙인 거야. 다른 사람이었으면 절대 쉬유 그 녀석을 설득할 수 없을 거야."

라이트는 심드렁하게 말했다.

"헤~ 좋아, 좋아."

매구는 즐겁게 말했다.

"고마워! 라이트! 그러면 나 이제 가 볼게~ 고아원 가서 선물 미리 미리 포장하려구~"

매구는 슬금슬금 짐을 챙기면서 말했다.

"그래, 이번에는 선물 포장하는 거 들키지 말고 아이들 동심을 뺏는 상황은 연출하지 말고."

라이트는 놀리듯이 말을 했다.

"그래야지~ 작년에 너무너무 아이들한테 미안해서~ 라이트, 내일 꼭 괴도 버드 님 잡아~ 근데 난 괴도 버드 님 멋지던데~ 항상 그런 건 아닌 것 같긴 하지만 꼭 훔쳐야 할 필요가 있는 물건만 훔치는 것 같더 라고~"

매구는 어느 새 짐을 다 챙기고 일어서서 두 손을 모으고 괴도 버드 를 동경하는 듯 초롱초롱한 눈망울을 그리며 말했다.

"그래 봤자 도둑이야."

라이트가 무심히 답했다. 매구는 그런 라이트를 뒤로 하고 손을 흔 들면서 가려고 하다가 다시 라이트에게로 쭈뼛쭈뼛 돌아왔다.

"저… 라이트… 그런데 혹시 아까 그 다이아몬드 어떻게 할 거야?"

* * *

"좋아! 좋아! 아주 좋아!"

라이트로부터 전달된 메일을 자신의 집무실에서 보고 있던 봉황기업 회장 성경은 시원한 이마과 시원한 건치를 드러내며 호탕하게 웃었다.

"크리스마스이브에 굉장히 특별한 이벤트가 되겠군! 아마 전 세계가 이 큰 보석 문드스타를 지키느냐 지키지 못하느냐 그것에 주목을 할 테야!"

봉황기업 회장 성경은 기대에 찬 어조로 말했다.

"저도 설렙니다. 천하의 대도인 괴도 버드가 드디어 우리 봉황기업 최고의 가보인 문드스타를 노린다니 가슴이 벅차오릅니다. 꼭 지키는 데 성공해서 봉황기업의 명예를 드높이고 싶습니다!"

얌생이 수염을 하고 있는 비서는 옆에서 진심인지 알랑방귀인지 모르겠지만 암튼 회장의 기분을 맞춰 주며 말했다.

"그래! 이 큰 보석 문드스타야말로 대한민국, 아니 세계 최고의 다이아몬드라고 할 수 있지. 남아공 다이아몬드 광산 가장 깊숙한 곳에서 채굴되었고… 그 순간 갱도가 무너져 수많은 사상자를 내면서 지켜졌던 다이아몬드지. 그래서 수많은 광부들의 피가 묻었기 때문에 아는 이들만 아는 속칭 '블러디 다이아몬드'라고 불리기도 하지. 광산에서 이 문드스타를 별빛에 비춰 보면 붉은 빛을 띠는데, 그것은 죽은 광부들의 혼이 깃들어져 있기 때문이라고 하지. 이 한이 맺힌 다이아몬드가 내 손에 들어오기까지도 참 한 많은 세월이었지. 내 손에 들어온 지 어언 삼십 년… 앞으로 나이 든 내 시대가 끝나고 성수가 내 뒤를 이어 수많은 노동자들을 이끌게 되겠지. 이제 그 노동자들의 손에 피를 묻힐 걸 생각하니 어쩜 이다지도 의미가 큰 보석이 아닐까!"

회장은 설레는 마음을 감추지 못하고 감탄에 겨운 어조로 말을 했다.

"더군다나 괴도 버드가 어제 우리 교보타워 앞에 나타나 사전답사까지 했다고 하니 얼마나 우리 문드스타를 훔치려는 데 심혈을 기울이고 있는지 느낄 수 있습니다."

비서가 거들었다.

"그래! 그래서 우리는 완벽한 준비로 녀석을 완전하게 생포해야 할 걸세! 천재 탐정 라이트도, 최고의 베테랑 경찰 왕경미도 함께하니 우리는 무서울 것이 없네! 내가 가지고 있는 헬기를 모조리 띄워서 놈이 나타나면 헬기에서 그물을 던져 사로잡을 걸세. 문드스타가 위치한 트리의 꼭대기 15m는 만만한 높이가 아니니 분명 괴도 버드는 빌딩의 옥상에서 접근하거나 복잡한 도심 속에서 빠르게 트리를 타고 올라가는 방법을 취할 걸세."

회장은 자신의 지략에 스스로 감탄한 듯 흥에 겨워 말을 했다.

"그리고 건물에는 저격수를 배치할 것이야. 물론 사람을 다치게 하면 안 되겠지. 비비탄 총을 이용해서 놈을 정신없게 할 생각이야."

"훌륭한 전략입니다. 회장님. 그러한 전략이면 제아무리 날고 긴다는 대도도 어쩔 수 없을 겁니다."

비서가 또 거들었다.

"핫하하! 그래, 그래! 우리는 그저 이곳에서 편안히 차나 마시면서 바깥 구경을 하다가 붙잡혀 온 괴도 버드의 면상이나 구경하면 되겠군 그래!"

회장이 자신감에 찬 어조로 말을 했다.

"그럼, 그럼, 그러믄요~"

비서가 또 다시 거들었다.

"그리고 말인데~ 이참에 대통령의 아들인 라이트에게 좀 수 좀 써 보게~ 그도 굉장히 사치와 허세가 있는 자라고 들었는데~ 수 좀 뇌야 나중에 우리가 하려는 작업이 편해질 수 있지 않겠는가."

비서와 둘뿐인 집무실이었지만 이번에는 회장이 조용히 비서의 귓가에 입을 대고 말했다.

"여부가 있겠습니까. 회장님. 이미 착수했습니다."

비서가 또 또다시 거들었다.

\* \* \*

매구는 서울의 중심거리 테헤란로를 돌고 돌아 있는 달동네 비스무리하게 보이는 언덕길을 오르고 있었다. 겨울인데도 가파른 오르막길이라 그런지 매구의 이마엔 땀이 송골송골 맺히고 있었다. 매구는 양옆으로 허름한 집들이 즐비한 이런 비포장 길을 오르고 있자니 문득 어린 시절이 생각났다.

지금이야 어찌어찌 의대에 진학하여 과외 아르바이트도 하고 국가 장학금 혜택도 받으면서 평범한 원룸에서 살고 있지만 어린 시절은 절 망적이었다. 원래는 평범한 가정에서 자랐지만 초등학생 때 부모님 모두를 불의의 교통사고로 갑자기 잃은 것은 어린 매구에게는 엄청난 충격이자 슬픔, 그리고 심신의 고통이었다. 도와주는 친척도 없이 어린 매구는 여섯 살 터울의 언니와 단 둘이 남게 되었고 전전긍긍하며 단

칸방에서 살게 되었다.

당장 먹고 살 걱정으로 한창 공부하고 청춘을 불태울 나이였던 언니는 생계유지를 위해 곧바로 취업 전선에 뛰어들었고 매구는 새벽에 나갔다가 밤늦게 지쳐서 들어오는 언니를 남 몰래 눈물을 흘리며 훔쳐보면서 열심히 공부하여 돈을 많이 벌 수 있는 직업을 갖는 것만이 언니를 도와주는 길이라고 생각했다. 하지만 그것도 쉽지 않았다. 학교에서는 부모님 없는 후레자식이라는 말을 들으며 학급생들의 부모로부터 따가운 눈총을 받았고, 학급생들에게 따돌림을 당했다. 더군다나 어려운 환경의 아이를 보듬어 주어야 할 선생님들조차 대부분 매구를 외면하였다. 그리고 마지막으로 고등학교 때⋯ 가 생각나려던 순간 매구는 쉬유의 고시원 앞에 도착한 것 같았다.

매구의 눈앞에는 굉장히 허름한 4층짜리 건물이 무너질 듯 아슬아슬 서 있었다. 건물의 4층 큰 창문에는 다 떨어져 가는 스티커로 크게 푸른 고시원이라고 붙여져 있었다. 매구는 가쁜 숨을 몰아쉬며 건물 앞에서 호흡을 가다듬으며 주머니에서 스마트폰을 꺼내 자신이 찾은 고시원이 맞는지 확인하였다. 다행히 잘 찾았는지 매구는 고개를 끄덕였다. 매구는 이 고시원을 생각보다 찾아오기 힘들어서 놀랐다. 매구 자신도 달동네라면 일가견이 있었지만 이곳도 그에 필적할 만해 보였다. 스마트폰 맵에서 알려주기로는 골목을 돌고 돌아 돌아서 나오는 곳으로 돼 있었는데, 그 위치보다 굉장히 가파른 경사를 올라가야만 했다. 그래도 매구는 스마트폰에는 나오는 곳이라 다행이라고 생각했다.

호흡을 가다듬은 매구는 총총 뛰는 조심스러운 발걸음으로 건물의 입구로 향했다. 건물을 만든 이후로 한 번도 닦은 적도 기름칠한 적이 없을 것만 같은 지저분하고 삐걱거리는 건물의 입구 유리문을 여는 순간 쎄한 느낌의 한기가 매구의 온몸 곳곳을 스쳤다. 매구의 이마에 맺힌 땀방울들은 언제 그랬냐는 듯 건물 안의 차가운 공기와 함께 숨어 버렸다. 매구는 갑작스런 한기에 떨림을 느끼고 자신의 몸을 부둥켜안고 한 계단 한 계단 올랐다. 땟물이 끼어 있는 계단을 오를 때마다 매구는 인생에서 단 한 번도 맡아 보지 못한 이상한 냄새가 코를 찌르기 시작했다. 그리고 계단 또한 골목길과 마찬가지로 가파른 경사를 자랑했다. 이쯤 되면 이 가파른 경사는 이 골목의 명물이나 다름없었다. 매구는 점점 짙어지는 고시원의 향기를 맡으며 유리문으로 된 푸른 고시원의 입구에 다다랐다. 매구는 살짝 엄지와 검지로 코를 막았다가 풀고는 고개를 도리도리 저었다. 냄새 때문에 몽롱해지는 기분에서 정신을 차리려고 하는 것 같았다. 그리고는 매구는 큰 결심을 했다는 표정을 짓고는 천천히 푸른 고시원의 문을 밀었다. 고시원 유리문에는 '당기세요'라고 적혀 있었다.

"안녕하세요~ 계세요~?"

매구는 푸른 고시원 문을 빼꼼히 밀고 얼굴만 들이민 채 말했다. 바로 반응이 없자 매구는 문을 완전히 밀었다. 그러자 고시원의 막혔던 공기가 풀린 듯 엄청나게 매캐한 냄새가 '확' 하면서 매구를 덮쳤다. 매구는 누가 자신의 얼굴에 대고 방귀라도 낀 것처럼 인상을 찌푸렸다. 이게 말로만 듣던 홀아비 냄새인가 했다. 매구는 환기라도 시킬 겸 고시원 입구 유리문을 완전히 열고 낑낑대며 고정시켰다. 그때 고시원 앞 사무실에서 난닝구만 입고 배만 볼록 나온 꾀죄죄한 아저씨 한 명이 몸 이곳저곳을 득득 긁으면서 나왔다. 매구는 그 모습을 보고는 끔찍하다는 표정을 지어 보였다.

"뉘시오?"

아무래도 이 오십 전후로 보이는 머리가 벗겨진 자유분방한 아저씨가 고시원 총무인 듯했다. 아저씨는 홀아비 냄새를 풀풀 풍기며 귀찮은 듯 무덤덤하게 말했다. 매구는 크게 심호흡을 했다.

"아! 안녕하세요! 저는 나매구라고 하는데 아는 오빠가 여기 살고 있어서 만나러 왔습니다!"

매구는 밝게 말했다.

"거 누군디요?"

아저씨는 몸 이곳저곳을 득득 긁은 오른손을 자신의 코에 갖다 대고 냄새를 맡으며 말했다. 매구는 속으로 진땀을 흘렸다.

"박쉬유라고 하는데요! 혹시 지금 만날 수 있을까요?"

매구는 밝게 말했다. 몇 분이나 지났다고 매구는 어느덧 벌써 홀아비 냄새에 적응이 된 것 같이 자연스러워 보였다.

"흠흠… 박쉬유라… 아~ 그 뚱뚱한 총각 말하는 거구먼. 지금 있는지는 모르겠는데…"

아저씨는 고개를 갸웃거리며 말했다.

"혹시 쉬유 오빠 몇 호에 사는지 알 수 있을까요?"

매구는 여전히 밝게 말했다. 매구의 그런 모습에 아저씨는 고개를 갸웃거렸다. 보통 이 정도 젊은 처자가 이런 고시원에 올 일도 없을뿐

더러 왔더라도 인상만 꽉꽉 쓰다가 금방 나가는 일이 다반사였기 때문이었다. 그래서 총무 아저씨는 이 밝은 처자에게 친절히 대해 주기로 마음을 먹었다.

"저기 122호요."

아저씨는 주머니에 손을 찌른 채 턱짓으로 고시원 복도를 가리키며 말했다. 매구도 아저씨의 턱 방향을 따라 시선을 움직였다. 턱이 가리키는 방향에는 한 사람이 겨우 지나다닐 만한 좁디좁은 어두컴컴한 복도가 있었다. 매구는 그것을 보고 저기로 들어가면 되겠구나 생각했다.

"감사합니다아~!"

매구는 밝게 꾸벅 인사를 하고 122호가 있다는 고시원 복도로 가려고 발걸음을 옮기려고 했다. 하지만 이런 좁은 미로에다가 어두컴컴한 고시원 복도에서 122호를 찾는 데 자신이 없었다. 매구는 다시 고개를 아저씨 쪽으로 돌렸다.

"저… 죄송한데 122호는 어디로 가면 되는 거죠?"

매구는 민망한 표정을 지으면서 아저씨를 보며 말했다. 아저씨는 귀찮다는 표정이었으나 최대한 친절히 대했다.

"이 복도 따라 들어가면 될 거요. 방문마다 호수가 표시돼 있으니 그것 보면 되고. 참, 핸드폰 후레쉬 되지요? 그것 켜고 들어가시오. 원래 복도에 형광등이 있긴 한디 지금은 나가서 어두컴컴한 거요."

총무 아저씨는 덤덤히 말했다.

"정말 감사합니다~!"

매구는 다시금 90도로 꾸벅 인사하며 어두컴컴한 복도로 향했다.

고시원은 그야말로 인간 닭장이라 해도 지나침이 없었다. 환기는 제대로 되지 않아 매캐한 냄새가 코끝을 찔렀고 한낮인데도 불구하고 햇빛 한 줌 들어오지 않는 어두컴컴한 공간은 마치 감옥과도 같았다. 사람 한 명 겨우 지나갈 것만 같은 복도는 음습함을 자아냈다. 복도 중간에 열려 있던 고시원 방을 스치듯 보았는데, 1평은커녕 발 뻗을 공간도 나오지 않고 창문도 없는 환경은 숨을 막히게 할 정도였다. 매구도 나름대로 다세대 아파트에서 살면서 어려운 환경 속에서 살았다고 자부했지만 처음 본 이 고시원의 환경에 흠칫하지 않을 수 없었다. 그래도 매구는 이내 곧 마음을 다잡고 122호를 발견했다. 매구는 심호흡을 크게 하고 '똑똑똑' 노크를 했다. 문이 슬쩍 열리더니 매구가 예상했던 대로 홀아비 냄새가 진동을 했다. 매구의 상큼한 향기와 어우러져 오묘한 향기를 자아냈다. 매구도 사람인지라 살짝 얼굴을 찌푸리기도 했지만 이내 곧 자신의 밝은 얼굴로 돌아왔다.

"뭐예요."

쉬유는 또 귀찮게 하는 옆방 사람이겠거니 하면서 한 사람이 겨우 누울 만한 침대에서 일어나 보지도 않고, 매구를 쳐다보지도 않고 퉁명스럽게 말을 했다.

"안녕하세요~ 쉬유 오빠~ 저 아시죠? 라이트 여자친구 매구에요~ 전에 노량진에서 뵌 적도 있었죠~ 제가 이 근처에 고아원 봉사 때문에 자주 오는데 오늘은 크리스마스이브고 해서 쉬유 오빠 생각나서 들렀어요~"

매구가 쉬유의 뒤통수만 본 채로 밝게 인사를 했다.

"아… 어… 아… 안녕… 하세요…"

쉬유는 예상외의 인물의 방문에 깜짝 놀라서 화들짝 고개를 돌렸다. 쉬유는 여자가 자신에게 말을 건 게 언제 적인가 하며 감격에 휩싸였다.

"아… 저… 잠깐…"

쉬유는 방문을 쾅 닫았다. 메리야스만 걸치고 있던 쉬유는 얼른 질질 끌리는 청바지와 검은색 맨투맨티를 입고 다시 방문을 천천히 열었다. 자신의 한도 내에서는 최대한의 꾸밈이었다.

쉬유가 보기엔 천사가 온 것처럼 느껴졌다. 어두컴컴하고 암울한 공간 속에서 눈처럼 하얀 피부와 항상 밝은 표정을 지니고 있는 매구의 모습에서 후광이 비춰졌다. 매구의 짧고 빨간 망토는 마치 천사의 날개인 양 착각을 불러일으키기에 충분했다. 매구의 후광에 눈도 제대로 마주치지 못하는 쉬유를 향해 매구는 초롱초롱한 눈망울로 밝게 웃어 주었다.

"오빠, 저 밥 못 먹었는데 같이 먹으러 가요~ 이 앞에 맛있는 데 있는데~"

매구는 쉬유의 팔을 잡아 당겼다.

"…아… 네…"

쉬유는 나가기 위해 패딩을 찾았다. 그러나 패딩이 없어 추운 채로 나갈 수밖에 없었다. 매구는 쉬유가 추워하는 건 안중에도 없는 듯 신나 하면서 어느덧 눈이 내리기 시작한 골목길을 미끄러지듯 내려갔다.


"정말 맛있죠? 오빠. 면발이 정말 쫄깃쫄깃해요~"

매구가 다람쥐처럼 양 볼에 음식을 머금고 오물거리면서 말을 했다. 테헤란로에서 유명한 일본식 라멘집이었다.

"먹을 만하네…"

편의점 음식으로만 살아왔던 쉬유에게는 난생 처음 먹어 보는 류의 음식이어서 감회가 새로웠다.

"라이트랑 가끔씩 오거든요~ 저는 이렇게 오손도손한 분위기 좋아하는데 라이트는 맨날 비싼 코스만 가자고 해 가지구~"

매구의 말에 쉬유가 답이 없자 매구가 화제를 바꿔서 말을 이었다.

"저 오빠, 오늘 크리스마스이브인데 계획 있으셔요?"

"어… 뭐 이따가 할 일 있어."

사실 할 일이라고는 PC방 가서 경험치 두 배 이벤트를 받는 것이었다. 쉬유는 말하면서 쓸쓸함을 느꼈다.

"아… 무슨 일이요…? 오빠, 괜찮으시면 이따가 조금만 시간 내서 우리 고아원 와서 같이 우리 아이들이랑 놀고 그러시는 거 어떠세요? 고아원 바로 조~기라 가까워요. 저녁 일곱 시에 아이들한테 선물 나눠 주기로 했는데 그때부터 삼십 분 정도만 계셔도 돼요~ 근데 아마 우리 아이들이 너무 예뻐서 더 계시고 싶으실 걸요~ 산타 복장하고 나눠 주시면 되는데 오빠가 정말 산타랑 잘 어울리는 것 같아서요. 듬직~ 해 가지구~ 봐 봐요. 산타 옷도 가지고 왔어요~ 제가 손수 만들었죠~"

매구는 자랑스럽게 자신이 손수 만들었다던 산타 복을 꺼냈다. 마감 처리가 엉망이었다.

"나… 난 그런 거 잘 못해… 할 줄 몰라…"

쉬유가 자신감 없는 목소리로 말을 했다.

"아니에요~ 제가 사람 좀 볼 줄 아는데 오빠가 제일 잘하실 거예요~ 이 옷 사이즈도 오빠를 위한 더블투엑스라지에요~ 완전 크죠?"

매구가 마감 처리가 엉망인 산타복을 들어 올리며 밝게 웃으면서 말했다.

"아냐… 난 못해… 계속 이 얘기만 할 거면 난 갈게."

쉬유는 부담감을 느끼는 듯 안절부절못했다. 매구는 이런 쉬유의 반응을 예상치 못했다는 듯 조금 당황한 듯했다.

"아… 오빠, 미안해요… 너무 제 생각만 했나 봐요. 천천히 같이 먹어요~ 크리스마슨데 눈 오고 참 좋지 않아요?"

매구가 창밖에 하얀 눈이 온 세상을 덮는 아름다운 광경을 보며 화제를 전환하며 말했다.

"아니야… 난 눈 오는 게 싫어… 군대에서는 눈이 오면 계속 쓸어야 해서 하늘에서 내리는 쓰레기라고 했거든."

쉬유는 쭈뼛대며 말했다.

"아하하… 재밌네요. 맞아요. 라이트한테 들었어요! 군인은 눈을 정말 싫어한다고 하던데요?"

매구는 밝게 말했다. 그렇지만 쉬유의 얼굴은 굳어졌다.

"재밌긴 뭐가 재미있어… 군대가 얼마나 힘들었는데… 네가 뭘 안다고…"

쉬유는 굳은 얼굴로 말했다. 쉬유의 말에 내내 밝은 표정의 매구도 순간 자신이 무엇을 실수했는지 더듬었다.

"아… 쉬유 오빠 죄송해요… 제가 군대를 잘 몰라서…"

매구는 조심스럽게 말했다. 매구의 사과에 쉬유도 민망해진 듯했다.

"아… 아니야… 난 이제 갈게… 일이 있어서…"

쉬유는 쭈뼛거리며 자리에서 일어나 계산대로 향했다. 매구는 쉬유를 더 붙잡기엔 무리라 생각했는지 천천히 쉬유를 따라 나섰다. 서로 계산대 앞에서 약간의 정적이 흘렀다.

"내… 내가 낼게."

쉬유가 겨우 말을 꺼냈다.

"와아~ 정말요? 감사합니다~ 잘 먹었어요 오빠, 크리스마스 잘 보내세요~ 혹시… 혹시라도 생각나시면 별빛 고아원으로 와 주세요. 약도는 여기 있어요."

매구는 다시금 밝게 웃으며 말했다. 약도는 매구가 그린 듯 너무나 단순해 보였다. 그냥 테헤란로 사거리 골목에 점 하나 찍어 놓은 수준이었다. 쉬유가 보기에 이 약도는 서울 가서 김 서방 찾기나 다름없다고 생각했다. 그러나 지금 그것보다 중요한 것은 그런 생각을 하면서 긁힌 쉬유의 체크카드였다.

쉬유는 계산된 만 육천 원을 보면서 이 처자가 된장녀가 아닌가 생각했다. 그리고 잠시 후에 돈이 아깝다는 생각도 했다.

* * *

'이번 크리스마스는 화이트 크리스마스가 될 것으로 예상됩니다.

이브인 오늘 오후부터 눈이 내리기 시작해서 크리스마스인 당일까지 눈이 계속 내릴 것으로 보입니다. 풍속은 4m/s로 다소 강하겠고 적설 량은…'

화이트 크리스마스가 될 것이라는 기상 방송에 사람들은 그에 대해 들뜬 기분을 내고 있었다.

'특히 이번 화이트 크리스마스에는 괴도 버드가 교보타워 크리스마스트리의 문드스타를 가져가겠다는 예고장을 보내 온 상태라서 더욱 화려한 크리스마스이브가 될 것으로 보입니다.'

뿐만 아니라 각종 매체에서는 괴도 버드의 반년 만의 등장을 대서특필하여 너도나도 보도를 하고 있었다.

'이에 봉황기업의 성경 회장은 헬기 군단을 띄어 만반의 준비를 하고 있고 왕경미 총경과 탐정 라이트 씨도 합류하여 괴도 버드의 침투 동선을 예측하기 위해 만반의 준비를 갖추고 있습니다.'

"자~ 보십시오~ 이 엄청난 헬기 군단을~ 하늘에는 눈까지 내리고 있어 조명들로 빛나는 땅처럼 하늘도 빛으로 가득 차 있습니다!"

기자가 열정적으로 보도를 하고 있었다.

'두두두두두두두~' 요란한 헬기 소리가 은은히 울려 퍼지는 크리스마스 캐럴을 잠식시켰다. 신나는 캐럴 송은 아니긴 했지만 얼마만에 느껴지는 시끄러운 크리스마스였다. 그러지 않아도 수많은 사람들로 모인 테헤란로의 크리스마스이브 풍경에 헬기와 동원된 경비 병력이 더욱 더 번화함을 배가시켰다. 특히 괴도 버드가 나타나기로 한 교보 타워 트리에는 발 디딜 틈 없이 인파로 인산인해를 이루고 있었다.

"교보타워 트리 주위로 배치된 무장한 정예 경비 병력을 과연 괴도 버드가 뚫을 수 있을까요! 이제 괴도 버드가 오겠다고 한 예고 시간까지는 앞으로 삼십 분 남았습니다!"

기자가 감정을 이입하여 보도를 하고 있었다.


"그래, 라이트 군, 자네 생각은 어떤가."

봉황기업 회장 성경은 본인의 집무실에서 와인을 한 모금 한 뒤 점잖게 라이트에게 물었다.

"저도 회장님 의견에 동감합니다. 괴도 버드는 쇼맨십을 즐기는 녀석이기 때문에 제 사견으로는 공중에서 어떤 방식으로든 나타날 거라고 보입니다. 빌딩 주위가 다 마천루이기 때문에 스파이더맨처럼 와이어를 이용해 등장한다든가 하는 방법으로 나타날 것입니다. 그리곤 빠르게 문드스타를 낚아챌 것입니다. 그때 회장님께서 생각하시는 헬기로 그물망을 던져서 잡는다면 그보다 이상적인 방법은 없다고 생각합니다. 그렇지만 지금 바람이 좀 불고 있고 빌딩 숲 사이로 헬기 조종이 어려워 적재적소에 그물을 투하하기엔 불편한 점이 있긴 합니다."

라이트 역시 점잖게 말했다.

"하하하, 라이트 군, 그런 점이라면 염려 말게. 헬기 조종사들은 모두 베테랑이긴 하지만 그중에서도 7호기의 용스 중령은 세계 최고의 헬기 조종사라네. 은퇴하신 분이지만 내가 특별히 거액을 드리고 모셔 왔다네."

회장은 라이트가 쓸데없는 걱정을 하고 있다는 투로 말을 했다.

"네, 실현만 된다면 좋겠지요. 그리고 회장님께서 저격수를 배치한 것도 훌륭한 전술이라고 생각합니다. 다만 비비탄 정도로 괴도 버드의 특수 제작된 옷에 타격을 주기엔 어렵지 않나 생각합니다."

라이트는 회의적인 투로 말을 했다.

"하핫, 라이트 군, 생각보다 걱정이 많으시군. 단순 비비탄이 아니라는 것은 천재인 라이트 군이 더 잘 알지 않나. 티타늄 합금으로 돼 있어서 나는 오히려 괴도 버드가 다치진 않을까 걱정이 된다네."

회장은 계속 자신의 계획에 지속적으로 반박을 하는 라이트가 못 미더웠지만 그래도 호탕함을 잃지 않고 말을 했다.

"네, 회장님. 방금 회장님께서 말씀하신 대로만 된다면 정말 좋겠지요. 그러나 괴도 버드는 젊지만 산전수전을 다 겪은, 절대 무시해서는 안 되는 상대입니다. 그럼 저는 괴도 버드가 움직일 만한 곳에 가서 잡을 수 있도록 최선을 다해 보겠습니다."

라이트는 가볍게 목례를 하고 회장 집무실을 돌아서서 나갔다.

"역시, 듣던 대로 싸가지가 없는 녀석이군. 저놈의 생각이 틀렸다는 것을 보여 줘서 코를 납작하게 해 줘야겠어."

회장은 라이트가 나가자 이를 갈며 말했다.

"네, 그렇게 하는 게 좋을 것 같습니다. 저런 놈은 매가 약입니다."

비서가 거들었다. 그러나 비서는 이내 곧 자신이 한 말이 상황에 맞지 않다는 것을 눈치챘지만 이미 늦었다는 것도 함께 눈치챘다.


"루돌프 사슴 코는~ 매우 반짝이는 코~ 만일 네가 봤다면 불 붙는다했겠지~"

별빛 고아원에서 매구는 피아노를 치면서 아이들과 함께 신나게 캐럴 노래를 부르고 있었다. 캐럴 곡을 한바탕 부르고 나니 겨울인데도 불구하고 매구의 이마엔 땀이 송골송골 맺혔다.

"매구야~ 이번에도 와 줘서 고마워~ 학교 공부하느라 바쁠 텐데."

별빛 고아원 원장 수녀가 매구에게 말했다.

"아니에요, 수녀님~ 제가 좋아서 하는 건데요~ 저도 여기 있으면서 얻는 것도 많고요~"

매구가 웃으면서 말했다.

"라이트가 와 줘서 산타 역할 해 줬으면 참 좋았을 텐데. 오늘 바쁘다고 했지?"

원장 수녀가 매구에게 물었다.

"라이트가 워낙 폼생폼사라서요~ 괜찮아요~ 양말 꾸미기해서 머리맡에 두고 자면 아이들이 좋아할 거예요~ 제가 왼손으로 편지 쓰면 저인지도 아마 모를 거고~"

매구가 아쉬움에 더 밝게 웃으며 말했다.

"애들은 네 왼손 글씨도 알 수도 있을걸~"

원장 수녀가 농담조로 말했다.

"에이~ 설마요~"

매구가 말했다. 순간 매구에게 달려온 아이가 원장 수녀와 매구와의 대화에 껴들었다.

"누나~ 누나~ 내가 만든 양말 봐 봐~ 어때?"

아이가 천진난만하게 말했다.

"어이구~ 우리 종현이 멋있게 만들었네~ 이 누나 것도 하나 더 만들어 주라~"

그러면서 매구는 흘깃 시간을 보았다. 일곱 시까지는 조금 남아 있었다.

* * *

"이제 괴도 버드가 예고한 시간인 일곱 시까지 십 초 남았습니다! 10! 9! 8! 7! 6! 5!…"

사람들의 환호성과 함께 기자의 카운트다운이 1에 도달했을 때 펑하는 소리와 함께 괴도 버드가 교보타워 가까이 심연 속에서 모습을 드러냈다. 괴도 버드는 공중에 서 있었다.

"아! 아닛! 공중에 서 있어?"

이를 지켜보던 사람들은 괴도 버드의 말도 안 되는 경이로움에 감탄을 금치 못했다.

"와~ 괴도 버드야~ 정말 아름답다."

공중에 비스듬히 서서 바람에 흩날리는 머릿결에 소복이 쌓이는 눈은 신비로움을 느끼게 했다. 약간 모습이 평소의 날렵한 괴도 버드 같아 보이진 않고 둔해 보이긴 했지만.

'정말 공중에서 등장했군. 아마 저 양 옆 건물 사이로 와이어를 연결해서 몸을 유지하고 있는 것일 거야. 그렇다면 이제 저 보석을 가지러

움직여야 하는데 가지고 난 뒤에는 어떻게 할 셈이지? 설마 경비원들이 에워싸고 있는 이 땅으로 내려오지는 않을 텐데…'

라이트는 이 기상천외한 괴도 버드의 모습을 보며 생각에 잠겼다.

"안녕하세요, 여러분~ 오늘 이렇게 세상이 하얘지는 날에 마음까지 하얗게 돼 보는 것은 어떨까요? 순수했던 어린 시절처럼요…"

괴도 버드는 언제나 그랬듯 신비스러우면서도 차분하고 조용한 목소리로 말했다. 조용한 목소리이긴 했지만 신비스런 괴도 버드의 목소리가 확성기를 단 듯 테헤란로 거리 곳곳에 울려 퍼졌다. 라이트가 공중에 서 있는 괴도 버드를 자세히 보니 늘 입고 다니던 개량한복 느낌이 아닌 패딩을 입고 있다는 것을 눈치챘다. 라이트가 평소 괴도 버드 같지 않다고 느낀 게 아마도 부한 검은색 패딩을 입고 있기 때문일 것이었다.

"자, 여러분 모두 행복한 크리스마스가 되기를… 메리 크리스마스…"

괴도 버드는 천천히 공중에서 15m 높이에 있는 크리스마스트리 꼭대기로 미끄러져 내려오기 시작했다. 괴도 버드는 헬기의 헤드라이트를 조명 삼아 공연을 하는 듯했다.

'쳇… 순수한 시절로 돌아가서 하는 게 고작 도둑질인거냐?'

라이트는 툴툴댔다.


"자, 이제 우리의 실력을 보여 주자."

봉황기업 회장 성경은 교보타워 최상층에 위치한 자신의 집무실에서 괴도 버드의 쇼를 내려다보고 있었다.

"자, 먼저 비비탄으로 괴도 버드를 쓰러뜨리자. 그리고 괴도 버드가 문드스타에 손을 대는 순간 그물망을 투하하는 거야. 도둑놈이라는 증거는 잡아야 하니까. 자, 사격 개시하라!"

회장의 말이 전달됨과 무섭게 마천루 곳곳에 배치돼 있던 저격수들은 괴도 버드를 향해 비비탄을 쏘기 시작했다.

*＊＊

쉬유는 집에 돌아와서 줄곧 고시원 방에 누워서 TV를 보고 있었다.

'어제부터 왜 이러지. 난 그냥 인생의 낙오자로 대충 조용히 살다가는 사람일거라고. 왜 자꾸 이렇게 뭔가 선택을 해야 되는 상황이 생긴 거지? 모르겠다. 그냥 TV나 보자.'

그렇게 생각하며 쉬유는 TV에 집중을 했다.

TV는 괴도 버드의 등장을 전 지상파 방송사에서 특집으로 다루고 있었다.

'어제 그 사람이네. 공중에 서 있다니… 이런 무슨 말도 안 되는… 도대체 뭐하는 사람이길래 이렇게 대중들을 끌고 다니는 거지?'

생중계되고 있는 방송에서 괴도 버드는 패딩을 껴입고 있었다.

'어? 저거 어제 내가 준 패딩이잖아. 저렇게 입고 뭘 하려는 거지?'

'타다다다당!' 쉬유는 흠칫 놀랐다. 괴도 버드가 보석을 향해서 미끄러져 내려오는 순간 총알들이 괴도 버드를 향해서 날아왔기 때문이다.

'저… 저러다가 다치는 거 아냐…? 뭐지…? 어제 하루 봤는데 내가 왜 저 여자를 걱정하고 있는 거지?'

순간 이상한 감정에 휘말렸던 쉬유는 펑 하는 소리와 함께 이내 곧 정신을 차렸다. 총알을 맞은 괴도 버드의 패딩은 일순간에 터졌다. 순간 괴도 버드는 사라지고 터져 버린 패딩 속에서 나온 새하얗고 아름다운 깃털이 하늘에서 내리는 눈과 함께 조화를 이루며 은은한 빛을 감싸 안으며 크리스마스트리에 소복이 내려앉고 있었다. 세상이 빛으로 물드는 아름다운 광경이었다. 크리스마스이브 밤이었지만 그 어느 때보다 밝고 맑았다. 교보타워 광장에 모인 수많은 사랑하는 사이와 지나가는 시민들은 이 아름다운 광경을 넋을 잃고 바라보았다. 그리고 그들은 이 아름다움 속에서 행복을 느끼는 것 같았다. 쉬유 역시 TV로 이 광경을 접했지만 그도 넋을 잃고 바라보았다.

'고작 내 우중충한 검은색 패딩이 세상을 이렇게 아름답게 만들고 누군가에게 행복한 표정을 짓게 만들다니…'

쉬유는 벅차오르는 감정을 주체하지 못하며 불현듯이 고시원 밖으로 뛰어 나갔다.

\* \* \*

'떵~ 동~'

일곱 시가 되는 순간 별빛 고아원의 종소리가 울렸다. 주방에서 아이들 간식을 준비하고 있던 매구는 점심 때 쉬유의 반응을 보고 이번

해에는 산타는 포기해야겠다고 생각을 했다. 그저 밤에 아이들 머리맡에 놓인 양말에 선물을 넣어 주는 것으로 만족해야겠다는 생각을 하고 있었다. 그러던 중 이렇게 들린 벨소리는 매구에게 큰 희망을 심어 주었다. 매구는 기쁜 마음으로 버선발로 뛰어 나갔다.

"기다리고 있었…!"

\* \* \*

봉황기업 회장도 크리스마스트리의 아름다운 광경을 넋을 놓고 보고 있다가 이내 곧 정신을 차렸다.

"그… 그물을 던져! 그물을 던지란 말이야! 괴도 버드 어디 갔어!"

회장이 신호를 보냈지만 헬기들도 트리의 아름다운 광경에 넋이 나갔는지 하늘 위를 뱅뱅 돌고 있기만 했다.

"7호기 용스 중령! 빨리 그물을 던지란 말이다!"

회장은 다급하게 외쳤지만 괴도 버드 위를 돌고 있던 7호 헬기에선 반응이 없었다.

"이게 뭐야! 용스 중령 늙어서 노망난 거 아닌가!"

회장은 뭔가 잘못 되고 있다는 것을 깨닫고 책상을 내리쳤다.

"다른 헬기들도 그물을 투하하라고 해! 트리 주변 어딘가에 있을 테다!"

라이트도 잠시 황홀경에 휩싸였지만 이내 곧 이성을 차렸다.

'뭐지…? 문드스타는 그대로 트리 꼭대기에 있는데… 다른 모조품으로 바꿔치기를 한 것일까? 아니면 괴도 버드는 문드스타와 어우러진 이 아름다운 트리의 모습을 단지 감상하고 싶었던 것뿐일까? 이 아름다운 광경에 다들 넋을 놓았을 때 시민들 틈으로 숨은 것일까? 아냐… 땅으로 내려왔다면 금방 이성을 차린 내가 놓쳤을 리 없어… 그렇다면… 헬기… 지금 저 헬기는 회장의 계획대로 행동하지 않고 있어… 잠시만… 괴도 버드의 예고장이 정확히 뭐라고 쓰여 있었지? 그리고 괴도 버드가 여기 와서 뭐라고 했지? 순수했던 어린 시절…? 이런… 내가 이렇게 바보 같은 실수를 하다니…'

라이트는 교보타워를 벗어나 어두운 골목을 향해 뛰기 시작했다. 겨울인데도 라이트의 이마엔 땀이 송골송골 맺혀 있었다.

회장의 명령이 떨어지자마자 여러 헬기에서 그물이 투하되기 시작했다. 순식간에 아름다운 눈으로 내리던 하늘에는 사람을 옭아매는 그물이 추하게 내리기 시작했다. 그러면서 일순간에 교보타워 앞 광장은 아수라장이 되었다. 길을 지나가던 시민들, 데이트를 즐기던 커플들은 난데없는 그물세례를 맞으며 혼란에 휩싸였다.

"저… 회장님, 뭔가 잘못된 거 같은데요? 이대로라면 우리 기업 이미지가… 무고한 시민들에게 그물을 던진 생각 없는 기업이 될 우려가…"

비서가 처음으로 회장의 의견에 거들지 않고 말했다.

"나도 알아! 이런 젠장… 이게 뭐야! 다 괴도 버드 때문이야!"

회장은 분노로 씩씩대면서 말했다.

* * *

"제가 산타 역할을 해도 될까요?"

산타 복장을 하고 있는 괴도 버드가 말했다. 산타 복장이긴 했지만 짧은 치마에 딱 달라붙는 옷과 그에 드러난 몸매며 너무나 아름답고 예쁜 산타였다. 더군다나 빨간색 옷이 그 분위기를 더해 주고 있었다.

"당신이 기다리고 있는 분은 아직 마음의 정리가 되지 않은 거 같거든요."

"아…"

매구는 생각했던 사람이 아닌 생각지도 못한 사람의 등장에 잠시 당황하며 뜸을 들였다. 하지만 매구는 이내 곧 방긋 웃으면서 말했다.

"물론이죠! 누군지가 상관이 있겠어요? 무엇을 하느냐가 가장 중요하죠! 어서 들어오세요! 예쁜 산타 언니 님~!"

매구는 괴도 버드를 안으로 안내하면서 아이들을 향해 밝게 웃으며 말했다.

"애들아~ 우리 산타 할아버지의 딸인 산타 언니 누나가 우리한테 선물 주러 오셨어~ 일 년 동안 착한 일 많이 했다고 칭찬해 주신대~"

"와아~"

아이들의 눈이 별처럼 초롱초롱 빛났다.


"와 주셔서 감사합니다~ 아이들에게도, 그리고 저에게도 최고의 크리스마스 선물이네요~ 간단하게 차라도 대접해 드리고 싶은데… 괜찮으세요?"

매구는 고아원 뒷문에서 아이들에게 선물을 다 나눠 주고 떠나려는 괴도 버드를 배웅하면서 말했다.

"괜찮습니다. 저는 다음 일이 있어서 이만 가 봐야 해요. 하나 드리고 싶은 말이 있는데 그대가 기다리던 사람, 조금이라도 더 기다려 주셨으면 좋겠네요. 그럼 이만. 아, 그리고 고아원에 널브러져 있던 그 되게 큰 산타 옷, 봤는데 마감 처리도 좋고 자알~ 만드셨더라고요."

"아! 그 산타 옷이요? 제가 만든 거에요!"

매구는 괴도 버드의 칭찬에 밝게 웃으며 말했다. 괴도 버드는 매구의 말에 피식 웃으며 날렵하게 뒤돌아서 떠나가려고 했다.

"아! 잠깐만요! 저 존함만이라도 알려 주실 수 있으세요?"

매구는 뒤돌아서 떠나가려는 괴도 버드의 등 뒤로 외쳤다.

돌아서 있던 괴도 버드는 살짝 미소를 머금은 채 고개만 살짝 매구 쪽으로 돌리며 말했다.

"…괴도 버드라고 하면 아시려나요…?"

괴도 버드는 피식 웃고는 다시 고개를 돌리고 날렵하게 어둠 속으로 사라졌다.

매구는 초롱초롱한 눈망울로 괴도 버드가 사라진 자리를 멀거니 반한 표정으로 바라보았다.

* * *

"휴~"

괴도 버드는 테헤란로 어두운 골목에 잠시 멈춰 숨을 골랐다. 그때 더 어두운 골목에 누군가가 있었다.

"완전히 당했어. 완전히 속았어. 역시 괴도 버드야."

라이트가 미소를 띠며 어둠 속에서 스산하게 등장을 하면서 말했다. 주머니에 손을 찌른 라이트의 모습은 당한 사람치고는 당당했다.

괴도 버드는 벽에 등을 기댄 채로 피식 웃으면서 라이트에게로 시선을 돌렸다.

"아예 예고장이 오기 전 22일 밤부터 당한 거였어. 항상 보석을 훔쳤던 너였기에 22일에 교보타워에 모습을 드러내며 마치 문드스타를 훔치려고 하는 것처럼 모두를 속였지. 거기에 맞춰 예고장에도 비싼 별을 언급하면서 문드스타를 훔칠 것임을 기정사실화하였지. 그리곤 24일 크리스마스이브날, 너는 역시 모두의 바람대로 교보타워에 너의 흔적을 보였지만 안타깝게도 실제로 너는 교보타워 근처엔 코빼기도 보이지 않았지. 바로 처음부터 별빛 고아원으로 향할 목적인 걸 너와 네 동료를 제외하고는 아무도 몰랐던 거야. 공중에서 쇼를 한 건 역시 너다운 모습이었어. 괴도 버드라면 그 정도 인상은 심어 줘야 하지 않겠나. 난 처음에 네가 공중에서 등장했을 때 빌딩 사이에 와이어를 설치한 것이라고 생각했는데 7호 헬기의 헤드라이트를 벗 삼아 트리를 향해 내려오는 모습을 보면서 생각을 바꿨어. 회장으로부터 신뢰받던 7호 헬기에 탄 사람이었던 용스 중령은 바로 네 동료였던 거야. 실제로 용스 중령의 서류는 위조된 것이었어. 영화 〈캐치 미 이프 유 캔〉이나 이번 대통령선거에서 문제가 된 학력위조만 봐도 언제든 쉽게 서류를 위조할 수 있다는 것은 누구나 알고 있지. 그렇게 경력 위조를 하고 헬기에 오른 네 동료 용스는 헬기 안에서 괴도 버드로 변장을 하고 예고한 시간 일곱 시에 연막과 함께 헬기에서 내려와 와이어에 매달린 채 공중에서 등장을 한 거였어."

"훗… 실패해도 상관없다는 마인드로 맨날 먹기만 하는 양체 아저씨한테 혹시나 해서 부탁을 한 건데 아저씨가 기대 이상으로 잘해 주었군 그래."

괴도 버드는 만족한 듯 피식 하며 웃었다.

"아저씨 고소공포증 있다면서 우는 소리 하더만 잘했네."

괴도 버드는 혼잣말인 듯 아닌 듯 중얼거렸다.

"그래. 너, 아니 네 동료는 처음 등장부터 헬기에서 내려온 거였지. 연막과 함께… 얼굴만 변장을 해서 키나 체형은 숨길 수 없을 수도 있었겠지만 패딩으로 부하게 입어서 다 너로 착각할 수밖에 없었어. 목소리는 미리 네가 녹음한 말을 네 동료가 시의적절하게 내보냈던 거고. 물론 넌 별 말도 하지 않았지만. 그리곤 기회를 봐서, 미리 염탐을 해서 회장이 비비탄을 쏠 것을 알고 있던 네 동료는 총알이 날아옴과 동시에 패딩을 터뜨려서 모두의 시선을 눈과 패딩의 깃털 쪽으로 끌고 그대로 다시 헬기로 올라갔어. 장치는 뭐 조종할 수 있는 도르래를 사용했겠지. 그리하여 마치 신비롭게 공중에서 사라진 것처럼 연기를 할 수 있었던 거야. 이어서 헬기에서 그물을 던질 것을 알고 있었던 너, 아니 네 동료는 바람과 헬기 기술을 이용해서 다른 헬기들이 제대로 그물을 투하하지 못하게 만들었어. 일반 시민들에게 그물이 떨어지면서 교보타워 광장은 혼란에 휩싸였고 무고한 시민들에게 피해를 입힌 봉황기업은 이미지가 추락하게 되었지. 과거 네가 여러 기업들을 혼쭐냈던 것처럼."

라이트의 목소리에는 너무 늦게 진상을 알아차렸음에 한탄스러움이 섞여져 있었다.

"하하하하하하! 우리 아저씨가 너무나 잘해 주셨네! 나에겐 최고의 크리스마스 선물이야!"

괴도 버드는 참을 수 없는 즐거움을 드러내며 호탕하게 웃었다. 라이트는 괴도 버드의 그 모습을 보고 짜증이 났다.

"그런데 이번에 너는 문드 스타를 훔치는 게 목적이 아니었기에 그러지 않았어. 너의 이번 크리스마스이브 목적은… 아이들에게 크리스마스 선물을 주는 것이었어. 예고장에 쓴 그대로…"

라이트는 겨우 말했다.

"그게 내가 뭐랬어? 친절하게 예고장에 귀한 별을 대접한다고 했잖아? 답은 항상 문제에 있다고. 이 세상의 진정한 별은 미래의 아이들 아니겠어?"

박장대소하던 괴도 버드는 끅끅대던 웃음을 참고 겨우 진정한 뒤 다시 차가운 괴도 버드의 하얀 얼굴로 돌아와 미소를 띠며 말했다.

"물건은 훔치지만 마음은 베푼다는 건가. 웬일이래… 천하의 대도가 직접 이런 아름다운 일도 하고."

괴도 버드는 피식 웃으면서 말을 했다.

"크리스마스니까."

괴도 버드의 차가운 목소리가 따뜻하게 들렸다.

"하나만 더 물어봐도 되나? 요즘 통 안 보였던데 무슨 일이 있었던 거지?"

"…꽃꽂이 좀 하느라 바빴거든."

괴도 버드는 피식 웃었다.

＊＊＊

다음 날 크리스마스 당일…

"메리 크리스마스~ 안녕하세요. 처음 뵐게요. 흰별원예 대표 유흰별이라고 해요~ 이번에 교보타워 크리스마스트리 전담 원예사 분께서 개인적인 사정으로 그만두셔서 쉬유 씨를 추천해 주시더라고요~ 보니깐 추천받길 참 잘했다는 생각이 드네요~ 어쩜 이렇게 원예를 잘하세요? 전에 계셨던 분도 정말 최고였는데 정말 쉬유 씨도 최고네요."

흰별은 15m 높이에서 교보타워 앞 크리스마스트리의 원예작업을 하고 있던 쉬유를 올려다보고 외치듯이 말을 했다.

"아… 저는…"

쉬유는 주머니 속에 별 모양의 보석을 만지작거렸다.

쉬유는 삼 일 전 일을 떠올렸다.

"패딩 저 이거 하나밖에 없는데… 요…?"

쉬유는 당황했다.

"대신 이 패딩과 비교할 수 없을 만큼 가치가 있는 물건을 줄게. 바로 방금 당신이 보고 왔던 크리스마스트리에 있는 별 모양의 보석이야. 그 보석은 다이아몬드야. 감히 당신이 만져 보지도 못할 세계 최고의 다이아몬드지. 그것을 가지고 이 문구점으로 가면 제대로 된 값을 받을 수 있을 거야. 대략 천억 원 정도는 받을 수 있을 거야."

천억이라는 소리를 듣자 쉬유는 벙쪘다. 괴도 버드는 말을 이었다.

"대신 그 보석을 따오는 일은 당신이 해야 해. 그렇지만 걱정 마. 내가 쉽게 가져오는 법을 알려 줄게. 크리스마스 아침 여섯 시에 그 트리 원예작업을 하기로 예정돼 있어. 너는 단순히 15m 사다리를 타고 올라가서 모조품과 그 보석을 바꿔치기만 하면 돼. 물론 원예도 잘해야겠지. 여기 이거 봐 봐. 이대로 자르기만 하면 아무도 당신이 원예를 모르는 초짜라고 생각하지 않을 거야."

괴도 버드는 크리스마스트리가 그려진 그림을 내밀면서 말을 했다.

"자, 여기 바꿔치기할 별 모양 보석이야."

괴도 버드는 아름다운 별 모양의 보석을 어디선가 꺼내 쉬유에게 주었다.

"아… 너무 갑작스럽네요… 왜 하필 이런 비참한 나에게…"

"크리스마스 선물이야. 인간은 누구나 크리스마스 선물을 받을 자격이 있다고."

"아… 그래도 이건 도둑질이…"

"이제 그걸 판단하고 실행하는 건 당신 몫이야. 저 크리스마스트리의 보석도 수많은 사람의 목숨을 훔치면서 탄생했어. 도둑질이라고 생각해서 가져오면 도둑질이 되는 거고. 크리스마스 선물이라고 생각하면 선물이 되는 거야. 그 선물이 꼭 다이아몬드가 아닐 수도 있겠지만."

괴도 버드는 말을 마치자마자 날렵하게 돌아서서 건물 위로 올라갔다. 가려던 괴도 버드는 할 말이 남았는지 돌아서서 말을 했다.

"아, 그리고 방금 내가 준 별 모양 보석을 팔 바보 같은 생각은 하지 말길 바래. 그건 값어치 없는 모조품일 뿐이니깐."


"혹시 괜찮으시다면 부탁인데 앞으로 계속 해 주실 수 있으시나요? 전에 계셨던 분이 쉬유 씨 정말 바쁘신 분이라고 했는데~ 이렇게 고개 숙여 부탁드릴게요~"

흰별은 고개를 숙이면서 말을 했다.

쉬유는 삼 일 전 일을 생각하다가 흰별의 말에 정신을 번뜩였다.

"아… 그러실 것까진…"

쉬유는 주머니 속에서 만지작거리던 별 모양의 보석에서 손을 떼고 사다리를 타고 내려왔다.

"저… 제가 도움이 정말 된다면 하겠습니다. 제가 더 감사드리죠."

"정말요? 와아~ 감사해요! 그럼 다음에 또 볼 수 있는 거죠!"

흰별은 진심으로 기뻐하며 소리쳤다.

"네… 네… 그럼 전 가야 할 데가 있어서…"

쉬유는 불현듯이 생각난 게 있는 듯 돌아서서 살짝 빠른 걸음으로 걸어갔다.

"네에~ 안녕히 가세요! 연락할게요!"

흰별은 쉬유 뒤에서 소리쳤다.

알 듯 말 듯한 미소를 짓고 걸어가는 쉬유 뒤로 보이는 크리스마스 트리의 별 모양 보석은 여전히 아름답게 다이아몬드의 광채를 뽐내고 있었다.

* * *

"하아… 하아… 저어… 혹시 지금도… 산타 봉사… 할 수 있어?"

어느새 별빛 고아원까지 달려 온 쉬유가 거친 숨을 몰아쉬며 매구에게 말하고 있었다.

"오실 줄 알았어요~ 물론이죠~ 얼른 산타 복장으로 갈아 입으셔요~ 제가 특별히 제작한 산타 옷! 더블투엑스라지에요~"

매구는 기다리고 있었다는 듯 산타 복장을 쉬유에게 건넸다. 그 며칠 사이 마감 처리를 잘한 건지 괜찮아 보였다.

몇 분 뒤, 산타 옷으로 갈아입은 쉬유는 매구와 함께 아이들이 있는 방으로 갔다.

"얘들아~ 어제는 우리 산타 언니 누나가 오셨고, 오늘은 산타 할아버지가 오셨어~ 눈이 와서 길이 좀 막히셨나 봐~ 우리 모두 산타 할아버지를 반겨 주자~"

아이들의 함성이 크리스마스를 가득 채웠다.

인천항 살인사건

# 등장인물


박쉬유  30살, 항만 부두 아르바이트생.

이세리  30살, 항만 부두 관리팀장, 노동조합 지부장.

이봉팔  45살, 항만 부두 사장.

홍짱아  50살, 항만 부두 작업반장.

박복슬  45살, 항만 부두 크레인기사.

한덩치  65살, 항만 부두 경비.

박쉬니  33살, 이봉팔의 부인.

테리    63살, 경찰(경감).

# 1. 부두 사람들

쉬유는 눈이 휘둥그레졌다. 쉬유의 눈앞에 펼쳐진 거대한 항만은 절경이었다. 자연이 그랜드캐니언을 만들었다면 인간은 거대한 항만을 만들었다. 쉬유의 존재는 이 거대한 항만 안에서는 먼지 한 톨에 지나지 않아 보였다. 모든 게 거대했다. 오색빛깔로 테트리스 하듯 쌓아 올려진 레고의 블록 같은 컨테이너는 분주하게 크레인에 의해 움직여지고 있었다.

그 옆에는 끝이 보이지 않는 거대한 선박은 힘찬 기계음을 뿜어내며 분주히 움직이는 크레인과 대조적으로 묵직하게 정착해 있었다. 거대한 선박은 부딪치는 파도에도 조금의 미동이 없이 굳게 부둣가에 정착해 있었다. 이것은 마치 인간이 만든 거대한 선박이 자연을 극복한, 아니 자연을 억누를 수 있는 발명품처럼 보였다. 하지만 멀리 수평선 너머로 보이는 선박은 쉬유가 항만의 미세한 존재이듯, 끝없이 펼쳐진 망망대해의 작은 존재로 연약하게 보였다. 그저 자연이 이끄는 물결에 쓸려 조용히 항만 부두로 향하고 있었다. 쉬유는 잠시 이 광경에 취해 어질어질해졌다. 그러다 이 드넓고 거대한 황홀경을 깨운 건 삶의 고됨이 절로 느껴지는 굵고 거친 목소리였다.

"이봐, 뭘 그렇게 멍 때리고 있어. 얼른 따라와."

쉬유의 뒤에서 거대한 그림자가 그를 덮쳤다. 쉬유는 뒤를 돌아보았다. 뒤에는 190은 되어 보이는 큰 키와 등 뒤에 숨어도 티가 안 날 정도로 어깨는 두 배 정도 넓은 우락부락한 체격에 험상궂은 인상의 남자가 땀을 뻘뻘 흘리며 쉬유를 노려보고 있었다. 아니, 노려보는 게 아닐지도 몰랐다. 원래 인상이 그런 것일 수도 있었다. 쉬유는 그런 그 남자의 압도적인 모습에 눌려 슬쩍 올려다봤다. 그러나 이내 쉬유는 고개가 들고 있기가 버거운지 고개를 다시 내렸다. 그때 마주친, 쉬유의 눈높이 즈음에 있는 그의 가슴팍에는 오버로크로 '홍짱아'라고 적혀 있었다. 그는 원래는 흰색이었던 듯했지만 누리끼리하게 변한 민소매 위에 딱 보아도 튼튼해 보이는 짙은 청색의 작업복을 입고 있었다. 짱아의 훤히 드러나 보이는 검게 그을린 구릿빛 피부, 얼굴 크기만 한 삼두근, 옷이 터질 듯이 튀어나올 듯한 우락부락한 생활근육은 그의 땀으로 인해 맨들맨들 윤이 났는데 마치 보디빌더 선수 같았다. 하지만 그런 우락부락한 몸과는 어울리지 않게 느껴지는 그의 갈색 곱슬머리는 뭔가 귀엽게 느껴지기도 했다.

그렇게 쉬유가 속으로 나름 웃음을 짓고 있을 때 짱아는 심드렁한 표정을 지은 채 턱짓으로 쉬유에게 가자는 모션을 취했다. 쉬유는 괜히 자신의 웃음이 들킨 게 아닌가 싶어 살짝 겁이 나 짱아의 눈치를 살폈다. 다행히 짱아에게 들키지 않은 건지 짱아는 쉬유를 쳐다보지도 않고 성큼성큼 앞장서서 걷기 시작했다. 쉬유는 그런 짱아를 뒤따랐다. 하지만 쉬유 보폭의 두 배 정도 되는 짱아의 걸음걸이를 따라잡지 못해 거의 달려가듯이 그를 쫓았다. 그렇게 몇 분 정도 걸었을까. 아니, 달렸을까. 쉬유는 숨이 점점 가빠질 무렵 짱아의 걸음이 우뚝 멈춤과 함께 쉬유도 멈춰 섰다. 쉬유는 양손을 무릎에 대고 잠시 숨을 골랐다.

"여기가 바로 네가 일할 곳이다."

짱아의 시선이 정면에서 위쪽을 향했다. 짱아를 보고 있던 쉬유의 시선도 짱아의 시선을 따라 움직였다. 짱아만 쳐다봐도 목이 아픈데 그 짱아보다도 위쪽을 보려니 어지러웠다. 쉬유의 눈앞에는 파란색, 빨간색, 초록색 등 오색 빛깔의 거대한 컨테이너들이 어디가 끝인지 모를 만큼 넓고도 높게 층층이 다닥다닥 붙어서 쌓여 있었다. 쉬유는 이 아득한 광경에 처음 항만부두에 들어왔을 때와 비슷한 경탄을 내뱉었다.

그런 황홀경에 빠져 있는 것도 잠시, 쉬유는 옆에서 성큼성큼 컨테이너로 걸어 들어가는 짱아를 보았다. 쉬유는 그런 그를 그저 멍하니 바라보았다.

"이봐! 뭐하고 있어! 어서 짐 날라."

짱아는 컨테이너 안에서 박스를 밖으로 옮기며 말했다. 짱아의 구릿빛 이두박근이 잔뜩 성을 내고 있었다.

"네? 네…"

쉬유는 멍하게 있다가 헐레벌떡 컨테이너 안으로 뛰어 들어갔다. 방금 전까지 쉬유는 거대한 항만을 바라보는 관찰자의 시점이었다면 지금의 쉬유는 거대한 항만을 이루는 수백만 개 조각 중 하나가 된 순간이었다.

며칠 전이었다. 쉬유는 여느 때와 같이 고시원에서 티비를 보면서 뒹굴고 있었다. 마땅히 볼 만한 채널이 없어서 리모컨으로 하릴없이 채널을 돌리는 중이었다. 한동안 한창 했던 크리스마스트리 조경 일도 계절이 두 번 바뀌면서 뜸해졌다. 쉬유는 크리스마스트리만 할 수 있는 크리스마스트리 원툴이라 다른 조경 일은 자신이 없었다. 그래서 다음 시즌을 기약하고 다시 일을 알아봐야 하는 늘 그래 왔던 상황이 되었다.

그래도 요즘 조금 나아진 게 있다면 매구의 부탁으로 고아원 봉사를 종종 나가게 되면서 밝고 건강한 아이들을 보며 쉬유 자신도 마음의 위안을 얻는다는 점이었다. 하지만 걱정되는 부분도 있었는데 고아원 아이들 선물을 사야 한다든가 매구가 봉사 끝나고 자꾸 밥을 사달라고 해서 지출이 늘게 되었다는 것이었다. 그렇게 얼른 다시 일을 구해야겠다는 생각을 하고 있었던 와중 매구에게서 연락이 왔다. 쉬유는 또 밥을 사야 되는 것인가 하고 잔뜩 긴장을 하고 연락을 받았다. 하지만 다행이었다. 매구가 그렇게 배가 고프지 않은 건지 카페에서 만나자고 했던 것이다. 쉬유는 가볍게 옷을 걸치고 고시원을 나갔다.

하지만 그 다행이라고 생각했던 시간은 그리 오래가지 않았다. 매구는 밥값보다도 비싼 카페에서 기다리고 있었던 것이었다. 쉬유는 그러면 그렇지 하며 역시 괜한 기대였다고 생각했다.

"쉬유 오빠~ 여기에요~"

매구는 웃으면서 쉬유를 반겼다. 쉬유는 역시 이 미소에 녹을 수밖에 없었다. 언제 돈이 아깝다는 생각을 했냐는 듯 쉬유는 자연스럽게 지갑을 열고 있는 자신을 발견했다.

쉬유는 자리에 앉기가 급하게 메뉴를 주문하러 다시 일어서야 했다. 쉬유는 언제 와 봐도 어려운 메뉴판에 서서 겨우 주문을 하고 매구가 원한 신 메뉴인 듯한 아이스말차초콜렛 어쩌구와 자신이 늘 먹던 아이스 아메리카노를 들고 자리로 왔다.

"와~ 잘 먹겠습니다~ 정말 먹고 싶었던 건데~"

매구는 쉬유에게 감사 인사를 하고 아이스말차초콜릿 어쩌구를 앵두 같은 입술로 한 모금 쪼옥 했다. 매구의 입술에 휘핑크림의 하얀 색깔이 묻어 나왔다. 쉬유는 딴청을 부리며 매구가 마신 음료수를 바라보았다. 잎사귀 색깔 음료에 초콜릿인지 시럽이 들어가고 휘핑크림이 잔뜩 올라가 있는 게 맛이 궁금했다. 쉬유는 자기도 모르게 침을 꿀꺽 삼켰다.

"와~ 맛있다~"

매구는 입술을 안쪽으로 살짝 빨아 입술에 묻은 크림을 지웠다. 매구의 앵두 같은 입술이 다시 드러났다.

"쉬유 오빠, 그런데 라이트 친누나네 회사에서 일 구하고 있던데 한번 일해 보시지 않을래요? 라이트가 오빠한테 직접 말한다고 했는데 제가 고아원 봉사할 때 말하면 된다고 해서 제가 말하게 됐어요."

매구는 초롱초롱한 눈망울을 밝히며 말했다.

"무… 무슨 일인데?"

쉬유는 일이라고 해서 내심 반가웠지만 불안하기도 했다. 무슨 생각을 하는지 모르겠는 매구가 제안하는 일이였기 때문에.

"음… 항만부두에서 물건 하역하고 그런 것 같아요."

매구는 손가락을 들어 올리며 나름 잘 알고 있다는 듯이 말하려고 노력했지만 제대로 알고 있지 못하는 것 같았다.

"항만… 부두?"

쉬유는 의심의 눈초리를 띠며 되물었다.

"네, 저기 인천에 있는 항만이에요!"

매구는 밝게 말했다.

"이… 인천이라고?"

쉬유는 갑자기 티비에서 수십 번 봤던 영화 〈친구〉가 머릿속에 떠오르며 멋있게 폼을 잡고 '니가 가라… 인천…'이라고 말하는 멋진 자신의 모습을 상상했다. 하지만 절대로 그런 모습을 실현시킬 수 없었다.

"네! 운전해서 고속도로 타고 가면 되니까 여기서 그렇게 오래 걸리지 않을 거예요!"

역시 매구는 밝게 말했다. 쉬유는 이쯤 되면 지금 이 아가씨가 자신을 놀리는 건지 의문이 들었다. 자동차는커녕 운전면허도 없는 쉬유였다.

"여기 약도예요!"

매구가 내민 약도 역시 기대를 저버리지 않았다. 그저 인천 바닷가에 크게 동그라미를 쳐 놓은 단순한 약도였다. 아니, 약도라고 하기에도 약도에게 미안했다. 이 정도면 모래사장에서 바늘 찾는 꼴이었다.

"그… 그냥 스마트폰으로 링크 찍어 줘…"

쉬유는 큰맘 먹고 매구에게 요구를 했다. 그동안 쉬유는 크리스마스트리 원예 일을 나름 전문적으로 하면서 장족의 발전을 이룬 듯했다. 쉬유는 이렇게 말하는 자신이 조금은 뿌듯한 듯했다.

"아! 네! 제가 검색해서 보내드릴게요!"

매구는 그렇게 말하고는 곱고 가녀린 손가락으로 흥얼거리며 스마트폰으로 검색을 시작했다. 그런데 밝았던 매구의 표정은 점점 갸우뚱하는 표정으로 바뀌고 있었다.

"어…? 검색해도 안 나오네…"

매구는 혼잣말로 중얼거렸다. 쉬유는 왠지 모를 불안감이 엄습했다. 검색해도 나오지 않는 회사라니… 말로만 듣던 유령회사인가 싶었다.

"쉬유 오빠. 그냥 여기, 인천 컨테이너 터미널 근처에 푸른 항만이라고 있거든요? 여기 가셔서 찾으시면 될 것 같아요!"

매구는 세상 물정 모르는 것 같은 순수한 얼굴을 하고 말했다.

"아마 택배 상하차 정도 일일 것 같아요. 오빠는 듬직하고 건장하니깐 잘하실 것 같아요! 그럼 파이팅하세요!"

매구는 여전히 세상에도 없을 순수한 얼굴을 하고 있었다. 쉬유는 다시 또 이 얼굴에 넘어갈 수밖에 없었다.

"아! 그리고 내일부터 바로 일하러 가시면 된대요!"

쉬유는 더욱더 불안감이 엄습했다.


'이게 말로만 듣던 공포의 택배 상하차 일인가!'

쉬유는 어느샌가 생각할 겨를도 없이 항만부두의 일원이 되어 일을 하고 있었다. 그러면서 철근만큼 무겁게 느껴지는 수많은 짐들을 컨테이너 밖으로 옮기며 속으로 절규를 했다. 이번에도 매구에게 속아 넘어간 게 너무나 원망스러웠다. 오늘만 버티고 도망갈 생각이 머릿속에 가득했다. 그렇게 팔에 힘이 빠져 더 이상 짐을 옮기지 못할 것 같은 순간이었다. 이제 한계에 봉착하여 못하겠다는 말이 턱 끝까지 차오른 순간이었다.

"밥 먹고 하쇼."

옆에 있던 짱아가 자신의 덩치만 한 거대한 짐을 쾅 하고 내려놓으면서 말했다. 그는 마치 혼자 일을 다한 듯 온몸이 땀범벅이었다. 하지만 뭐가 어찌되었던 쉬유에게 지금의 짱아는 구세주였다.

쉬유는 마치 세상에 처음 나와 어미 닭을 쫄래쫄래 따라다니는 병아리처럼 짱아의 뒤를 쫄래쫄래 따라 식당에 도착했다. 식당에 들어선 쉬유는 다시 눈이 휘둥그레졌다. 아침에 보았던 항만의 광활함과는 다른 의미로 눈이 휘둥그레졌다. 식단이 장난 아니게 화려했던 것이다. 돼지고기 김치찌개에 동그랑땡, 단호박샐러드, 어묵볶음… 반찬 수를 헤아릴 수 없을 정도였다. 마치 인터넷에서 명성만 들었던 에버랜드 알바 식단을 능가하는 진수성찬이었다. 먹고 열심히 일하라는 회사의 깊은 뜻이 느껴졌다. 하지만 쉬유는 많이 먹지 못했다. 오전 일과 동안 그리 길지 않은 인생이라 할 수 있지만 쉬유의 삼십여 년 인생에서 처음 느껴 보는 고된 일을 하면서 식욕이 다 떨어졌다. 토할 것만 같았다. 쉬유는 이 맛있는 밥을 두고 깨작거렸다.

"거 참, 편식하쇼? 오후는 더 힘들 텐데 많이 먹고 힘내야지. 요즘 젊은 것들이란."

쉬유의 맞은편에서 우걱우걱 밥을 먹던 짱아는 방황하는 쉬유의 젓가락질을 보고 쯧쯧 혀를 찼다. 쉬유는 리액션이랍시고 슬쩍 짱아의 식판을 봤다. 밥이며 반찬이며 뭐며 산처럼 쌓여 있었다. 아무래도 인터넷방송에서 먹방을 하면 대식가로 대박 날 것 같다고 생각했다. 그때 쉬유의 옆자리로 식판이 하나 내려왔다. 그리고는 의자를 빼는 소리가 났다. 그러고는 어떤 한 사람이 쉬유의 옆자리에 앉았다.

"안녕하세요. 쉬유 씨죠? 매구한테 얘기 들었어요."

쉬유는 자신의 이름을 부른 사람에게 고개를 돌렸다. 짧은 숏컷 헤어스타일에 화장기 없는 뽀얀 피부, 귀여운 강아지상 얼굴에 청초한 느낌이 물씬 풍겨져 나오는 아리따운 여성이었다. 그녀가 입고 있는 치마 원피스는 그녀의 깔끔하고 예쁘장한 외모 덕택인지 옷을 예쁘게 잘 입는다란 느낌이 확 들었다. 그렇지만 뭔지 모를 걱정거리를 안고 있는 듯, 수심이 느껴지는 차분함이 풍겨져 왔다.

"안녕하세요, 반장님."

그 여성은 자리에 앉으면서 대각선에 있는 짱아에게 가볍게 목례를 했다. 짱아도 무뚝뚝한 얼굴로 그 여성에게 인사를 했다. 그 여성이 쉬유 쪽으로 시선을 돌렸다.

"안녕하세요. 저는 이세리라고 해요. 쉬유 씨가 속한 물류 관리팀 팀장입니다. 그리고 노동조합에서 일하고 있기도 합니다."

세리는 자기소개를 하고 가슴에 있는 동그란 배지를 매만졌다. 노란색 스마일 배지였다. 배지 아래에는 작게 노동조합이라고 써져 있었다.

"매구가 열심히 하는 분이라고 어찌나 칭찬을 하던지… 잘 부탁드립니다."

세리는 앉은 자리에서 고개를 꾸벅 숙이며 말했다. 쉬유는 건너 듣는 칭찬에 쑥스러우면서도 세리의 꾸벅 인사에 답례를 하듯 고개를 약간 숙였다. 그렇지만 세리의 대각선에 있던 짱아의 원래 험악한 얼굴은 더 험악해졌다. 세리의 말에 동의를 하지 못한다는 못마땅한 표정이었다. 짱아는 오전에 일하는 동안 느릿느릿하고 헉헉대기만 한 쉬유를 흘겨보았다. 하지만 세리는 그런 짱아의 시선을 눈치 못 챘는지 말을 이었다.

"오전에 일해 보셨는데 어떠셨어요? 우리 반장님 완전 베테랑이셔서 잘 알려 주셨을 텐데… 여기 푸른 항만에 대해서 완전히 꽉 잡고 계시는 분이죠."

세리는 짱아를 보면서 말했다. 쉬유는 세리의 말에 앞에 앉은 짱아의 눈치를 살폈다. 오전 내내 화만 내면서 이것저것 명령조로 시키기만 한 짱아의 모습이 떠올랐다.

"거 참… 베테랑은 무슨…"

짱아는 세리의 갑작스런 칭찬에 표정이 조금은 풀려 보이긴 했지만 투덜거리는 말투는 여전했다.

"왜요~ 저도 처음 왔을 때 현장일 어떻게 하는지 반장님한테 다~ 배웠잖아요."

계속 무표정이던 세리가 처음으로 얼굴에 살짝 미소를 머금으며 말했다. 사람은 웃으면 예뻐진다는 말이 맞는 것 같았다.

"알아서 잘하셨음시롱. 무슨…"

짱아는 툴툴거렸다.

"왜… 무거워서 낑낑대면서 들지도 못하는 거 잘 드는 요령도 가르쳐 주시고~ 그래서 저 이렇게 근육도 생겼잖아요."

세리는 있어 보이지도 않는 오른쪽 이두근을 왼손으로 매만지며 말했다. 그때 쉬유는 짱아를 보았다. 짱아는 퉁명스런 표정을 짓고 있었다.

"아, 그리고 쉬유 씨, 괜찮으시다면 일 끝나고 우리 노동조합 들리세요. 일하느라 고생하셨는데 차도 한 잔 마시고 쉬었다 가세요. 책도 있고 컴퓨터도 있고 티비도 있어요."

세리는 쉬유에게로 시선을 돌려 말했다. 쉬유는 갑자기 자신을 빤히 바라보는 세리의 눈길이 부담스러운 듯했다.

"맛있는 간식도 있고요."

세리는 한마디 더 붙였다. 아마 쉬유의 체형을 보고 더 붙여 말한 듯했다.

"허 참, 이 팀장님 오늘 처음 일한 사람한테까지 약을 파시네."

짱아는 옆에서 팔짱을 끼고 심드렁하게 말했다.

"에에? 약을 팔다뇨? 그러면서 반장님 오늘도 제일 먼저 오셔서 커피 한 잔 하고 가실 거잖아요."

세리는 순둥순둥한 눈빛으로 말했다.

"그… 그야 뭐… 노동조합 커피가 워낙 맛이 있어야 말이지…"

짱아는 속내를 들켜 민망한지 헛기침을 했다. 쉬유는 커피가 맛있어 봐야 아무렴 믹스커피보다 맛있을지 궁금했다. 쉬유의 삶에선 믹스

커피가 지존이었다.

"그렇죠. 우리 노조커피 진짜 맛있죠. 쉬유 씨, 커피 좋아하세요? 커피 한 잔 하러 오세요."

쉬유는 궁금해졌다. 도대체 어떤 커피기에 맛있다고 하는지. 쉬유는 커피 때문이라도 노조에 갈 이유가 생겼다.

"아, 그리고 오늘부터 장마 시작이라는데 우산 가져오셨어요?"

세리는 쉬유와 짱아를 번갈아보며 말했다.

"아니, 뭐 그냥 맞고 가지 뭐. 어차피 이따 오후에 일하면 땀이 비 오듯 쏟아질 텐데 뭐. 비 맞으면 시원하고 좋지."

짱아는 툴툴거리며 말했다. 옆에서 쉬유는 우산을 가져 오지 않았다는 듯 고개를 가로저었다.

"안 돼요. 요즘 산성비라 비 맞으면 몸에 안 좋아요. 머리 빠질 텐데."

세리는 정말로 걱정하는 말투였다.

"거 참… 어린이요? 아직도 그 말을 믿고 있게?"

짱아는 한심하다는 듯 말했다.

"어? 아닌가요? 저 어릴 땐 그렇게 배웠는데… 그래도 요즘 황사랑 미세먼지도 심하니깐 굳이 맞을 필요는 없잖아요. 저희 노조 사무실로 오셔서 우산 빌려 가세요. 반장님 쓰실 수 있게 완전 큰 장우산도 있어요. 우산 불편하면 우의도 있고요. 우의도 색깔 완전 예뻐요."

세리는 우산과 우의를 자랑하듯 말했다. 쉬유는 비가 오면 우산을 받아가야겠다고 생각했다. 쉬유는 한 번도 염색을 하지 않아 곱다고 자신하는 자신의 머릿결은 소중했기 때문에. 가진 게 머릿결밖에 없기 때문에 지켜야만 했다.

"참 나… 알았소."

짱아는 툴툴거렸다.

그때 식당이 소란스러워지기 시작했다. 쉬유와 세리, 짱아는 소리가 나는 쪽으로 고개를 돌렸다. 식당의 문 앞에 정장을 입은 회사원들이 정렬하기 시작했다. 그러고는 그들은 일동 우렁차게 '안녕하십니까!'라고 90도 인사를 했다. 그 인사에 맞춰 뚜벅뚜벅 거만한 걸음걸이로 한 뚱뚱한 중년 아저씨 한 명이 뒤뚱뒤뚱 걸어 들어왔다. 쉬유는 내심 반가웠다. 자신보다 더 뚱뚱한 사람이 있다는 것에. 그 아저씨는 완전한 정장이 아닌, 그렇다고 작업복도 아닌 푸른 항만의 작업조끼를 걸치고 있었다. 머리는 조금 벗겨져서 원래 나이보다 더 들어 보이는 듯했지만 얼굴은 피부가 번지르르한 게 기름진 음식을 꾸준히 잘 먹는 것 같은 느낌도 있었다. 인상은 딱 봐도 욕심이 느껴지는 게 축 늘어진 불도그 같은 볼살과 어디 걸고넘어질 만한 일 없나 하며 먹잇감을 찾아 헤매는 악랄하고 심술궂은 눈매가 인상 깊게 느껴졌다. 그리고 배를 쭉 내밀고 어깨를 편 채 걷는 팔자걸음은 딱 보아도 그가 높은 위치임을 알 수 있었다. 그 사람은 주위 사람들에게 불편한 인상을 풀풀 풍기며 손을 가볍게 들어 인사를 받아 주었다.

"나 참… 세상이 어느 땐데 아직도 저러고 있는지 원…"

짱아는 팔짱을 낀 채 투덜거리며 말했다. 옆에 있는 세리는 입을 조금 벌린 채 멍하게 그 쪽을 바라보았다. 쉬유도 누군지 궁금하다는 표정으로 보았다. 그 표정을 세리가 캐치했는지 세리가 쉬유에게 말했다.

"여기 인천 푸른 항만 사장님이에요. 이봉팔 사장님. 완전 욕심꾸러기에요, 욕심꾸러기."

세리는 쉬유를 향해 소곤소곤 말했다.

"더군다나 완전 앞뒤 꽉 막힌 꼰대 사장이지. 아직도 저런 가오 잡는 의전을 즐겨하는 거 보면. 에휴…"

짱아는 한숨을 쉬고 혀를 쯧쯧 하고 찼다. 쉬유는 짱아의 말을 듣고 짱아가 과연 꼰대라는 말을 꺼낼 자격이 있나 생각했다. 오전 내내 이 것저것 시키면서 '나 때는, 나 때는' 이러면서 진성 꼰대 짓을 한 게 누구인지 물어보고 싶었다. 쉬유는 그런 짱아를 몰래 흘겼다. 짱아는 그런 쉬유를 못 본 듯 혀를 차고는 말을 이었다.

"이 팀장님 같은 사람이 사장이 되어야 할 텐데."

"저요? 제가 무슨… 전 안 돼요… 모르는 것도 많고."

세리는 민망한지 고개를 숙이며 말했다.

"거참, 겸손한 소리 그만 하덜덜 마쇼. 이 팀장님도 하여간 답답한 게, 이 팀장님이 푸른 항만 지분의 대부분을 갖고 있는 자유 기업 회장님 딸이니깐 사고 안 치고 기다리기만 하면 곧 사장 되었을 텐데, 뭐 노조니 뭐 한답시고 자유 기업 회장님한테 단단히 찍혔으니 원…"

짱아는 험상궂은 얼굴로 말했다. 그렇지만 말투에서 정말로 아쉬워하는 느낌이 배어 나왔다. 그리고 쉬유는 놀랐다. 이 처자가 회장의 딸이라니. 뭐 조금 귀티가 나는 게 약간은 범상치 않을 거라는 느낌이 들긴 했었지만.

"…어쩔 수 없었던 거 아시잖아요."

세리는 고개를 더 숙였다. 수심이 가득해 보였다. 쉬유는 순간 그림자가 드리워진 세리를 멍하니 바라보았다. 그때 세리 근처로 한 사람의 그림자가 드리워졌다. 쉬유는 고개를 돌려 그 사람을 보았다. 그리고 그 모습을 보고 다시 또 놀랐다. 지금 뒷담화를 하고 있었던 이봉팔 사장이었다. 이봉팔 사장은 세리 옆에 서서 표독스런 미소를 짓고 있었다. 세리도 인기척을 느꼈는지 옆의 봉팔을 올려다보았다.

"어? 아… 사장님? 안녕하세요…"

세리는 살짝 얼굴이 굳어지는 게 보였지만 최대한 태연한 척 대하려고 하는 것 같았다.

"이 팀장도 식사 중이었어?"

봉팔은 금방이라도 침을 질질 흘릴 것 같은 표정이었다.

"아… 네, 사장님, 역시 푸른 항만의 밥은 언제나 맛있네요. 사장님도 얼른 드세요."

세리는 수저로 괜히 식판에 있는 밥을 끼적이며 말했다.

"그래야지. 내가 사장 되고 전면적으로 급식 개선 이뤄진 거 알지? 나한테 고마워하라고. 하하하하핫!"

봉팔은 사장의 체통은 없는 껠껠거리는 웃음소리를 냈다. 쉬유는 듣기 싫어 귀를 막고 싶었다.

"그나저나 이 팀장, 아직도 그 노조니 뭐니 하면서 일에 소홀히 하고 있다던데?"

봉팔은 음흉만 미소를 지으며 말했다.

"아니에요~ 사장님, 노동조합 일은 언제나 퇴근 후에 하고 있습니다, 업무에 절대 소홀하지 않아요."

세리는 살짝 당황한 기색이 엿보였지만 최대한 차분하고 침착하게 보이려 하고 있었다. 그렇지만 봉팔은 세리의 그 말에 갑자기 급발진을 하듯 얼굴이 일그러지며 울그락푸르락 변했다.

"뭐라고? 자네 지금 그게 명색이 팀장 입에서 나올 소린가? 퇴근시간이라니! 그러니 요즘 물류 관리팀 기강이 그 모양 그 꼴 아니야! 팀장이 퇴근을 할 생각을 해? 몸 다 바쳐서 일해도 모자를 판에!"

봉팔은 얼굴에 열이 오른 채 인상을 찌푸린 얼굴로 세리에게 호통을 쳤다. 쉬유는 고약한 인상을 쓰고 열을 내는 봉팔의 모습이 참 괴물처럼 징그러워 보였다. 사람이 아닌 것 같은 징그러움이었다. 세리는 갑작스런 봉팔의 고함에 당황한 듯 멍하게 있었다. 세리의 순둥순둥한 눈망울에서 눈물이 쏟아질 것만 같았다. 봉팔은 세리의 눈물이 글썽거리는 표정을 보자 본인도 조금 당황한 듯 헛기침을 하고 다시 원래의 능글거리는 말투로 돌아왔다.

"흠흠… 이세나 회장님께서 걱정이 많으시다네. 고작 한 사람 때문에 이 팀장이 이렇게 잘못된 길을 걷고 있는 것을 보면. 뭐 바뀌지도 않을 건데 일 년이나 되지도 않은 노조니 뭐시기 하면서 시간 낭비하지 말라고. 이건 다 내가 이 팀장을 생각해서 하는 말이야."

봉팔은 가증스런 미소를 띠면서 말했다.

"저… 전 괜찮습니다. 생각해 주셔서 감사합니다."

세리는 여전히 멍한 채로 고개를 숙이며 말했다.

"우리 이 팀장은 똑똑하니깐 알아서 잘하겠지. 그럼 다음에 보자고.

잘하고 있게나."

봉팔은 히죽대며 세리의 어깨를 툭툭 치고 갔다. 세리는 멍하게 있다가 옆에서 그를 보는 짱아와 쉬유의 시선을 느꼈는지 민망한 듯 머리를 긁적였다.

"저… 전 괜찮아요."

세리는 웃으려고 하였지만 슬퍼 보였다. 쉬유는 그런 세리를 그저 바라보았다. 이 처자, 참 바보 같고 측은하다고 생각했다. 그러고는 이내 또 누가 누굴 걱정하는지 쉬유 자신이 한심스러워졌다.


쉬유와 짱아는 밥을 다 먹고 말없이 컨테이너로 만든 사무실이자 휴게실로 왔다. 하나만 있는 컨테이너 문을 열고 들어가면 정리되지 않은 책상 두어 개에 잡다한 서류가 너저분하게 있는 사무실 구역이 있었고 그 옆으로 대충 가벽으로 어정쩡하게 구분해 둔 휴게실이 있었다. 휴게실이라고 해 봤자 정리하지 않은 잡동사니와 함께 의자 몇 개 깔아 두고 정수기 정도 설치된 게 전부였지만.

"거 담배 피워요?"

짱아는 담배를 하나 꼬나문 채 쉬유에게 말했다.

"아뇨, 안 핍니다."

쉬유는 말했다.

"그럼 거 눈 좀 붙이고 한 시까지 나와요. 눈 안 붙이면 오후에 엄청 힘들 테요."

짱아는 담배에 불을 붙이며 컨테이너 밖으로 나가면서 말했다.

쉬유는 그런 짱아를 슬쩍 본 뒤 의자에 앉았다. 한숨을 푹 쉬었다. 여기가 어딘가, 자기가 왜 여기에 있나 하는 혼란스러움이 몰려왔다. 시계 역할을 하는 핸드폰을 슬쩍 보니 열두 시 오십 분이 될락 말락 하고 있었다. 쉴 시간이 십 분밖에 안 남았다고 생각하자 눈앞이 캄캄했다. 하지만 그런 생각을 하던 것도 잠시, 너무 피곤했던 쉬유는 그대로 쓰러지듯 잠들었다.

그렇게 단잠을 자고 있을 때 깨우는 소리가 들렸다. 너무나 우렁찬 목소리에 정신이 바짝 들었다. 짱아의 목소리였다. 시계를 보니 한 시가 다 돼 있었다. 십 분 정도밖에 자지 않았지만 그렇게도 꿀잠을 자 본 기억은 오래간만이었다. 쉬유는 허겁지겁 밖으로 나왔다. 밖에 날씨는 비가 오려는 듯 한창의 오후인데도 우중충했다.

"거 참, 깨우기 전에 바딱바딱 다녀야지."

짱아는 툴툴거리며 말했다. 짱아의 옆에는 못 보던 사람이 또 있었다. 평범함과 마름 사이의 어중간한 체격에 곱슬머리와 곱슬곱슬한 구레나룻이 턱까지 내려온 게 지저분하게 보이는 사람이었다. 머리가 정돈이 안 된 게 쉬유는 역시 남자는 머리발이라고 생각했다.

"뭐여, 새로 온 사람인가."

곱슬머리는 담배를 문 채 쉬유를 보며 말했다.

"그래, 오늘 오전부터 일했네."

짱아는 이상한 사람을 보는 눈길로 쉬유를 보며 말했다.

"오늘은 또 얼마나 버티고 나갈란가."

곱슬머리는 히죽대면서 말했다.

"내기할 텐가? 난 오후에 갑자기 도망친다에 술을 걸지."

곱슬머리는 낄낄댔다. 쉬유는 이게 사람 면전에 두고 할 소리인가 싶었다. 기분이 별로였지만 그래도 맞는 말 같다고 생각했다.

"됐네. 이 사람아. 일이나 시작하자고."

짱아는 곱슬머리의 어깨를 거대한 손으로 툭툭 치고 지나쳤다.

"사람 재미없기는…"

곱슬머리는 짱아가 치고 간 어깨를 손으로 툭툭 털면서 짱아의 뒤를 보며 말했다.

"이봐! 가자고!"

곱슬머리가 쉬유를 보고 소리쳤다. 쉬유는 곱슬머리의 앙칼지고 앵앵거리는 목소리가 듣기 거슬렸다. 쉬유는 마지못해 그의 뒤를 따라나섰다. 곱슬머리는 말이 많은 사람이었다. 조금만 틈이 나면 계속해서 쉼 없이 거친 입을 놀리며 재잘거렸다. 그러면서 곱슬머리에 대해 알고 싶지 않은 사실도 알게 되었다. 이름은 박복슬이라고 하며 수년 전부터 컨테이너선에 있는 컨테이너를 부두로 옮기는 크레인기사 일을 하고 있었다. 크레인기사는 아무나 할 수 없는 전문자격증이라는 것에 대한 자부심도 있었고, 과거 십수 년 전 여기 인천 푸른 항만이 6·25 전쟁의 전황을 바꾼 인천 상륙작전이 이뤄진 곳이라 이런 역사적인 현장에서 일하고 있다는 것에 대한 자부심도 있는, 자존감이 높은 사람이었다. 이처럼 자신이 하는 일에 자부심을 느끼는 사람이라 오래도록 일하고 싶어 했지만 그 역시 사장을 싫어하고 있었다.

"그 쓰레기 사장만 아니면 최고의 직장일 텐데 말이야."

복슬은 쉬유에게 동의를 구하는 눈빛을 보였다.

"자유 기업 회장 이세나 알지? 봉팔이 그 사장 새끼 이세나 사촌이라 뭐라나. 그래서 낙하산으로 와 가지고 하는 행동들이 완전 가관이야."

복슬은 진절머리 난다는 듯 인상을 찌푸렸다. 쉬유는 봉팔 사장이 어떤 행동들을 했는지 궁금하다는 표정을 지었다. 그러더니 복슬은 쉬유의 표정을 읽은 듯 신나서 말하기 시작했다.

"오자마자 비서를 성추행하면서 파문이 일었지. 비서는 결국에 자신의 처지를 비관하다가 자살했어. 그리고 음주운전을 상습적으로 하다가 결국에 음주운전 뺑소니로 사람을 죽게 만든 적도 있었어. 또 직원들에게 과도하게 일을 시켜서 결국 한 용접공이 과도한 업무에 시달려 피곤에 찌든 상태로 위험한 업무를 하던 도중 낙하하는 철근을 피하지 못하고 사망하고 말았어. 산재였음에도 산재로 인정받지 못하고 사고로 처리되었지."

"아…"

쉬유는 말문이 막혔다. 그러지 않아도 말을 많이 하는 쉬유가 아니긴 했지만. 아무튼 어떻게 이런 말도 안 되는 사람이 이렇게 유명하고 큰 항만을 이끄는 사장일 수가 있을까. 말이 되지 않는다고 생각했다. 복슬은 이런 쉬유의 표정을 보고 회심의 미소를 지었다.

"왜 사장이 수많은 범죄를 저질렀는데도 감방에 안 가고 여전히 사장으로 있냐는 눈치인데?"

복슬은 낄낄댔다.

"너는 아직 너무 어려서 이해할런가 모르겠다. 하지만 이게 바로 사람이 사는 세상의 이치라는 걸 알아 둬라. 세상은 겉보기에 정의와 평화를 지향하는 것처럼 보이지만 그건 단지 보여 주기일 뿐. 세상은 인간들의 욕심과 이기심으로 똘똘 뭉쳐 있단 말이다. 군대 다녀왔지? 군대에서 경험해 봤을 텐데. 보여 주기를 얼마나 그럴 듯하게 하는지. 실상은 전투력 하나도 없는 당나라 군대면서 보기엔 그럴 듯하게 강한 군대인 척 하는 거 말이야. 더군다나 이런 세상에선 힘 있는 자가 강해. 그 힘은 예나 지금이나 봉건 사회나 자본주의 사회나 다~ 돈에서 나온단 말이야. 당장 너를 봐 봐. 회사에서 돈을 주니깐 너는 지금 회사에서 시키는 대로 하는 거잖아. 회사가 뭘 시키든 간에. 그러니까 돈 있는 사람이 강하니깐 그 사람의 욕심과 이기심이 두드러지게 보이는 거지. 그게 바로 이봉팔 사장 새끼야. 그 사망한 사람의 보호자들이라고 가만히 있었겠어? 고소하고 시위하고 난리도 아니었지. 하지만 얼마 안 가 다들 수그러들었어. 언제 그랬냐는 듯. 뭐 자세한 내막은 모르겠지만 백 프로 돈으로 해결했겠지. 우리나라에서 제일 잘 나가는 변호사가 사장 그 새끼 편을 들었으니 말 다했지. 아, 변호사뿐만이랴. 이놈의 나라도 봉팔이 그 새끼 편인데. 나라의 녹을 처먹는 판사 놈들도 법을 팔아먹었는지 무죄를 선고하더라고. 법 위에 군림하는 게 바로 돈이야. 물론 자본주의 사회 전에는 쌀이나 그런 것이었겠지. 이건 인류 역사에서 단 한 번도 부정된 적이 없었어."

복슬은 킥킥대며 말했다.

"아…"

쉬유는 복슬이 도대체 무슨 말을 하는지 이해하지 못했다. 무슨 헛소린가 싶었다.

"이런 세상에서 살기 싫다면 혁명을 해. 나폴레옹처럼."

복슬은 계속 조소를 띠며 말했다.

"하지만 그 혁명이 성공한다고 해도 결국 다시 이런 세상이 오게 될 거야. 그게 바로 인간이 사는 세상이니깐. 인류 역사에서 과학은 장족의 발전을 이뤘음에도 인문학은 언제나 제자리였지. 인간의 욕심과 이기심이란 한계 속에서."

복슬은 킬킬대며 말했다.

"그 틀을 깨부순 사람은 역사 속에서 단 한 명도 없다는 것. 봐 봐, 생각나는 사람 없지? 진정 인류의 정의와 평화를 위해 살아온 사람은 없었어. 혹시나 인류애가 느껴지는 위인이 있다면 그들도 다 자기 이기심으로 해 온 일들에서 인류애가 조금 느껴지는 일이었을 뿐이야."

복슬은 어깨를 으쓱했다.

"자세히 따지고 보면 사실 인류애는 느껴지지 않을 거지만."

복슬은 계속 킬킬대며 말했다. 쉬유는 이젠 미친놈이 아닌가라고 생각했다. 얼른 이 또라이 같은 자리를 뜨고 싶었다. 다행히 쉬유가 직접 행동으로 옮기기 직전, 그를 부르는 거대한 컨테이너 선박의 중저음의 긴 뱃고동 소리가 복슬을 쉬유의 옆에서 떠날 수밖에 없게 했다.

"배 들어온다. 그럼 이따가 다시 같이 얘기하세. 재밌네, 이 친구."

복슬은 계속 피식대면서 크레인 운전을 하기 위해 종종걸음으로 달려갔다. 쉬유는 복슬의 뒷모습을 보고 크게 한숨을 쉬었다. 자기 혼자 떠들어댔지, 언제 같이 이야기했나 하면서.

어느 덧 퇴근 시간이 되었다. 쉬유는 하루가 이렇게 길게 느껴진 것도 오랜만, 아니 거의 처음이었다. 하늘이 어둑어둑해짐과 동시에 쉬유의 몸도 녹초가 되어 있었다. 비가 올 것만 같은 우중충한 하늘은 예상대로 우릉우릉대기 시작했고. 한두 방울씩 코끝을 간질거리는 물방울이 떨어지기 시작했다.

"여어~ 끝났다."

짱아는 마지막 큰 짐을 털썩 내려놓고는 구릿빛 탱탱한 근육으로 이마의 줄줄 흐르는 땀을 훔치며 말했다. 쉬유는 이 사람이 다한증이 아닌가 싶기도 했다.

"젊은 사람이 힘들었을 텐데 그래도 군소리 안 하고 잘했구먼."

짱아는 심드렁하게 쉬유를 칭찬했다. 쉬유는 짱아로부터 처음 듣는 칭찬에 내심 기분이 좋았다. 사실 말할 힘도 없어서 소리를 내지 못한 것뿐이지만. 마음속으로는 백만 번도 더 짜증을 냈을 터였다. 그렇게 쉬유는 짱아의 칭찬에 속으로 기분 좋은 웃음을 지으며 퇴근 준비를 위해 후들거리는 다리를 겨우 질질 끌면서 짱아의 뒤를 따라 컨테이너 사무실로 갔다. 쉬유는 팔과 다리가 후들거리며 떨려 왔지만 마음만은 날아갈 듯 가벼웠다.

짱아와 쉬유는 조금씩 거칠어지는 빗방울을 맞으며 컨테이너 사무실로 왔다. 그렇게 쉬유와 짱아가 컨테이너 사무실에 들어가자마자 하늘은 기다렸다는 듯 거칠게 비를 쏟아 붓기 시작했다. 번쩍이는 번개 불빛과 우르르 쾅쾅대는 천둥소리와 함께. 거칠게 쏟아지는 비는 철로 된 컨테이너 천장에 부딪혀 둔탁하게 큰 소음을 자아냈다. 쉬유는 그 소리가 살짝 겁이 났다. 컨테이너 천장을 때리는 그 소리가 자신에게 까지 날아올 것만 같았다. 그렇게 쉬유가 두려움에 젖을 무렵 짱아는 입고 있던 회사 조끼를 툭툭 털고 끼고 있던 막장갑과 함께 사무실 책상에 대충 던져 놓았다.

"거 참, 비 많이 오는구먼."

짱아는 열린 문밖으로 쏟아지는 비를 보며 말했다. 시간이 얼마 지 난 것 같지도 않은데 이미 보이는 세상은 다 젖어 보였다. 그러고는 짱 아는 주머니에서 지갑을 꺼내 들고 지갑에 있는 돈을 꺼내서 침을 묻 혀 가며 세더니 열두 장을 세고는 쉬유의 앞에 탁 내려놓았다.

"자, 오늘 일당이요."

쉬유는 침을 꿀꺽 삼켰다. 얼마 만에 받는 돈이자 더군다나 이렇게 많은 돈이라니. 하루 일하고 십이만 원이라니 꿈만 같았다.

"막노동은 이렇게라도 일당을 받아야 할 맛이라도 나지."

짱아는 쉬유는 보지도 않고 자신의 짐을 정리하며 말했다.

"돈 벌었다고 술 먹고 노는 허튼 짓 하지 말고 얼른 집 가서 자쇼. 내 일도 이렇게 일할라믄."

짱아는 툴툴거리며 말했다. 그때였다. 열려 있는 컨테이너 문 사이 로 들어오던 폭풍우처럼 쏟아지는 빗줄기가 어두운 그림자에 의해 가 려졌다. 그러고는 2m는 되어 보이는 거구의 사람 한 명이 우산을 접고 고개를 숙이면서 느릿느릿 사무실로 들어왔다. 짱아도 한 덩치를 자랑했지만 지금 들어온 거구의 사람은 그런 짱아보다도 더 컸다. 처음엔 고개를 숙여 잘 몰랐지만 덩치뿐만이 아니라 얼굴도 굉장히 컸다. 대두였다. 쉬유는 여기서 조금 친근함을 느꼈다. 그리고 그 큰 얼굴에는 상처가 많이 있었다. 주름인지 상처인지 헷갈릴 만큼. 특히 눈을 가로지르는 긴 상처는 원래는 순해 보였을 인상을 강하게 느끼기에 충분했다. 쉬유는 그런 그의 모습에 흠칫 놀라서 뒷걸음질을 쳤다. 거구의 사람은 잔뜩 쫄아 보이는 쉬유를 한 번 스윽 쳐다보고는 말없이 짱아 쪽으로 고개를 돌렸다. 그의 표정은 세상의 모진 풍파를 다 겪어 더 이상 새로울 것도, 궁금할 것도 없다는 듯 세상에 대한 미련이 전혀 느껴지지 않는 무표정한 모습이었다.

"여~ 오셨습니까. 어르신."

짱아는 그를 보며 편하게 인사했다. 자주 보는 사이처럼 보였다. 거구의 사람은 말없이 짱아를 향해 눈인사인지 째려보는 것인지 살짝 보고는 움직였다. 그런데 움직임이 너무나도 느릿해 무엇을 하려고 하는지 알 수가 없었다. 마치 슬로우 모션을 보는 것 같았다. 거구의 사내는 느릿느릿 발을 질질 끌면서 천천히 컨테이너 사무실 안으로 걸어 들어왔다. 짱아는 그의 움직임이 멈출 때까지 아무 말 없이 기다리고 있었다. 멈춘 것 같은 시간이 얼마나 시간이 흘렀을까. 그 거구의 사람은 어느덧 사무실 책상에 겨우 앉아 있었다. 짱아는 자리에 앉은 그의 모습을 확인하더니 말했다.

"비 참 많이 오네요. 이런 날 무슨 일 없어야 할 텐디요."

짱아는 팔짱을 끼고 폭풍우가 쏟아지는 밖을 보며 말했다. 거구의 사람은 짱아의 말을 듣는 둥 마는 둥 책상에 앉은 채 느릿느릿 책상을 정리하고 있었다.

"어르신 요새 얼굴이 좀 많이 평안해지셨습다. 무슨 좋은 일이라도 있으십니까."

거구의 사람이 대꾸도 않자 짱아는 다른 말을 붙였다. 그렇지만 여전히 거구의 사람은 듣는 둥 마는 둥해 보였다. 짱아는 그런 거구의 사람을 그저 보기만 했다.

"그럼 잘 부탁드리고 퇴근하겠습다."

짱아는 거구의 사람의 말을 붙여도 대꾸도 하지 않는 행동이 전혀 아무렇지도 않다는 듯 고개를 가볍게 숙였다. 그리고 돌아서서 컨테이너 사무실을 나서려고 하려던 찰나, 거구의 사람이 쉬유를 불안하게 바라보는 시선을 떠올렸는지 고개를 다시 거구의 사람에게로 돌렸다.

"아, 여기는 오늘부터 일하기 시작했습니다."

짱아는 쉬유에게로 고개를 돌려 고개로 쉬유를 가리키며 그렇지 않아도 목소리가 큰데 더 큰 목소리로 말했다.

"인사하쇼. 경비 어르신이야."

쉬유는 짱아의 말에 거구의 사람을 보며 고개를 살짝 숙였다. 거구의 사람도 느릿하게 고개를 움직였다. 세 사람이 있었음에도 컨테이너 안은 움직임도 없이 고요했다. 밖에서 쏟아지는 자연의 빗소리만 가득했다. 이런 정적에 쉬유는 매우 불편함을 느꼈다. 비라도 내리지 않았으면 더욱 불편했을 것이었다. 그렇게 무슨 생각을 해야 할지 모르고 있을 때 쉬유는 생각이 났다. 점심시간에 이세리 팀장이 말한 노동조합 사무실로 가 봐야겠다고. 우산을 받아 가야겠다고. 여기서 노동조합 사무실이 가깝길 바랐다. 소중한 머릿결에 손상을 줄 순 없었다.

짱아와 쉬유가 퇴근한 컨테이너 사무실은 더욱 더 고요했다. 오직 자연의 장대비와 인공의 컨테이너가 만나 투둑, 투둑 하는 거친 소음만 들렸다. 책상에 앉은 거구의 사람은 다리가 불편한지 좀처럼 자리에서 움직이지 않았다. 거구의 사람은 느릿느릿한 동작으로 사무실 책상 컴퓨터를 켜서 오른손 검지만을 가지고 키보드 자판 네 개를 '톡, 톡, 톡, 톡' 쳤다. 암호를 치는 것 같았다. 그렇게 암호를 치자 컴퓨터의 화면에는 '봉' 하면서 CCTV 화면이 떴다. CCTV 화면에는 항만부두 곳곳의 영상이 보이고 있었다. 거친 폭풍우 때문에 선명하게 보이지는 않았지만. 거구의 사람은 그 CCTV 화면을 천천히 살폈다. 컨테이너 선박에서부터 컨테이너를 나르는 크레인, 그리고 겹겹이 쌓인 컨테이너가 적재돼 있는 사이사이의 영상들이었다. 그렇게 얼마나 CCTV 화면을 보고 있었을까. 거구의 사람의 표정에서 살짝 동요하는 눈빛이 어렴풋이 스쳐 지나갔다.

\* \* \*

직사각형의 허름한 공간은 밖에서 내리는 빗소리와 함께 음침한 분위기를 내고 있었다. 벽은 군데군데 녹이 슬어 있었고 낡은 공간 속에는 낡은 철제 책상과 의자만 덩그러니 있었다. 그 철제 책상 또한 군데 군데 페인트칠이 벗겨져 있었고 스탠드의 작은 불빛이 겨우 책상만 밝히고 있었다. 이봉팔은 그 책상에 앉아 누군가에게 전화를 하고 있었다. 대화의 내용으로 봐서는 아무래도 집인 듯했다.

"그래, 그래~ 곧 들어갈 테니깐 목욕물 좀 따뜻하게 받아 놓고 있으라고."

봉팔은 삐걱거리는 의자에서 거의 눕다시피 하여 건방진 자세로 앉아 거들먹거리며 전화를 하고 있었다.

"밥도 내가 좋아하는 거 알지? 돈까스로 차려 놔. 뭐? 없다고? 이 여편네가 진짜. 낮에 시장 안 가고 뭐했어? 암튼 내가 좋아하는 돈까스 아니면 큰일 날 줄 알아. 끊어."

봉팔은 그렇게 단호하게 통화를 끝냈다. 봉팔은 인상을 쓰면서 '쯧' 하고 혀를 찼다. 그때 봉팔의 뒤에서 둔탁한 인기척이 들렸다. 봉팔은 그 인기척을 느꼈는지 인기척을 뒤로 한 채 피식 웃으며 여유로운 표정을 지었다.

"그래, 잘 가져 왔나."

봉팔은 그렇게 말하고 음흉한 미소를 지으며 뒤로 돌아 보았다. 뒤에는 한 사람이 서 있었다. 그의 얼굴은 깜깜해서 잘 보이지 않았다. 그는 천천히 걸어 들어와 봉팔이 앉아 있는 허름한 책상 앞에 검은색 가방을 내려놓았다. 검은색 가방은 책상에 부딪히는 둔탁한 소리를 냈다. 봉팔은 그 가방을 보더니 눈을 희번덕거리며 가방을 열었다. 가방 안에는 안이 보이도록 작게 포장된 봉투가 셀 수 없을 만큼 많이 있었다. 밀가루같이 흰 가루로 된 봉지가. 봉팔은 허겁지겁 하나를 집어 들어 포장돼 있는 봉지를 거칠게 찢더니 정신병자처럼 코로 가루를 흡입했다. 그러지 않아도 큰 콧구멍이 더 커져 벌렁거렸다.

"흠~ 바로 이 느낌이야~"

봉팔은 눈을 감은 채 세상 행복한 표정을 지었다.

"어때, 자네도 지금 해 볼 텐가."

봉팔은 반쯤 눈이 풀린 상태로 음흉한 표정을 지으며 흰 가루가 든 봉지 하나를 어둠 속의 사람에게 내밀었다.

"……."

어둠 속 사람의 얼굴이 말없이 일그러지는 게 느껴졌다.

"하하하! 알겠네, 이 사람아! 자네가 그 일 이후로 최대한 자제하려고 있다는 것을 말이야. 대단한 의지야! 쉽지 않을 텐데!"

봉팔은 호탕하게 큰 소리로 웃었다. 봉팔의 목소리가 어두컴컴한 공간에 날카롭게 울려 퍼졌다. 하지만 그 메아리가 잦아들기 전에 봉팔은 표정은 급변했다.

"그런데 말이야… 내 기분 탓인가…? 아무리 이송 과정 중에 손실이 생긴다 할지라도… 조금씩 비는 것 같은데? 내가 이 일을 하루 이틀 해온 것도 아니고 말이야… 내 감이 틀리진 않았을 거라고 보는데…"

봉팔은 목소리를 내리 깔며 정색을 하고 말했다. 어둠 속의 사람에게서 당황한 기색이 느껴졌다.

"약을 하는 것도 아닌데 조금씩 빈다…? 흐흐흐… 어디에 뭐하는지는 모르겠지만 나를 속이고 내게 찍히면 어떻게 되는지 알고 있겠지?

우린 한 배를 탄 사람이야. 같은 편이라고. 클클클… 잊지 않았으면 좋겠네."

봉팔의 말에서 어둠 속의 사람을 짓누르는 섬뜩함이 느껴졌다. 어둠 속의 사람은 진땀을 흘리고 있었다.

"아! 그건 그렇고 챙겨 줘야지!"

봉팔은 언제 정색을 하며 어둠 속의 사람을 위압했냐는 듯 실실 웃으면서 뒤를 돌았다. 봉팔이 앉아 있던 의자 뒤에는 단단해 보이는 검은색 가방이 있었다. 봉팔은 실실대면서 그 가방을 들어 올렸다. 어둠 속의 사람에게 등을 보인 순간이었다.

"내 두둑히 챙…"

'퍽!' 하는 소리와 함께 봉팔은 하얀 가루를 흩날리며 의자에서 넘어졌다. 어둠 속의 사람이 쥔 주먹에는 흰 가루가 묻어 있었다. 그는 봉팔을 노려보고 있었다.

"으윽! 너 이거 지금 뭐 하는 짓…"

봉팔은 갑작스럽게 벌어진 일에 당황해 했다.

'퍽! 퍽! 퍽! 퍽!'

어둠 속의 사람은 아랑곳하지 않고 흰 봉투를 손에 한 움큼 쥐고 계속해서 봉팔을 내리쳤다. 그의 얼굴은 무서우리만치 차갑고도 냉정해 보였다. 어느덧 가방에 있던 흰 가루가 든 봉투는 다 사라지고 빈 가방만 남아 있었다.

"아악! 너 지금 이러고도 무사할 줄 알아!"

'쾅!' 하는 소리와 함께 봉팔은 고꾸라졌다. 어둠 속의 사람은 빈 검은 가방을 들고 있었다.

"하아… 하아…"

어둠 속의 사람은 거친 숨을 내쉬며 더 이상 말을 하지 못하고 있는 쓰러진 봉팔을 그저 보고 있었다. 어둠 속의 공간은 고요했다. 그저 빗소리가 철제 구조물을 때리는 둔탁하고 차가운 소리만 들렸다.

* * *

쉬유는 거칠게 쏟아 붓는 장대비 사이를 달려 노동조합 사무실 앞에 도착했다. 여름이었음에도 장대비가 내려서인지 시간이 오후 일곱 시를 조금 넘었음에도 날은 어둑어둑해져 있었다. 노동조합 사무실도 컨테이너 안에 있었다. 이쯤 되면 컨테이너는 모든 것을 할 수 있는 만능의 공간인 것처럼 보였다. 노동조합 사무실은 쉬유가 일하는 구역에서 그리 멀지 않은 곳에 있었지만 쏟아지는 빗줄기에 쉬유는 이미 물에 빠진 생쥐가 되어 있었다.

쉬유는 장대비를 맞으며 노동조합 사무실 문 앞에서 심호흡을 크게 하고 문을 두드렸다. 쉬유는 잠시 기다렸지만 반응이 없었다. 빗소리 때문에 노크 소리를 못 들었을 수도 있다고 생각한 쉬유는 좀 더 손에 힘을 주고 크게 문을 두드렸다. 역시 잠시 기다려 보았지만 그래도 반응이 없었다. 살짝 짜증이 오른 쉬유는 더 이상 비 맞기 싫어 문손잡이를 돌려 보았다. 문손잡이가 스르르 돌아갔다. 열려 있었다. 쉬유는 조심스레 문을 열고 노동조합 사무실로 들어갔다.

사무실에는 불이 켜져 있었다. 사무실에선 여자 혼자 있는 공간이라는 걸 알려 주는 듯 좋은 향기가 났다. 쉬유는 한눈에 들어오는 직사각형 공간의 사무실을 훑어보았다. 문을 열자마자 보이는 책상 두 개중 하나에는 서류와 책, 필기구가 올려져 있었고 나머지 한 책상에는 여기 있는 사람의 취미인 듯 만들다 만 레고가 너저분하게 있었다. 그리고 그 책상 오른쪽 옆으로 작은 탁자를 사이에 두고 마주 보고 앉을수 있는 2~3인용 소파가 있었다. 더 오른쪽 옆으로 가서는 구석에 간이 주방이 있었는데 커피 포트기에서는 방금 물을 끓인 듯 수증기가일고 있었다. 방금까지 사람이 있었던 것 같은 느낌이었다.

쉬유는 사무실 입구에서 높고 힘찬 발걸음을 몇 번 하여 신발의 물기를 대충 없애고는 안으로 들어갔다. 쉬유는 머리와 젖은 얼굴, 손 등을 닦을 만한 수건 같은 게 없나 둘러보았다. 간이 주방에 수건이 걸려있었다. 쉬유는 그 수건을 잡아채고는 머리와 얼굴을 닦았다. 수건에서는 좋은 향기가 났다. 쉬유는 머리를 닦으면서 책상으로 왔다. 책상에 펼쳐진 서류를 스치듯 보았다. 분식회계, 배임, 횡령, 탈세… 보기만 해도 무슨 말인지 모르겠는 머리가 아픈 내용들인 것 같았다.

쉬유는 관심을 접고 다른 부분들을 보다가 책상 한 구석에 넘어져있는 액자가 눈에 띄었다. 쉬유는 그 액자를 돌려 보았다. 한 아리땁고귀티 나는 여자와 까무잡잡한 피부에 쾌활하게 웃고 있는 남자가 함께찍은 사진이었다. 아무래도 아리따운 이 여성은 낮에 보았던 짧은 머리의 세리와는 달리 머리가 길었지만 같은 사람임이 분명했다. 그리고같이 있는 남자는 세리의 남자친구인 것 같았다. 쉬유는 약간 쓸쓸한

감정을 느꼈다. 그때 누군가 사무실로 들어오는 기척이 들렸다. 쉬유
는 돌아보았다.

"어, 깜짝이야!"

낮에 보았던 세리였다. 세리는 쉬유를 보고 깜짝 놀라 했다. 세리는
빨간색 우의에 검은색 긴 장우산을 접으면서 들어왔다. 다른 한 손에
는 봉지가 들려 있었다.

쉬유는 우의를 입고도 우산을 또 쓰다니 참 세리가 특이하다고 생
각했다.

"아… 안녕하세요…"

쉬유는 머리를 닦던 수건을 괜히 뒤로 숨기면서 머뭇거리며 인사를
했다.

"어? 안녕하세요. 저희 노동조합 오신 거예요?"

세리는 우산을 밖에서 털고는 입구 옆에 세워 두고 빨간색 우의의
지퍼를 내리며 우의를 벗으며 말했다. 아무래도 세리는 쉬유가 점심시
간에 보았던 쉬유인 줄 모르는 눈치였다.

"잘 오셨어요. 어느 부서에서 일하세요?"

세리는 사무실로 들어오면서 말했다. 쉬유는 당황했다. 이 여자…
기억력이 이렇게나 안 좋은가. 아니면 다른 사람인가.

"아… 저… 점심시간에…"

쉬유는 쭈뼛쭈뼛 말했다.

"네?"

세리는 그 말을 듣고는 놀라 하며 쉬유를 보았다. 쉬유는 깊은 눈을

하고 자신을 빤히 보는 세리의 시선이 부담스러웠다. 세리는 그렇게 빤히 쉬유를 보다가 알았다는 듯 주먹으로 손바닥을 탁 쳤다.

"아! 쉬유 씨구나~ 죄송해요. 제가 워낙 눈썰미가 없고 기억력도 안 좋아서…"

세리는 미안한 표정을 지으며 머리를 긁적거렸다. 쉬유는 세리가 늦게라도 기억을 해 준 게 오히려 다행이라고 생각했다. 만약 세리가 기억을 하지 못했다면 이 자리가 더 어색해질 뻔했다.

"정말 잘 오셨어요. 커피 마시려고 물 끓였는데 마침 커피가 다 떨어졌더라고요. 그래서 믹스커피 사 가지고 왔어요."

세리는 비닐봉투에서 커피믹스 박스를 꺼내면서 말했다. 짱아가 그렇게 칭찬했던 맛있는 커피의 비밀이 밝혀지는 순간이었다. 쉬유는 역시나 '내 생각은 틀리지 않았어' 하면서 고개를 끄덕였다. 쉬유는 자신이 무언가 대단한 일이라도 한 것처럼 흐뭇한 미소를 지었다. 세리는 커피믹스 박스를 탁자에 내려놓으면서 혼자서 미소를 짓고 있는 쉬유를 이상하게 쳐다보았다.

"하나 타 드릴게요. 자리에 앉으세요."

세리의 말에 쉬유는 자리에 앉았다. 세리는 믹스커피 두 봉지를 비싸 보이는 종이컵에 탈탈 털어 넣고는 막 끓은 커피포트의 물을 부었다. 그리고는 믹스커피 봉지로 휘휘 저은 후 쉬유의 앞에 살포시 놓았다. 쉬유는 이 아가씨 커피 좀 탈 줄 안다고 생각했다. 딱 보아도 맛있어 보이는 커피가 쉬유의 앞에서 김을 내뿜고 있었다.

"비 정말 많이 오죠? 오늘부터 장마라던데…"

세리는 어느덧 자신의 커피도 하나 만들고는 호호 불며 조금씩 마시며 말했다.

"네… 그러게요…"

쉬유도 커피를 한 모금했다. 달콤하니 맛있었다. 왜 짱아가 그토록 칭찬했는지 알 것만 같았다. 물을 섞은 비율이 황금비율이었다. 마약 같은 맛이었다. 쉬유는 궁금했다. 세리 자신도 본인이 이렇게 커피를 잘 타는 걸 알고 있는지.

"저기 큰 우산 있으니깐 저거 쓰고 가서요."

세리는 입구에 있는 자신이 쓰고 왔던 장우산인 검은 우산을 가리켰다. 쉬유도 덩달아 세리가 가리키는 방향으로 고개를 돌렸다. 우산은 거친 장대비와 싸움 후 지친 날개를 접고 고이 쉬고 있었다. 우산의 끝엔 물이 흥건히 고여 있었다.

"그런데 홍짱아 반장님은 같이 안 오셨어요?"

세리는 고개를 갸웃거리며 쉬유에게 물었다.

"네? 네… 먼저 가시더라고요…"

쉬유는 컨테이너 사무실을 나온 후 뒤돌아보지도 않고 걸음을 재촉하며 사라져 버린 짱아의 뒷모습이 머릿속에 떠올랐다.

"반장님 항상 오시는데… 왜 안 오셨지?"

세리는 커피를 한 모금 쪼옥 하며 궁금한 표정으로 쉬유를 보며 말했다. 쉬유는 당황했다. '나한테 물어보는 거면 내가 어찌 알겠어, 오늘 처음 봤는데' 하는 표정이었다.

"아무튼… 일하면서 어렵거나 불편한 점 있으면 언제든 말씀해 주세요. 해결할 수 있는 건 해결하고, 완전한 해결이 어려운 문제는 같이 함께 좋은 방안을 찾기 위해 노력해 봐요."

세리의 말에 쉬유는 들릴락 말락 한 목소리와 함께 고개를 끄덕였다. 세리는 떨리는 작은 손을 녹이듯 따뜻한 커피를 두 손으로 꼬옥 잡고 있었다. 여름이었지만 폭우로 해가 쏘옥 들어갔기에 따뜻한 커피가 어울렸다. 잠시 어색한 침묵이 흘렀다. 어색한 침묵은 쉬유가 사무실 안을 다시 한번 둘러볼 기회를 만들어 주었다. 쉬유는 컨테이너 사무실을 한 번 더 훑었다. 문득 사무실 책상에서 봤던 횡령, 배임 등의 어려운 말, 그리고 최근에 찍은 건 아닌 듯한 세리와 어떤 남자의 다정한 사진이 떠올랐다. 쉬유는 나름 용기를 내서 세리에게 말을 걸었다.

"저… 그런데 회장님 딸이시라면서… 왜 이런 일을 하시는지…"

쉬유는 쭈뼛대면서 세리에게 물었다. 세리는 내내 조용했던 쉬유가 이렇게 질문을 하자 잠시 놀랐다.

"네?"

세리는 반문했다. 쉬유는 두 번 말하기는 어려운 듯 쭈뼛대며 조용히 있었다. 세리는 그런 쉬유를 보고는 알았다는 듯 말을 이었다.

"사실 저도 처음에 세상에 대해 아무것도 모르는 재벌 3세에 지나지 않았어요."

세리는 회상하는 듯한 표정이었다. 쉬유는 그런 세리를 바라보았다.

"그렇게 아무 것도 제대로 모른 채 어려움 없이 고속 승진하면서 여기 B구역 물류 관리과 과장으로 오게 됐어요. 그런데 제가 낙하산이고 일도 잘 못하니깐 처음에 직원 분들한테 무시를 받았어요. 홍쨩아 반장님이랑, 음… 아까 다 만나 보셨죠? 크레인기사 박복슬 기사님, 그리고 경비 한덩치 어르신."

쉬유는 고개를 끄덕였다. 조금 전에 만난 큰 덩치, 큰 얼굴에 긴 흉터를 가진 거구의 사람이 한덩치라는 것도 알게 되었다.

"그런데 저희 팀 직원으로 용접공이 한 분 더 있었는데 그분은 언제나 긍정적이고 밝은 에너지가 넘쳐나는 분이었어요. 항상 문제가 생기면 나서서 노력하는 솔선수범하시는 분이었죠. 그분은 제가 회장님 딸이었음에도 스스럼없이 대해 줬고 저를 존중해 주면서 이곳 생활에 적응을 잘 할 수 있도록 도와주었죠, 정말 존경스러운 분이었죠."

쉬유는 눈치를 챘다. 분명 사진 속의 남자일 것이라고 생각했다.

"그러다 보니깐 자연스레 그분께 의지하게 되고 호감이 생기더라고요."

세리는 그 말을 하고는 한동안 말없이 우수에 찬 눈으로 창밖에 내리는 비를 바라보았다. 세리가 말한 문장은 짧았지만 그 문장 속에 많은 추억이 깃든 듯했다.

"그러던 여느 때와 같은 날이었어요. 그분은 언제나처럼 수리해야 할 컨테이너를 용접하면서 열심히 일을 하고 있었는데 철근이 그분을 덮치고 말았어요."

세리의 목소리가 떨려 왔다. 쉬유는 그런 세리의 모습을 보고 괜한 질문을 했나하고 생각했다.

"돌아가셨어요… 제가 그때 그분 옆에 없었던 게… 너무나 슬펐어요…"

세리가 울먹거렸다. 쉬유는 세리가 펑펑 울어 버리면 어떡하나 어찌할 바를 몰랐다. 다행히 세리는 눈물을 삼키고 쉬유를 보며 말했다.

"그때부터였죠. 제가 노동조합을 만든 게. 그분은 홀어머니를 모시고 살았거든요. 그래서 더욱더 산재로 보상받았으면 했어요. 하지만 산재로 인정받지 못했어요. 회사의 사과는 물론 보상도 전혀 없었어요. 회사는 사고를 숨기는 데 급급했죠. 그게 벌써 일 년 전이네요."

세리는 터져 나오는 눈물을 감추려는 듯 괜히 미소를 지으며 말했다. 하늘에서 내리는 비가 세리의 눈물을 대신하고 있는 듯했다. 쉬유는 숙연해졌다.

쉬유는 세리가 빌려 준 큰 검은 우산을 쓰고 퇴근하고 있었다. 참 여러 일이 일어난 긴 하루였다. 쉬유는 괜히 생각이 많아졌다. 그때였다. 뒤에서 누군가 쉬유를 부르는 소리가 들렸다.

"이봐~ 같이 쓰고 가자고~"

앵앵거리는 듣기 싫은 목소리였다. 쉬유는 한숨을 푹 쉬고는 뒤로 돌아보았다. 복슬이 비를 홀딱 맞으면서 달려오고 있었다. 쉬유는 하루가 더 길어질 것을 예견했다.

* * *

일주일이 지났다.

하늘에 구멍이 난 듯 줄기차게 내리는 장대비는 일주일이 지나서야 조금씩 잦아들기 시작했다. 여름인데도 잘 볼 수 없었던 햇빛이 조금씩 얼굴을 내밀기 시작했고 처음에는 고된 업무 환경에 적응이 어려웠던 쉬유도 이제는 차차 적응이 돼 가고 있었다. 하지만 같이 일하는 사람들은 변함이 없었다. 짱아는 항상 퉁명스러웠고, 복슬은 항상 말이 많았고, 덩치는 항상 말 없고 둔하고 느렸으며, 세리는 항상 무슨 생각을 하는지 잘 모르게 행동했다. 그러나 한 사람만은 변화가 있었는데 그것은 이봉팔 사장의 실종이었다. 실종된 지 일주일이 지났고 신고는 어제 이봉팔의 부인으로부터 들어가서 경찰들이 대거 동원되어 수색 중이었다. 그것 때문에 푸른 항만은 여러모로 뒤숭숭했다.

"참 나~ 사람이 죽었어도 코빼기도 보이지 않던 경찰이 노 나는 사장 하나 실종됐다고 이리 수선들인가 원. 쯧!"

짱아는 담배를 하나 문 채로 투덜거렸다.

"분명 또 바람났을 거야. 봉팔이 자주 그러잖아."

복슬은 킬킬대면서 말했다. 퇴근 시간에 그들은 지금 가장 화제인 이봉팔 사장 실종에 대해 가십을 떠들고 있었다. 쉬유는 옆에서 가만히 듣고 있었다. 그때 거구의 덩치, 한덩치가 사무실로 들어오고는 말 없이 짱아의 어깨를 굵은 손가락으로 톡톡 두들겼다. 짱아는 덩치의 자극에 그를 올려다보았다. 덩치는 짱아가 자신을 보자 손가락을 밖을 향해 여러 번 휘저었다. 쉬유는 덩치가 도대체 무슨 얘기를 하고 싶은 건지 몰랐다. 하지만 짱아는 알아들은 듯했다.

"어르신, 왜 그러십니까. 밖에 뭐가 있습니까."

"이~ 이~ 이~ 이~"

덩치는 인상을 쓰면서 밖으로 따라 오라는 시늉을 하고 다리를 질질 끌며 나갔다. 쉬유가 보았던 그 어떤 때보다도 빠르고 바빠 보였다. 쩅아와 복슬은 서로 잠시 마주 보더니 고개를 끄덕이고 덩치의 뒤를 따랐다.

덩치는 B구역의 뒤를 돌아 항만부두에서 후미진 외곽 쪽으로 걸어갔다. 쩅아와 복슬, 쉬유는 조용히 그의 뒤를 따랐다. 일주일간 내린 폭우로 아직 마르지 않은 고인 물웅덩이를 밟는 소리가 찰박찰박 들렸다. 그렇게 잠시 발자국 소리의 시간이 흐른 후 덩치는 걸음을 멈췄다. 쩅아와 복슬, 쉬유 모두 그와 함께 걸음을 멈췄다. 그들의 앞에는 수십 개의 낡은 컨테이너들이 3층 높이에 3열 종대로 길게 늘어서 빽빽이 쌓여 있었다. 쉬유는 항만 부두에 이런 허름한 곳이 있었나 하며 여기가 어떤 곳인지 의문이 들었다. 그때 쉬유의 코를 찌르는 역겨운 냄새가 났다. 변 냄새인가, 오줌 냄새인가, 뭔가 썩은 냄새인가 뭐라 정확히 말하기 어려운 역한 냄새였다. 지금 쌓여 있는 컨테이너들 중 어딘가에서 나는 것 같았다.

"어르신, 여기는 수리하거나 폐기해야 될 컨테이너 모아 두는 곳이잖아요."

쩅아는 덩치를 보며 말했다.

"그런데… 이상한 냄새 나지 않나? 역겨울 정돈데…"

복슬은 코를 막고 인상을 쓰면서 말했다. 그때 덩치가 성큼성큼 걸어가더니 정면으로 보이는 3층 높이에 한 층에 세 개씩, 즉 정면으로 보이는 아홉 개의 컨테이너들 중 정 가운데인 2층 중간 컨테이너를 가리켰다. 그 낡은 컨테이너의 철문이 열릴락 말락 하고 있었다.

"이~ 이~ 이~ 이~"

"어르신, 왜 그러십니까. 거기 뭐가 있습니까."

짱아는 그렇게 말하고는 그 정 가운데의 낡은 컨테이너로 앞으로 갔다. 어두운 빨간색 컨테이너는 전체적으로 녹이 슨 것이 굉장히 낡아 보였다. 그리고 바로 앞에 보이는 문은 잠겨 있지 않은 듯했다. 아니 잠글 수 없게 걸쇠가 다 망가져 있었다고 하는 게 맞을 것 같았다. 짱아는 사다리를 놓고는 2층 높이의 그 컨테이너로 올라가 그 문을 열었다. 그 순간 문이 열리는 끼익 하는 소리와 함께 고약한 냄새가 그들을 덮쳐 왔다. 덩치와 짱아, 복슬, 쉬유 모두 인상을 찌푸렸다. 그렇게 역겨운 냄새가 공기 중으로 퍼져 희석될 무렵 그들은 모두 찌푸렸던 인상을 서서히 풀기 시작하면서 눈앞 시야에 컨테이너 내부가 들어왔다. 하지만 그들은 다시 인상을 찌푸릴 수밖에 없었다. 모두들 한 목소리로 '헉' 하는 소리를 냈다.

컨테이너 안에는 일주일 전 실종된 이봉팔의 시체가 대 자로 널브러져 있었던 것이다. 이봉팔은 생전 뒤뚱거리던 비만의 모습과는 대조적으로 누군가가 그의 영혼을 빨아먹기라도 한 것처럼 홀쭉해져 있었다. 한눈에 그가 정말 이봉팔인지 알기 어려울 정도로 퀭한 얼굴에 온몸은 수분을 다 빼앗긴 듯 마르고 건조했고 실오라기 하나 남지 않은 벌거벗은 모습이 지저분하게 느껴졌다. 봉팔의 시체 주위로는 군데군데 소변과 대변의 분비물이 가득했고 주위에 파리들만 웽웽거리고 있었다. 그 이외에는 어떤 것도 존재하지 않은 컨테이너는 마치 이봉팔의 관처럼 느껴졌다. 쉬유는 이 괴기한 광경을 보고는 구역질을 하지 않을 수가 없었다. 쉬유는 역겨움에 구토를 했다. 점심에 먹은 제육볶음이 넘어왔다.

# 2. 경찰

　봉팔의 괴이한 시체가 발견된 지 삼 일이 지났다. 그동안 푸른 항만에는 많은 일이 있었다. 이봉팔의 시신은 부검을 위해 국과수로 넘겨졌고, 수십 명의 경찰이 동원되었으며 수백 명의 푸른 항만 직원들이 조사를 받았다. 지난 일주일간 목격자나 참고인에 불과했던 수백 명의 직원들은 어느새 용의자들로 바뀌어 있었다.

　그 결과 봉팔의 사인은 아사로 밝혀졌다. 부검 결과 봉팔의 후두부에 둔상이 있었지만 사람이 죽을 만큼의 충격은 아니었다. 대신 그의 내장은 대장내시경을 할 때처럼 텅텅 비어 있었고 몸은 수분 하나 남아 있지 않은 마른 오징어와 같았다. 실종된 이후부터 물을 한 모금도 마시지 못한 채 굶어서 죽은 지 하루 정도 지난 것으로 추정했다. 봉팔이 발견된 낡은 컨테이너에 그가 배출한 소변과 대변, 오물들로 가득한 걸로 보아 컨테이너에 갇혀 굶어 죽은 것으로 보였다.

　"그런데… 참 이해가 안 되는 게 한두 가지가 아니군."
　경찰인 듯한 사람이 천천히 조심히 한 발자국씩 내딛으면 봉팔이 죽은 낡고 어두컴컴한 컨테이너 안을 살피고 있었다. 경찰은 갈색 장발에 캡모자를 푹 눌러 쓰고 있어 그의 눈은 거의 보이지 않았다. 표정이 보이지 않았지만 그의 움직임 하나하나에서 섬세하고 차분하고 여유가 느껴지는 것이 그가 베테랑 경찰인 것 같은 느낌을 주었다.

"곳곳에 이봉팔의 흔적이 있어… 그가 배설한 대변과 소변은 물론 그의 머리카락이며 각질까지… 이것으로 보건대 이봉팔은 컨테이너에서 육 일간 갇혀 있다가 물조차 마시지 못하고 아무것도 못 먹고 굶어 죽은 거란 말이지. 그리고 시체에 있는 후두부에 가격당한 흔적은 용의자가 이봉팔을 기절시키기 위해 둔기로 내리친 것이고. 또 여기는 2층 컨테이너니깐 올라가기 위해선 사다리가 필요해. 한마디로 불가능하지는 않지만 다른 곳에서 기절시킨 뒤 여기로 끌어올리기는 굉장히 힘들었을 거란 말이지. 그러니 정리하자면 범인은 무슨 일인지는 모르겠지만 이봉팔과 여기서 만났어. 그리고 이봉팔이 방심한 틈을 타 그의 후두부를 가격하여 기절시킨 뒤 유유히 이 컨테이너를 벗어났지. 그리고 나서 기절에서 깬 이봉팔은 어두컴컴한 이 외롭고도 고독한 낡은 공간에 갇혀 굶주림에 허덕이며 고통의 몸부림을 치며 서서히 죽어간 거지… 참 역설적이군. 천하의 부잣집 회사 사장이 굶어 죽다니 말이야."

경찰은 그러면서 천천히 컨테이너의 문 앞으로 갔다. 그리곤 경찰은 바깥으로 열릴 수 있게 된 컨테이너 문의 걸쇠를 어루만졌다. 보통 컨테이너의 철문은 밖에서 잠글 수 있는 걸쇠가 있지만 지금 이 컨테이너는 뭔가 허전했다. 잠글 수 있는 걸쇠가 없었다.

"하지만… 이 얘기는 컨테이너의 문을 바깥에서 잠글 수 있다는 데서 할 수 있다는 거야. 보시다시피 이 컨테이너는 걸쇠가 없어. 여기는 폐기하거나 수리해야 할 하자가 있는 컨테이너를 모아둔 곳이지. 그중 이 컨테이너는 낡기도 했지만 걸쇠가 떨어져 나갔어. 이건 바로 밖에서 문을 잠글 수 없다는 뜻이지. 잠가 났다가 이봉팔이 죽은 뒤 걸쇠를 제거한 것일 수도 있지만 문짝을 보면 걸쇠가 떨어져 나간 건 하루 이틀 전이 아니야. 굉장히 오래 전에 망가진 흔적이 있어. 그리고 행정적 서류에 의하면 이 컨테이너는 걸쇠 고장으로 이곳으로 오게 된 컨테이너야. 그렇다면… 문이 열려 있는 데도 이봉팔은 왜 컨테이너 밖으로 나오지 못한 거지? 이렇게 쉽게 열리는데…"

경찰은 컨테이너 철문을 안쪽에서 밀어 보였다. 철문은 차가운 소리를 내며 스르르 열렸다.

"이 두 문짝 안쪽에는 이봉팔의 피부 흔적이 유난히 많이 남아 있어. 이것으로 보아 이봉팔은 문을 열려고 몸을 부딪혀가며 엄청난 노력을 했다는 것을 알 수 있지. 그런데 도대체 왜 걸쇠가 없는 이 문을 열지 못한 거지? 아니, 설사 열었다고 해도 왜 컨테이너 밖으로 나오지 못한 걸까. 이 두 문짝을 임시로 쇠사슬 같은 것으로 엮어 고정했다가 이봉팔이 죽은 후 쇠사슬을 끊는 방법도 있겠지만 이 두 문짝을 무언가로 엮어 고정한 흔적도 없어. 만약 그랬었다면 이봉팔이 문을 열기 위해 노력할 때 바깥쪽 철문 손잡이에 페인트칠이 벗겨진다거나 홈집이 있었을 거야. 그렇지만 이 손잡이는 녹이 좀 슬어 있을 뿐 무언가를 엮은 흔적조차 없어. 도대체 이게 무슨 해괴망측한 사건인가…"

경찰은 눈을 감고 생각하는 듯했다. 그때 밖에서 사람이 급하게 움직이는 듯한 느낌이 들었다. 예상은 맞았다.

"테리 경감님! 부검 결과 새로운 사실을 알아냈습니다!"

컨테이너 밖에서 누군가가 소리쳤다. 아마 지금 컨테이너에 있는 경찰의 이름이 테리인 듯했다. 경찰은 그렇게 컨테이너 밖을 내다보았다. 컨테이너 한 개의 높이인 2m 50cm 정도 아래에는 젊은 경찰이 허겁지겁 달려 온 듯 숨을 헐떡이고 있었다.

"그래, 무엇인가."

테리 경감은 눈을 내리 깔며 말했다. 잘 보이지 않는 그의 눈에서 음산한 기운을 자아냈다.

"그게… 저기… 피해자의 몸에서 마약 성분이 검출되었습니다."

젊은 경찰은 테리 경감의 위압감에 어려운 듯 뜸을 들이며 말했다.

"뭐라고?"

테리 경감은 한쪽 눈을 부릅떴다. 나머지 한쪽은 긴 머리에 가려 잘 보이지 않았다. 그에게서 약간의 흔들림이 느껴졌다.

"그래… 언젠가 한 번 재계인들을 조사했을 때 본 적이 있어. 이봉팔은 마약, 도박, 성폭행, 음주운전, 배임, 횡령 등으로 사회적 물의를 일으킨 적이 있었지. 물론 모두 돈으로 해결한 듯 얼마 가지 않아 묻히긴 했지만. 그러면서 그에게 원한을 품은 사람들이 많았을 거야."

테리 경감은 고개를 끄덕였다.

"사람들을 다시 한번 조사해야겠어."

"실종됐을 당시 상황을 다시 한번 설명 부탁드립니다. 이봉팔 씨 부인인 박쉬니 씨."

테리 경감 앞에는 삼십 대 정도로 보이는 봉팔의 부인이 다소곳이 앉아 있었다. 딱 보기엔 건강미 넘치는 체형을 가지고 있었지만 얼굴 표정은 건강하지 못해 보였다. 어딘가 서글퍼 보이는 우울한 표정이었다.

"처음에는 퇴근한다면서 밥을 준비해 놓으라는 통화를 했어요. 그런데 갑자기 십 분 뒤 급한 일이 생겼다면서 지방 항만으로 출장 가야 된다고 하면서 문자가 오더라고요. 며칠 걸릴 것 같다고 하더라고요."

쉬니는 핸드폰을 내밀며 이봉팔과의 통화 내역, 문자 내역을 보여 주었다. 통화는 사건 전에도 이봉팔과 자주 한 것으로 기록돼 있었지만 문자는 이번 사건 때가 처음이었다.

"이 문자가 처음이네요? 문자는 이봉팔 씨와 자주 안 하십니까?"

테리는 쉬니의 핸드폰을 위아래로 스크롤하면서 물었다.

"아뇨… 가끔씩 하긴 하는데 문자는 중요한 문자 빼고는 정리를 해서 지우거든요…"

쉬니는 조심스럽게 말했다.

"흐음… 그렇군요. 그런데 이 문자 이후로 통화 내역은 없네요? 그 뒤로 통화를 해 본 적 있으십니까."

테리는 이상하다고 생각했다. 바로 이 시기가 봉팔의 신변에 변화가 생겼을 거라고 테리는 직감했다.

"아니요… 계속 문자만 왔어요."

쉬니는 우울하게 말했다. 남편을 잃은 슬픔에서 오는 우울감일까?

"그런데도 별로 이상하다고 생각하지 않으셨습니까. 목소리를 듣지 못했는데?"

"…평소에도 워낙 제멋대로 하시는 분이라…"

쉬니가 말했다. 쉬니의 말투는 이상하게 불평과 원망이 섞인 말투였다. 테리는 쉬니의 한마디를 듣고 다시 직감했다. 쉬니의 우울감이 이번에 봉팔이 죽으면서 생긴 게 아닐 거라고. 그 전부터 있었던 우울감이었을 거라고.

"그렇군요… 다른 직원 분들도 이상하게 생각하지 않았을까요? 사장이 갑자기 결근하고 연락도 없었는데?"

"사실… 사장님, 음, 남편은 평소에도 종종 연락이 되지 않거나 결근하신 적도 많아서요… 그러다가 결국엔 고주망태가 된 채로 호텔이나 그런 곳에서 발견되신 경우가 허다했어요. 이번에도 그런 것이랑 비슷한 걸로 생각했죠. 그런데 육 일이나 지나다 보니깐 이런 경우는 거의 없어서 제가 경찰에 연락을 한 거고요."

테리는 직감했다. 봉팔이 평소에 연락이 되지 않았을 때는 분명 마약에 절었을 때라고. 그리고 쉬니의 말에서는 봉팔을 책망하는 듯한 느낌을 보았다. 봉팔이 죽게 된 건 결국 봉팔 자기 때문이라고.

"금슬이 그렇게 좋지는 않으셨나 보군요."

테리가 말했다. 쉬니는 뼈를 맞은 듯 움찔했다.


테리는 봉팔이 사건 당일과 실종되었던 지난 일주일간 봉팔의 핸드폰 발신 조회를 했다. 모두 컨테이너 쪽에서 발신된 것으로 기록되었다. 테리는 직감했다. 분명 범인이 컨테이너 근처로 가서 문자를 발신한 것일 거라고. 그리고 테리는 사건 당일, 봉팔이 아내인 쉬니와 통화를 하고 문자를 보내기까지 십 분 동안 알리바이가 없는 직원들을 파악했다. 그 결과 용의자는 수십 명으로 줄어들었다. 이제 이 수십 명의 용의자들을 다시 한번 조사해야 할 것이었다. 테리는 수십 명의 항만부두 직원들을 조사하기 시작했다. 그렇게 지리멸렬한 조사가 시작되면서 대부분의 직원에게서 큰 수확을 얻지는 못했지만 B구역의 직원들만은 예외였다.

"사건 당일 CCTV에는 이봉팔이 그 컨테이너에 들어가는 장면까지 찍혀 있어. 그런데 이후에는 녹화본이 없단 말이지… 마치 누군가가 일부러 없앤 것처럼. 그리고 사건 당일 CCTV에 찍힌 컨테이너 철문은 지금이랑 똑같아. 역시 걸쇠도 없어서 밖에서 문을 잠글 수가 없어. 이 CCTV를 관리한 직원은 B구역의 경비 한덩치라…"

테리 경감은 씁쓸한 입맛을 다셨다. 그때 노크 소리가 들렸고, 잠시 후 문이 열리더니 거구의 사람이 젊은 경찰의 안내를 받고 느릿느릿 들어왔다. 덩치였다. 그리고 덩치 뒤에도 덩치의 덩치에 뒤지지 않는, 아니 오히려 몸은 더 울룩불룩해서 위압감을 주는 B구역의 물류반장인 짱아가 따라 들어왔다. 그는 장마철인데도 더위를 잘 타는지 짧은 민소매 옷이었음에도 땀을 흘리고 있었다. 짱아는 성큼성큼 걸어 들어와 자리에 금방 앉았지만 덩치가 자리에 앉기까지는 시간이 오래 걸렸다. 그 거구의 사람 둘이 간이 사무실에 들어오자 사무실이 매우 답답하고 협소해 보였다.

"고생 많으십니다. 다시 이렇게 부르게 돼서 죄송합니다."

테리 경감은 덩치를 보면서 말했다. 덩치는 인상을 쓰면서 고개를 끄덕였다. 덩치는 이봉팔의 부검 결과가 나오기 전 목격자의 신분으로 테리가 조사를 한 적이 있었다. 그때 테리는 덩치가 베트남 전쟁의 상처로 인해 말을 하지 못하게 되었다는 것도 알게 되었다. 테리는 덩치에게서 동질감을 느꼈다. 테리 역시 전쟁에 참여했던 사람이었기 때문에 그 누구보다도 전쟁을 겪은 사람의 고통을 잘 알고 있었다. 하지만 동질감을 느끼는 동시에 위화감도 느꼈다. 덩치는 전쟁의 상흔을 자신보다 잘 이겨 낸 듯 보였기 때문이었다. 테리는 아직 그 고통을 떨치지 못했다. 테리는 옛 생각이 나며 상처가 아려 왔다. 전쟁은 세상에 약한 자에게만 몸과 마음의 상처를 남겼다. 그리고 가진 것 없는 자들의 모든 것을 빼앗아 갔다. 테리는 지옥 같은 순간이 되살아나 두통이 밀려 올라왔다. 테리는 아려 오는 머리를 오른손으로 감싸 쥐려고 할 때 큰 목소리가 산통을 깼다.

"거 참, 어르신 몸도 성치 않은데 귀찮게 하지 말고 퍼떡퍼떡 일 끝내쇼."

짱아였다. 툴툴대면서 말하고 있었다.

"네. 물론입니다. 저도 부잡스런 말은 하기 싫거든요."

테리는 오른손을 다시 내려놓고 고통을 추슬렀다. 테리는 앞에 자신보다 두 배는 큰 거구의 사람이 두 명이나 있어 오묘한 위화감을 느꼈다.

"한덩치 씨께서는 B구역을 포함해서 뒷골목에 폐기하거나 수리해야 될 컨테이너가 있는 구역의 경비를 담당하시는 거죠?"

테리의 말에 덩치가 고개를 끄덕였다.

"저희가 폐컨테이너 구역 CCTV를 확인했는데 피해자 이봉팔이 발견되기 일주일 전에 이봉팔이 폐컨테이너 구역으로 들어가는 장면이 찍힌 이후로 딱 녹화가 끊겼더라고요. 한덩치 씨께서는 계속 CCTV를 보고 계셨을 테니까 이것에 대해 아시는 것 있으십니까."

테리는 양손을 모으며 그들 앞으로 몸을 살짝 기울이며 말했다.

"이~ 이~ 이~ 이~"

덩치는 인상을 쓰면서 이리저리 손짓을 하며 말하려고 노력하였다. 그 모습을 보던 짱아가 옆에서 말했다.

"그날부터 폭풍우가 몰아쳐 고장 났다고 합디더."

"그런데 고치지 않았나요?"

"이~ 이~ 이~ 이~"

덩치는 인상을 쓰면서 손짓을 했다. 역시 짱아가 옆에서 덩치의 모습을 보다가 말했다.

"사장이 봉팔로 바뀌고 난 다음에는 망가진 CCTV를 거의 고쳐 주지 않아서 원래 많던 CCTV가 계속 줄었지요. 쯧쯧… 사장 일하는 꼬락서니하고는."

짱아는 툴툴대면서 말했다. 테리는 짱아의 그 모습을 한쪽 눈을 치켜들어 보았다. 이 자도 이봉팔에게 뭔가 불만이 있구나. 하면서.

"왜 고쳐 주지 않았을까요?"

테리는 손에 깍지를 낀 채 물었다. 덩치는 역시 인상을 쓰며 손짓, 발짓을 했다. 옆에 있던 짱아가 말로 거들었다.

"낸들 아쇼? 이게 결재선이 있는데 우리 이세리 팀장님은 사장한테 결재 올렸는데 사장 결재는 죽어도 안 해 주더라고. 완전 직무유기야, 직무유기."

짱아는 혀를 차며 말했다.

"그럼 두 분 모두 사건 당일, 그 시각에는 어디서 뭘 하고 계셨습니까."

테리는 눈동자만 살짝 굴려서 덩치와 짱아를 번갈아 보았다. 덩치는 역시 힘들게 표현했다. 옆에서 짱아가 대신 말했다.

"어르신은 이제 근무 투입해서 CCTV 확인하고 주변 정리하느라 사무실에 혼자 있었다고 합디다. 저는 뭐 퇴근하는 길이었고요."

"별 다른 일은 안 하셨단 말씀이군요. 그럼 한덩치 씨께서는 지난 한 주간 순찰을 도셨을 텐데 평소와는 다른 이상한 점은 없었나요?"

테리는 물었다. 덩치는 역시 인상을 쓰면서 하고 싶은 말을 손짓으로 표현했다. 역시 옆에 있던 짱아가 대신 말해 주었다.

"특별히 이상한 점은 없었다고 하는디요. 지난 일주일간 비가 너무 많이 와서 제대로 순찰하기 어려웠답니다. 그러다가 날이 개고 순찰 돌 때 그 컨테이너에서 썩은 냄새가 나서 보았는데 이봉팔의 시체가 있더랍니다. 그리곤 퇴근하려던 저희를 부른 거죠."

짱아는 덩치를 보면서 말했다. 덩치는 맞다고 하는 듯 고개를 끄덕였다.

"그렇다면, 홍짱아 씨는 어떻습니까. 피해자 이봉팔이 실종되고 일하시면서 별다른 소리는 못 들으셨나요? 예를 들어 피해자 이봉팔의 목소리라든가… 홍짱아 씨 일하시는 B구역의 뒷골목이 폐컨테이너 구역이잖습니까."

테리는 시선을 짱아에게로 돌려 손을 깍지 낀 채 말했다.

"허 참… 뒷골목이라지만 일할 때는 일만 하느라 아무 소리도 못 듣는다요. 거기서 뭔 일이 생기는지, 뭔 일이 벌어지는지 암 것도 알 수가 없구먼. 참 나…"

짱아는 테리가 자신을 의심한다고 생각했는지 팔짱을 끼고 툴툴대며 말했다.

"더 궁금하면 일주일 전 들어온 직원한테도 물어보쇼. 그 친구도 같이 일했웅께."

"그렇습니까…"

테리는 눈을 감고 생각했다.


이번엔 쉬유가 테리 앞으로 왔다.

"저… 저는 잘 몰라요… 맨날 컨테이너 안에서 물건 꺼내는 일만 해서 바깥에 무슨 소리가 들리는지 신경 쓸 겨를이 없어요… 그리고 저는 그런 곳이 있는지도 몰랐어요…"

쉬유는 쭈뼛쭈뼛 말했다. 쉬유는 이렇게 경찰로부터 조사를 받는 것이 처음인지라 그러지 않아도 소심한 성격에 더 방어적이 되었다.

"박쉬유 씨, 저희는 쉬유 씨를 의심하는 게 아닙니다. 단지 지금 사건에 의문점이 많아 당시 상황을 물어보고 있는 것뿐입니다."

테리는 잔뜩 겁에 질려 있는 쉬유를 점잖게 안심시키며 말했다. 쉬유는 그래도 불안한 듯 눈동자와 손은 어디에 둘지 몰라 쭈뼛댔다. 보는 이도 신경 쓰게 만드는 불안한 모습이었다.

"아무튼… 저는 잘 몰라요… 반장님이 계속 나오지 말고 컨테이너 안에서 일만 하라고 그랬어요…"

쉬유는 지금 상황이 무슨 마른하늘에 날벼락인가 싶었다. 일하러 왔을 뿐인데 경찰 조사라니… 이럴 때 쉬유는 매구가 생각났다. 이런 일자리를 주선해 준 매구가 무척이나 원망스러웠다.

"그렇군요… 그럼 사건 당일 그 시각에는 어디서 뭘 하셨지요?"

"잘 모르겠어요… 퇴근하는 길이었을 텐데… 아! 맞다! 저 노동조합 갔어요! 퇴근하고 반장님은 먼저 가 버리고 저는 우산 빌리러 노동조합 갔어요. 노동조합 도착했을 때는 이세리 팀장님 안 계셔서 좀 기다리니깐 오셨고요."

쉬유는 생각이 났다는 듯 흥분하면서 말했다.

"그렇습니까…"

테리는 눈을 감고 생각에 잠겼다.


복슬은 불량한 자세로 의자에 앉아 건들대고 있었다. 한 발자국 떨어져서 보고 있노라면 마치 단순한 조사가 아니라 범인이 경찰로부터 심문을 받는 듯한 모습이었다.

"그 장소로 그 컨테이너를 운반한 건 박복슬 씨라고 했죠?"

테리는 두 손을 모은 채 말했다. 장발로 눈이 가려져 있어 그의 눈빛을 볼 수는 없었지만 날카로우면서도 음산한 기운이 느껴졌다.

"내가 크레인기사니까 당연하지. 뭘 그렇게 당연한 얘기를 하고 있으쇼."

복슬은 웃음기 가득한 채 건들대면서 말했다.

"B구역과 그 컨테이너 구역의 화물 운반은 내가 다 맡고 있어. 할 줄 아는 사람이 나밖에 없으니깐."

복슬은 킬킬댔다.

"그럼 사건이 발생한 그 컨테이너는 언제 그곳으로 옮기신 거죠?"

"몰라, 기억 안 나지. 내가 옮기는 컨테이너만 수천, 수만 개 될 텐데 어찌 그런 걸 일일이 기억하겠어."

복슬은 킬킬대다가 말을 더 이었다.

"나는 어디로 옮기라고 시키면 시킬 뿐이야. 우리 고명하고 존귀하신 낙하산 이세리 팀장님이 시키는 대로."

"그렇군요… 그럼 사건 당일. 그 시간에는 어디서 뭘 하고 계셨습니까."

"말해 뭐해. 퇴근하고 있었겠지. 벌써 열흘도 더 돼 가는 것 같은데 잘 기억 안 나."

복슬은 낄낄거리며 웃었다. 테리는 낄낄거리는 복슬을 보며 깊이 생각하는 듯했다.


세리는 조심스레 테리의 앞에 앉았다. 세리의 움찔움찔하는 가냘프고 연약한 행동거지는 어떻게 보면 요조숙녀 같기도, 어떻게 보면 답답하기도 했다.

"팀장님이라길래 나이 지긋한 분일 줄 알았는데 이렇게 젊으신 분이 팀장님이시군요."

테리는 두 손을 모은 채 세리를 보며 말했다. 테리의 긴 장발로 가리지 않은 한쪽 눈이 매섭게 느껴졌다.

"아… 네… 저희 어머님이 자유 기업 회장님이시라…"

세리는 머쓱해하며 말했다.

"네, 알고 있습니다. 이세나 회장님이시죠."

"네…"

"그러고 보니 이봉팔 씨와 이세리 씨는 공통점이 있군요. 두 분 다 이세나 회장님과 연관이 있다는…"

테리는 눈을 치켜들었다. 세리는 움찔하는 것이 보였다.

"이봉팔 씨는 이세나 회장님과 친척이라고 하는데 그렇다면 이세리 씨와는 정확히 어떤 관계가 되십니까."

"어… 사장님은 제 배다른 언니의 남편이에요. 그러니까 제 아버지의 첫 번째 부인의 딸의 남편인거죠. 쉬니 언니요…"

세리는 조용조용 말했다.

"흠… 그러면 별로 가족애 같은 건 없으시겠군요."

테리의 말에 세리는 다시 또 움찔했다.

"다른 사람들의 얘기를 들어 보니 이세리 씨가 이봉팔 씨에게 가장 큰 원한을 지녔을 거라고 하더라고요. 이봉팔 씨가 무리하게 작업을 강요하는 바람에 사고로 죽은 용접공 김태성 씨가 바로 이세리 씨의 애인이었다고 하던데요."

테리의 말에 세리는 흠칫했다. 일 년 전 그날이 머릿속에 피어올랐다. 그날도 폭풍우가 몰아치는 밤이었다. 컨테이너 발주 물량을 맞춰야 된다는 이봉팔 사장의 강력한 지시가 있었다. 태성은 괜찮다면서 언제나 그랬듯 자신감 있는 걸음걸이로 세리를 등지며 컨테이너를 용접하기 위해 떠났다. 세리는 불안하긴 했지만 그게 그의 마지막 모습일 줄은 꿈에도 몰랐었다. 세리는 그때의 충격이 떠올라 얼굴이 굳어버렸다.

"아, 죄송합니다. 좋지 않은 일을 떠오르게 해서."

테리는 그런 세리를 조금은 의식했는지 사무적으로 사과했다.

"아… 아니에요. 사실인걸요. 태성 씨가 산재 인정을 못 받아서 그 일 이후로 노동조합에서 일하기 시작한 거고요."

세리는 최대한 마음을 추스르며 말했다. 그렇지만 금방이라도 울어버릴 것만 같았다.

"그럼에도 노조 일도 잘 풀리지 않았지요."

테리는 날카롭게 말했다. 세리는 다시 한번 고개를 떨궜다. 맞는 말이었다. 지난 일 년간 태성의 산재 인정을 위해서, 그리고 근로자들의 권리를 위해서 달려왔지만 성과는 거의 없다고 봐도 무방했다. 회사는 너무 컸고 거대했고, 그리고 강했다. 세리 혼자서 대적할 수 없었다. 세리는 시간이 지날수록 의지가 약해진 건 사실이었다.

"그래도 조금씩 나아지고 있었다고…"

세리는 마음에도 없는 소리라 끝을 흐렸다. 세리의 말을 들은 테리는 한동안 눈을 감은 채 말이 없었다. 오랫동안 생각을 하는 듯했다.

세리는 자리가 조금 불편한지 살짝살짝 움직이며 테리가 말할 때까지 기다리고 있었다. 그런데 오랜 기다림 끝에 테리의 입에서 나온 말은 세리에게는 충격이었다.

"그래서 죽이셨습니까."

테리는 눈을 슬며시 뜨더니 날카롭게 세리를 노려보며 말했다.

"네? 무슨 말씀을…"

세리는 화들짝 놀랐다. 동그란 눈이 더 동그래졌다.

"이세리 씨가 이봉팔을 죽인 범인이라는 얘깁니다. 이세리 씨에게는 이봉팔 씨 때문에 사랑하는 사람이 죽었다는 그 누구보다도 강력한 동기가 있을 뿐만 아니라 죽은 이봉팔은 굶어 죽었습니다. 보통 남자라면 살해도구를 사용했겠지만 여자라서 힘으로 이봉팔을 죽일 수 없었던 겁니다. 그래서 컨테이너에 가둬 두는 방법을 택한 거죠. 그리고 이세리 씨는 B구역과 폐컨테이너 구역의 관리를 맡고 있어 언제든 자유롭게 드나들 수 있었을 겁니다. 또 노동조합 일을 하면서 조합 일이 있다고 하며 시간의 구애도 벗어날 수 있었겠지요. B구역의 CCTV 수리 결재를 맡았지만 처리가 되지 않은 것도 이세리 씨, 폐컨테이너 구역으로 사건이 일어난 컨테이너를 옮기라고 지시한 것도 이세리 씨입니다."

테리는 한쪽 눈을 번뜩였다.

"그럴… 수가…"

세리는 말도 안 된다며 고개를 도리도리 가로저었다. 단순히 상황 조사만 받을 거라고 생각했었는데 경찰이 자신을 범인이라고 지목하다니. 세리는 전혀 예상치 못한 상황에 당황하였다.

"아니에요. 경감님… CCTV 수리 결재는 이봉팔 사장님께 제가 상신했어요. 결재는 이봉팔 사장님이 해 주지 않으신 거예요…"

세리는 최대한 침착하게 말하려고 노력하였지만 당황스러움에 눈물이 글썽거리기 시작했다. 그렇지만 테리는 전혀 동요하지 않고 세리를 몰아붙였다.

"더군다나 사건 당일 박쉬유 씨가 노동조합을 찾아갔을 때 사무실에 계시지 않았다고 하던데요? 보통 때라면 있었을 그 시간에."

테리의 말에 세리는 벙쪄서 말문이 막혔다. 평범하고 평범했던 그날의 행동에 꼬투리를 잡을 거라곤 생각도 하지 못했다. 세리는 도대체 언제 어디서부터 잘못된 건지 속으로 더듬었다. 세리는 마음을 추스르고 차근차근 대응하기로 했다.

"아… 그때는 다 떨어진 커피를 사러 간 거였어요. 영수증은 버렸지만 마트 점원 분께서 알고 계실 거예요."

"흠… 그런데 어떻게 열흘이나 지난 일을 잘 기억하고 계시네요? 마치 기다렸다는 듯 얘기하시는 군요."

"네? 말도… 안 돼…"

이때 세리는 느꼈다. 아, 지금 이 경찰은 내가 무슨 말을 하든 간에 끼워 맞춰서 나를 범인으로 몰아가려고 하는 것 같다고. 세리는 궁금했다. 왜 이렇게 베테랑인 것 같은 경찰이 제대로 된 증거도 없이 자신을 범인으로 몰아가려는지.

"그러면… 컨테이너 문이 열려 있었다고 하는데 사장님은 어떻게 컨테이너에 갇혀서 돌아가신 거죠?"

세리는 테리에게 물었다.

"그건… 지금부터 차차 알아가야죠. 이세리 씨를 구속영장 청구하고 압수수색하면서…"

테리는 눈을 치켜떴다. 세리는 아무런 대책 없는 테리의 말에 어안이 벙벙했다. 그리고 세리는 알았다. 이 억울한 상황에서 벗어나는 방법은 자신이 이 열려 있는 밀실 사건에 대한 답을 찾아야 하는 것뿐이라고.

"자… 잠깐만요. 경감님. 시간을 조금만 주세요. 제가 한번 직접 사건 현장에 가서 알아 봐도 괜찮을까요?"

세리는 터져 나오려는 눈물을 참으면서 최대한 침착하게 말했다. 테리는 이런 세리의 모습을 보고 오묘한 쾌감이 들었다. 사회적으로 두려울 것이라곤 없을 재벌 3세가 자신의 앞에서 이렇게 연약한 모습을 보이다니…

"시간을 달란 말씀이십니까. 왜, 증거를 인멸할 시간을요?"

테리의 비아냥거리는 말에 세리는 움찔했으나 세리는 최대한 평정심을 유지하려고 노력했다.

"아니에요… 그렇지 않아요. 경감님… 아직 저라는 확실한 증거가 나온 것도 아니잖아요. 그러니 제가 한 번만 현장을 보게 해 주시면 안 될까요. 저랑 같이 가서서 절 감시하셔도 좋아요. 제가 여기서 일한 게 몇 년인데 현장을 보면 어떻게 한 건지 알아낼 수 있을 지도 몰라요."

세리의 눈에서 눈물이 또르륵 떨어졌다. 너무나도 억울한 사람의 눈물이었다. 그 흘러내리는 눈물에 테리의 마음이 조금이나마 약해진 듯했다. 이것이 바로 사람이 우는 이유인 듯했다.

"흠… 정 그렇다면… 네, 나쁠 건 없죠. 같이 가십시다. 하지만 노동조합 사무실은 압수수색에 들어가겠습니다."

세리는 고개를 떨궜다. 그와 함께 세리의 눈물방울도 떨어졌다.

# 3. 세리의 추리

세리와 테리는 사건이 일어난 컨테이너 현장에 왔다. 세리는 현장을 보고 침을 꿀꺽 삼켰다. 폴리스라인이 쳐 있는 것 외에는 평소와 다를 것 없는 현장이었지만 세리에게는 폴리스 라인과 열려 있는 컨테이너 문만으로도 익숙한 광경이 낯설게 느껴졌다. 세리의 눈앞에는 하나에 높이 2m 50cm 정도의 컨테이너가 한 층에 3개씩 3층 높이로 9개가 철문이 정면을 향하도록 보였고 그 뒤로 첫 번째 줄과 마찬가지로 컨테이너 9개씩 2줄, 그러니까 총 3줄 27개의 컨테이너들이 빽빽이 쌓여서 멀리서 보면 하나의 직육면체로 보였다.

세리는 그중 사건이 일어난 첫 번째 열의 가운데 컨테이너에 사다리를 놓고 올라갔다. 세리는 컨테이너의 2m 50cm의 아찔한 높이에 살짝 휘청였다. 평소 높은 사다리를 타 본 적도 없는 세리는 무서웠다. 뒤에선 테리가 세리를 감시하면서 따라 들어왔다. 세리는 후들거리는 다리를 붙잡고 진땀을 흘리며 겨우 컨테이너로 들어왔다. 시신이 치워지고 사건이 일어난 지 며칠 지났지만 그래도 코를 찌르는 악취에 세리는 미간이 절로 찌푸려졌다. 세리는 입으로 숨을 쉬며 처음 와 보는 사건의 현장에서 구석부터 차근차근 살피기 시작했다. 테리는 그런 세리의 행동 하나하나를 유심히 바라보았다. 조용한 시간이 얼마나 지났을까. 어느 새 젊은 경찰이 테리에게로 와서는 테리의 귀에 대고 귓속말을 했다. 테리의 알았다는 듯 고개를 끄덕이며 열심히 컨테이너를 살피고 있는 세리를 보았다. 세리는 컨테이너의 철문 두 개가 만나는 모서리를 위부터 아래로 손으로 훑고 있었다. 세리의 눈이 더 동그래졌다. 뭔가를 알아낸 듯한 표정이었다. 그때 테리의 목소리가 들렸다.

"이세리 씨, 이제 그만 열심히 하셔도 될 것 같습니다. 증거가 나왔거든요."

테리는 세리에게 말했다.

"네? 네? 즈… 증거요…?"

세리는 깜짝 놀랐다. 있을 리가 없는 증거가 어떻게 나올 수 있었을까. 2층 컨테이너 철문 앞에 있던 세리는 하마터면 떨어질 뻔 했다.

"노동조합 사무실 검사 결과 이세리 씨 우산에서 이봉팔의 피부 흔적이 나왔어요. 박쉬유 씨 증언에 의하면 사건 당일 날 이세리 씨가 쓰고 있던 우산이라는데요. 박쉬유 씨 본인은 그 우산을 빌려 갔고."

테리는 세리를 보면서 말했다. 테리의 시선은 범죄자를 바라보는 시선처럼 보였다. 그렇지만 세리는 테리의 시선을 피해 생각에 잠긴 듯 잠시 컨테이너 벽을 바라보았다. 테리는 뒷주머니에서 수갑을 만지작거렸다. 세리가 두 손을 스스로 내밀기를 기다리면서.

하지만 세리는 손을 내밀지 않았다. 오히려 깨달은 표정을 짓고 있었다.

"저… 알아낸 것 같아요…"

잠시 동안 말이 없었던 세리는 깨달음과 함께 슬픈 표정을 지으며 말했다. 수갑을 만지작거리던 테리는 놀란 표정을 지었다.

"알아냈단 말입니까. 혹시 이봉팔 씨가 고소공포증이어서 2층에서 내려오지 못했다는 것 같은 허무맹랑한 이야기는 아니겠죠?"

테리는 의심 섞인 표정으로 말했다. 제삼자가 듣기에는 조롱 섞인 농담이었다. 하지만 세리는 최대한 차분하게 대응하려고 노력했다.

"네, 그런 게 아니에요. 여기 보이시죠? 철문의 모서리… 한눈에 보기에 티는 나지 않지만 뭔가 긁힌 자국이 많아요."

세리는 철문 모서리를 훑으면서 말했다. 테리도 세리 옆으로 가 철문의 모서리를 보았다. 원체 낡은 컨테이너라 긁힌 자국은 어디에나 조금씩 있었지만 유심히 보니 확실히 철문의 모서리에 긁힌 자국이 유난히 많았다. 그래도 테리는 이것이 컨테이너에 갇힌 거랑 무슨 상관인지 의문이었다. 옆에서 세리는 천천히 말을 이었다.

"이건 이봉팔 사장님이 철문을 열려고 했을 때 철문 밖에 철문을 막고 있는 무언가가 있었다는 뜻이에요. 사장님이 열심히 문을 열려고 했지만 철문 밖에 또 다른 철이 막고 있어서 이렇게 홈집이 생긴 거죠."

"또 다른 철이라니… 그게 뭐란 말입니까."

"또 다른 컨테이너요."

세리가 눈에 힘을 주고 테리를 똑바로 보며 말했다.

"네? 다른 컨테이너가 이 사건 현장의 컨테이너를 막고 있었다는 말입니까. 흐음… 이세리 씨도 알고 있을 텐데요. CCTV에서 보인 대로 이 컨테이너는 계속 이 자리에 있었다는 거. 이봉팔 씨가 들어간 게 그대로 찍혀 있지 않습니까."

테리는 눈을 치켜뜨며 말했다.

"네, 이 컨테이너는 계속 여기 이 자리에 있었던 게 맞아요."

세리는 말했다. 말 속에서 뭔지 모를 슬픔이 느껴졌다.

"그것 보십시오. 제가 허무맹랑한 소리는 사양이라고 하지 않았습니까."

테리는 한숨을 쉬었다. 테리는 다시 뒷주머니에 있는 수갑을 만지작거렸다. 옆에 있던 세리는 우수에 찬 표정으로 큰 호흡을 쉬고 말했다.

"하지만 반대로 있었던 거예요. 지금 바깥쪽으로 난 철문이 안쪽을 향하도록…."

세리는 철문을 한 번 쓰다듬으며 말했다. 세리는 우수에 찬 얼굴을 땅에 떨궜다. 그런 모습에서 슬픈 아름다움이 느껴졌다. 테리는 멍하니 세리를 보았다. 세리는 고개를 떨어뜨린 채 말을 이었다.

"저 뒤쪽 컨테이너 벽에 지금 이 컨테이너 철문과 맞물리는 흠집이 남아 있을 거예요."

세리는 손가락으로 컨테이너 안쪽 벽면을 가리키며 말했다. 테리의 시선도 세리의 손가락을 따라 움직였다.

"그렇다면…"

테리는 입도 움직이지 않고 말했다. 계속 여유로웠던 테리는 처음으로 긴장을 하기 시작했다.

"네, 이걸 할 수 있는 사람은 컨테이너를 들어서 옮길 수 있는 사람,

크레인기사 박복슬 기사님밖에 없어요."

세리는 씁쓸하게 말했다. 테리는 식은땀을 흘리기 시작했다.

"사장님 후두부에 둔상이 있었다고 하셨죠? 아마 사건의 과정은 이렇게 됐을 거예요. 사건 당일 텅텅 비어 있는 컨테이너에서 사장님을 만나기로 했던 복슬 기사님은 사장님이 뒤를 돌았을 때 후두부를 공격해서 기절시킨 뒤 자신이 용의자라는 메시지를 남길 일말의 가능성도 없애기 위해 사장님의 옷을 다 벗겼어요. 그리곤 크레인에 올라 컨테이너를 180도 회전시켜 컨테이너 철문이 뒤에 있는 컨테이너 벽과 마주하게 해서 철문이 열리지 못하도록 했어요. 그리곤 일주일 후에 사장님이 굶어 돌아가신 걸 확인하고 다시 원상복귀시켜 주기만 하면 되는 거였어요."

세리는 테리에게 설명했다. 테리는 아차 하는 표정을 짓고 있었다.

"복슬 기사님은 그래서 장마철을 노려 범행을 저지른 것일 거예요. 폐컨테이너 구역은 사람의 왕래가 거의 없는 곳일뿐더러 비가 많이 오면 빗소리로 인해 아직 컨테이너에 갇혀서 살아 있는 사장님의 소리도 묻힐 수 있고, 순찰도 중요한 구역이 아닌 곳은 비가 오면 불편해서 자주 가지 않게 되죠."

세리는 씁쓸한 표정을 지으며 말했다. 테리 역시 씁쓸한 표정을 짓고 있었다.

'내가 실수했군… 돈 많은 부자라면 나쁜 사람이라는 편견을 갖고 있었어… 어느새 나도 모르게 재벌 3세인 이세리 씨를 범인으로 몰고 있었군…'

테리는 속으로 생각하며 쓴맛을 삼켰다. 옆에 있는 세리는 테리가 그런 생각을 하는지 알 길도 없이 컨테이너 밖의 먼 곳을 응시하며 말을 이었다. 하늘은 어느덧 노을이 지고 있었다. 태양은 수평선 너머로 지고 있었다. 세상을 핏빛으로 물들고 있는 것 같았다.

"동기는 아마도 마약… 때문일 거예요. 마약의 주요 증상 중 하나는 극도의 흥분상태를 보인다는 거죠. 경감님께서는 복슬 기사님 볼 때마다 킬킬거리면서 뭔가 보통 사람 같지는 않다고 느끼셨을 거예요. 사장님과 복슬 기사님은 해외에서 들어오는 화물선에서 마약을 밀반입하면서 커넥션이 있었던 거죠. 정확한 동기는 저는 잘 모르겠지만 그런 상황에서 서로 갈등이 치달으면서 사건이 생겼을 거예요. 복슬 기사님의 피검사를 하면 사장님이 했던 마약과 같은 마약이 나올 거고, 마약과의 연관성에서 증거를 잡으실 수 있을 거예요. 그리고 사장님의 피부 흔적이 나온 우산도 아마도… 복슬 기사님이 일부로 저희 노동조합 오셔서 묻히신 것일 거예요. 저희 노동조합은 모든 근로자들에게 열려 있거든요."

세리는 슬픈 눈으로 먼 허공을 응시했다. 마치 긴 긴 여행을 마치고 항만 부두에 들어오는 배를 기다리고 있는 것처럼.


복슬은 범행을 시인했다. 경찰이 추궁하자 오히려 자신만만하게 자백을 했다. 어느 누구도 하지 못하고 크레인기사인 자신만이 이 범행을 저지를 수 있었을 거라고. CCTV에 걸리지 않은 것도 봉팔이 마약 거래를 하기 위해 고장 난 CCTV를 수리하지 않고 CCTV를 점점 줄여

나가서 걸리지 않았다며 봉팔이 제 꾀에 제가 넘어 갔다고 복슬은 킬킬거렸다. 동기는 단순 마약 갈등으로 인한 범행이 아닌, 모두를 위해서, 푸른 항만 직원들을 위해서, 근로자들의 안녕을 위해서 해가 되고 있는 쓰레기인 봉팔을 언제고 죽이고 싶었는데 그때 기회가 왔다고 했다. 자신 한 몸 희생하면서 푸른 항만 근로자들의 살림살이가 나아진다면 백 번이라도 봉팔을 죽이겠다고 하면서. 복슬은 경찰에게 붙잡혀 갈 때도 킬킬거리면서 미친 듯이 웃고 있었다.

"그래… 이제 된 거야…"

세리는 붙잡혀 가는 복슬의 뒷모습을 보며 멍하니 서 있었다. 그리곤 복슬을 태운 경찰차가 시야에서 사라질 무렵 멍하니 푸른 항만의 하늘을 바라보았다. 전혀 푸르지 않았다. 한 풀 장마가 꺾인 구름 낀 우중충한 하늘이었다.

"팀장님…"

어느새 쉬유가 세리의 옆으로 와서 말했다.

"아, 쉬유 씨."

하늘을 멍하게 보고 있던 세리는 고개를 돌려 쉬유를 보면서 말했다.

"팀장님, 여기 자유 기업 본사에서 메일이 왔어요… 아마 노동조합 쪽으로 온 것 같은데…"

쉬유는 패드를 세리에게 밀어 보이며 말했다.

"아… 그래요? 평소에 그렇게 메일을 많이 보내도 답장조차 하지 않는 본사인데…"

세리는 반신반의하며 쉬유에게서 패드를 받아서 메일을 열어 보았다. 메일에는 태성의 산재를 인정하고 지금껏 세리가 요청한 근로자의 권리를 증진한다는 내용이었다. 세리는 메일을 보고는 눈물이 핑 돌았다. 쉬유는 당황했다. 세리는 자신과 단둘이 있기만 하면 우는 것 같았다. 쉬유는 자신이 그렇게 여자를 잘 울리는 사람이었나 적잖이 당황했다.

"정말 됐네요… 고마워요, 쉬유 씨."

세리는 눈물이 맺힌 채로 쉬유에게 미소를 지었다. 세리의 반응에 쉬유는 쑥스러운지 얼굴이 붉어지며 머리를 긁적거렸다. 자신은 메일을 전해 준 것밖에 없는데 고맙다는 얘기를 들으니 괜히 기분이 좋았다.

"그렇지만 조금은 씁쓸하네요."

패드를 들고 있던 세리는 우수에 찬 표정으로 말했다. 쉬유는 머리를 긁적이다가 궁금하다는 표정으로 세리를 보았다.

"제가 정말 일 년 이상을 그렇게 노력했는데 아무것도 이루지 못하다가 사장님께서 돌아가시니깐 한 번에 해결되네요."

세리는 은은한 미소를 머금고 있긴 했지만 슬퍼 보였다. 자신의 지난 노력은 아무것도 아니었다는 데서 오는 허무함 같았다. 결국 사람은 자극적이고 강한 자극에만 반응을 하는 존재인 것일까. 쉬유는 그런 세리를 멍하게 보다가 쭈뼛쭈뼛 말을 꺼냈다.

"아… 아니에요. 팀장님이 그렇게 노력하면서 조금씩 회사의 마음을 데운 거예요. 사건은 단지 그 열기에 불이 지펴지기만 했을 뿐입니다. 팀장님이… 계속 노력하셨다면 사건이 없었어도 시간은 좀 걸릴

수도 있었겠지만… 불이 지펴졌을 겁니다… 계속 노력하는 그 정도는
하실 수… 있었잖아요? 팀장님…"

쉬유는 쭈뼛쭈뼛 말했다. 뭔가 자신과는 어울리지 않는 말인 줄 알
았다. 하지만 세리는 눈시울이 붉어졌다.

"흑… 쉬유 씨… 정말… 고마워요…"

세리는 감정이 북받쳤는지 그대로 주저앉아 엉엉 울어버렸다. 쉬유
는 여자가 자신의 앞에서 이렇게 우는 건 처음이라 어찌할 줄 몰라 했
다. 쉬유는 앞에 엉엉 우는 세리를 두고 우왕좌왕거리면서 허둥댔다.
잠시 시간이 지나자 세리는 조금씩 진정되는 듯했다. 세리의 울음소리
가 잦아들며 세리는 눈물을 닦았다. 그러고는 고개를 들고 쉬유를 올
려다보았다.

"쉬유 씨, 용접공 일 해 보지 않으실래요?"

세리가 처음으로 보이는 밝은 미소였다.


시간이 지났다. 푸른 항만은 언제 그런 사건이 일어났냐는 듯 일상
적이고 바쁜 나날이었다. 봉팔의 뒤를 이어 새로 부임한 사장인 성수
는 젊고 유능한 CEO라 기대를 한 몸에 받으며 부임하였다. 물론 성수
사장도 재벌 2세라 그렇게 파격적인 인사는 아니었다. 하지만 누가 와
도 봉팔보다 나을 거라는 기대감이 있었다. 처음 얼마 동안 성수 사장
은 젊은 세대답게 신세대 회사처럼 파격적인 시도를 도입했다. 유연근
무제, 직급평준화 등등 근로자들로서는 긍정적인 제도였다. 하지만 얼
마 가지 못했다. 시행착오를 겪으면서 회사 임원진들과 오래 일해 변

화를 거부하는 근로자들의 반발에 부딪혀 다시 예전 제도로 돌아갔다. 결국 회사는 큰 틀에서 바뀐 것은 없었다. 여전히 일하기 힘들고 바쁘고 지치고 위험한 날의 연속이었다. 그리고 또 성수 사장은 마약을 한다느니, 바람둥이라느니 하는 좋지 않은 소문들도 떠돌기 시작했다. 그래도 한 가지 희망이 있다면 세리가 지속적인 요구로 본사에서 인정한 노동조합 근로자 권리는 어느 정도 유지되고 있다는 것이었다.

"결국 제자리걸음이네요. 사람이 하는 일이 여기까지인가 봐요."

세리는 침울하게 말했다. 덩치와 짱아 모두 공감을 하는 듯 고개를 끄덕였다.

"이렇게 사는 게 사람의 일이지 뭐. 내가 보는 풍경이 달라지면 생각도 달라지니깐."

짱아는 그렇게 말하고 담배를 피우러 나갔다.

짱아는 밖에 나와서 담뱃불을 붙이고는 한 모금 빨고 하늘을 보며 연기를 내뿜었다.

"후~"

여러 가지 생각이 복합적으로 들 무렵 짱아는 몇 주 전 생각이 났다. 일을 하고 있을 때였다. 뒷골목 폐컨테이너 구역에서 무언가 돼지 멱따는 소리가 애처롭게 들렸다. 짱아는 옆에서 일하고 있는 쉬유를 보았다. 짱아는 얼른 쉬유를 소리가 들리지 않는 컨테이너 화물 구역 안으로 가라고 했다. 그리고 짱아는 생각했다.

'그래… 난 못 들은 거야…'

덩치는 몸을 기우뚱했다. 몇 주 전 장마철 생각이 났다. CCTV를 보고 있었다. CCTV에 봉팔이 폐컨테이너 구역에서 한 컨테이너로 사다리를 놓고 들어가는 게 보였다. 덩치는 얼른 그 CCTV를 껐다. 그리곤 속으로 생각했다.

'난 못 본 거야… 그리고 이건 고장 난 거야…'

집에서 한가롭게 휴식을 취하고 있던 봉팔의 부인 쉬니는 밖을 바라보았다. 몇 주 전 언제 하늘이 구멍 뚫렸다는 듯 하늘은 쨍한 햇빛이 쉬니를 비췄다. 봉팔의 부인이었던 쉬니는 몇 주 전 생각이 났다. 그때 쉬니는 문자가 왔다는 신호음을 들었다. 방금 전까지 남편 봉팔과 통화를 기분 나쁘게 해서 그러지 않아도 기분이 좋지 않은 상태였다. 자신의 이 마음을 대변해 주는 듯 밖에서는 한없이 장대비가 쏟아지고 있었다. 쉬니는 문자를 확인했다. 봉팔이 출장을 가서 자리를 비울 거라는 문자였다. 생전 문자 보낸 적이 없던 봉팔이 문자를 보낸 것이 이상하다고 생각하려고 했는데… 쉬니는 다시 생각했다.

'그래… 이건 이상하지 않은 거야…'

세리는 사무실 책상에 앉아 있었다. 불과 몇 주 전 경찰로부터 범인으로 몰리고 자신이 현장을 방문해 겨우 해결한 일이 생각났다. 현장을 돌아보던 세리는 컨테이너의 방향을 바꿈으로써 이봉팔 사장을 굶겨 죽인 방법을 알아냈다. 하지만 이상한 점이 많았다. 여기 폐컨테이너 구역은 현장 일을 하는 B구역과는 매우 가까운 곳이었다. 변수가 많았다. 작업장이 장마이기도 하고 기계음들로 소음이 심하다고 할지라도 이봉팔이 굶어 죽기 전까지 최소 일주일간의 시간이 있었다. 그런 시간 동안 이봉팔이 자신이 컨테이너에 갇혔다는 것을 알리기 위해 컨테이너를 두들기는 등 살기 위한 여러 방법들의 변수가 있었다.

세리는 주변의 사람들이 아무도 이 상황을 듣지도 보지도 못하는 천재일우적인 우연을 기대해야지만 봉팔을 굶겨 죽일 수 있다는 생각이 들었다. 그리고 세리는 그들을 생각했다, 주위 사람, 일하는 사람들을… 노동자들을… 흥분한 것처럼 땀을 뻘뻘 흘리는 짱아, 전쟁으로 인한 후유증으로 심한 통증을 호소하고 있었는데 언제부터인가 평온해진 덩치… 우울증을 호소하며 정신적으로 약해 보였던 쉬니… 오랫동안 생각에 잠겨 보였던 세리는 순간 무언가 번뜩인 듯 휴대폰을 꺼내 들고 어디론가 전화를 걸었다. 휴대폰을 쥐고 있는 세리의 손은 떨려 보였고 다른 한쪽 손은 살짝 주먹을 쥔 채 세리의 입 가까이에서 방황하고 있었다. 핸드폰 신호음이 가는 동안 세리의 표정은 초조해 보였다.

'뚜르르르르… 뚜르르르르…'

평범한 신호음이 몇 번 가더니 상대편에서 전화를 받았다.

"네, 여보세요? 세리 언니?"

초조해 보이는 세리의 지금 상황과는 대조적으로 따뜻한 목소리가 핸드폰을 통해 들렸다.

"응… 매구 씨… 물어볼 게 좀 있는데… 매구 씨 의대생이잖아요…"

세리는 떨리는 목소리로 말을 했다.

"네, 무엇이든지 물어보세요!"

세리가 있는 사무실의 초조한 공기와는 대비되는 매구의 밝은 목소리가 휴대폰 너머에서 들렸다.

"저… 내가 의료인이 아니라 확실히는 잘 모르는데… 만약 사람이 마약을 하게 되면 어떤 증상이 나타나요?"

세리는 설마 하는 표정으로 조심히 매구에게 말했다. 조용한 통화가 몇 초 동안 이어졌다. 그러면서 세리의 얼굴은 점점 파랗게 변해 갔다. 설마가 확신으로 바뀌고 있는 순간이었다. 흥분한 것처럼 땀을 뻘뻘 흘리는 것, 심한 통증이 경감되는 것, 정신적으로 쇠약해 보이는 것 모두 마약을 했을 때 나타나는 증상 중 하나였다. 세리는 온몸이 굳은 듯 정지했고 세리의 휴대폰을 잡은 손은 벌벌 떨리고 있었다.

# 문방구의 천사 — 반지의 비밀

탕! 탕! 타타탕!'

칠흑 같은 어둠을 밝히는 건 빗발치는 총탄이었고, 어둠 속의 고요함을 깨우는 것 또한 총소리였다. 그런 수많은 총탄 사이로 셀 수 없을만큼 많은 군인들은 추풍낙엽처럼 스러져갔다. 계급이 높은 군인, 낮은 군인, 덩치 큰 군인, 왜소한 군인, 여군 같은 건 상관없이 군인이면 모두 쏟아지는 총탄에 쓰러져 갔다. 구척장신의 기골이 장대한 산전수전 겪은 강인한 군인도 총탄 앞에서는 한낱 인간이었다.

"아빠! 아빠!"

경미는 허겁지겁 총을 맞아 쓰러진 아버지 왕정태를 향해 달려왔다.

"으윽… 거… 경미냐…? 어서… 어서… 저 고지를 점령해라. 저 고지만 점령하면… 으윽…"

왕정태는 가슴을 부여잡았다. 왕정태의 입에서 피가 나오는 듯했지만 삼키려고 하는 것 같았다.

"싫어… 싫어… 아빠, 아빠랑 같이 갈래."

경미는 울음이 터져 나왔다. 경미의 얼굴은 눈물인지 콧물인지 땀인지로 범벅되었다. 경미는 아버지 왕정태를 부축하려고 했지만 너무 무거웠다.

"아니다. 이 아버진 괜찮다. 뒤에서 봐주겠다. 어서 가! 지금이 아니면 고지를 점령할 수 없다."

왕정태는 가슴을 부여잡은 채로 고통스러운 것 같았지만 단호하게 말했다.

"무슨 소리야… 피가 이렇게 나는데… 약 어디 있지? 모르핀 어디 있지?"

경미는 초점을 잃은 두 눈에서 흐르는 눈물을 주체하지 못한 채 두 손으로 자신의 군복 여기저기를 정신없이 뒤지며 우왕좌왕했다.

왕정태는 그런 경미를 보고 가까스로 몸을 일으켜 경미의 양 어깨를 꼬옥 붙들었다. 경미의 오른쪽 어깨는 피로 물들었다. 왕정태는 단호한 눈으로 경미를 봤다.

"정신 차려! 경미야! 아버지 못 믿어? 이 아버진 괜찮다. 곧 뒤따라갈 거야."

경미는 멍하게 아버지의 얼굴을 바라보았다. 험상궂은 얼굴이었지만 언제나 강하고 자신에겐 한없이 자상한 아버지였다.

"아… 알았어… 꼭… 뒤따라 와야 돼…"

경미는 줄줄 흐르는 눈물을 옷으로 스윽 훔치고는 뒤돌아섰다. 왕정태는 그런 경미를 잠시 멍하니 바라보다가 경미의 손을 잡았다. 경미는 흠칫했다. 아버지의 두껍고 거친 손길이 느껴졌다. 이런 손길… 참 오랜만이었다.

"경미야… 먼저 가서… 엄마를 만나거든… 이 반지를… 엄마한테 전해 주렴."

왕정태는 가까스로 목에 걸고 있던 반지를 뜯어 경미의 손에 쥐여 줬다. 반지는 거친 흠집에 빛을 잃어 가고 있었다. 경미는 울컥했다.

"무슨 헛소리야! 아빠가… 직접 엄마한테 줘… 아빠가… 엄마한테 돌아가서 주란 말이야!"

경미는 왕정태가 자신의 손에 쥐여 준 반지를 그대로 왕정태한테 내팽개치고 그대로 뒤돌아서서 고지를 향해 내달렸다. 왕정태는 그런 경미를 바라보다가 천천히 눈을 감았다.

"미안하다… 정말…"

경미는 벌떡 일어났다. 마치 방금 전 일이라도 된 듯 생생했다. 경미의 눈에는 눈물이 흐르고 있었다.

"또 꿨어… 젠장… 도대체 언제까지…"

경미는 툴툴대며 침대에서 일어났다. 그러고는 물을 마시기 위해 냉장고로 갔다. 냉장고에는 무슨 카드가 꽂혀 있었다. 친근한 카드였다. 경미는 카드를 보고 피식 했다. 카드에는 귀여운 그림과 함께 이렇게 적혀 있었다.

'오늘 밤, 정부기관에서 가장 예쁜 사람이 끼고 있는 사십오 년 된 반지를 가지러 가겠습니다! -괴도 버드 올림-'

**\* \* \***

하루 전…

딸랑딸랑~

"아저씨, 나 왔어요."

로렐은 피곤하고 지친 기색으로 한 가게의 오래돼 보이는 문을 밀고 들어오며 말했다. 문에서는 삐걱 소리가 났다. 작은 창문으로 대낮임에도 볕이 제대로 들지 않았으나 낮은 천장에 켜진 백열등의 주황빛이 가게 안을 따뜻하고 아늑하게 밝히고 있었다. 더불어 가게 판매대옆에 있는 듯 없는 듯 작게 은은하게 켜진 석유난로는 그 따뜻함과 아늑함을 더해 주고 있었다. 석유난로 냄새는 왠지 모르게 항상 좋았다. 가게에는 크레파스, 공책, 파스텔, 물감, 연필, 볼펜 등의 학용품과 보드 게임, 장난감, 프라모델 등 여러 물건들이 빽빽하게 있는 것으로 보아 여기가 문방구라는 것을 말해 주고 있었다. 문방구는 오래돼 보였다. 너저분하게 제멋대로 정리된 학용품과 사무용품들, 시간의 흐름이 느껴지는 색이 바란 미니카 곽들, 후 불면 날아갈 것만 같이 장난감위에 마치 눈처럼 소복이 쌓인 먼지들, 그리고 로렐이 한 걸음 한 걸음 내딛을 때마다 마룻바닥에서는 삐걱삐걱 소리가 났다. 로렐은 이런 곳에 있는 보석은 절대 훔칠 수 없겠다고 생각을 했다. 로렐은 그렇게 아무도 반겨 주지 않는 주위를 훑어보다가 문방구 판매대 안쪽 방에 나는 고소한 김치찌개 냄새 쪽으로 고개를 돌렸다. 로렐은 조심스럽게 그쪽으로 향했다. 그러다 갑작스럽게 나타난 사람에 로렐은 깜짝 놀랐다. 이 문방구의 주인아저씨 조용민이라는 사람이었다.

이 허름한 문방구 주인 용민은 보기에 나이를 가늠하기 어려웠다. 제멋대로 난 수염만 없다면 젊은 사십 대처럼 보이기도 했고, 듬성듬성 정리되지 않은 수염과 하나씩 돋아 있는 흰머리 때문에 은퇴 기로에 서 있는 장년층처럼 보이기도 했다. 유행을 타지 않는 고동색 멜빵바지는 색이 바래 갈색과 고동색 그 중간쯤 어딘가의 색처럼 보였다. 용민이 쓰고 있는 빵모자는 뭔가 촌스럽기도 하고 답답해 보이기도 했다.

"오, 로렐라이 왔구나."

용민은 안쪽 방에서 나오며 로렐을 반겨 주었다. 용민은 벙어리장갑 모양의 큼지막한 주방장갑을 끼고 있었다. 용민은 거칠게 요리를 했던지 주방장갑에는 고춧가루가 섞인 국물자국이 있었다.

"어서 이리 들어오려무나. 마침 김치찌개 끓인 참이다."

용민은 주방장갑으로 코를 한 번 슥슥 매만지며 말했다. 로렐은 인상을 찌푸렸다. 더러워 보였다.

"자, 여기 있어요."

로렐은 가녀리고 흰 손가락으로 품속에 고이 가지고 왔던 보석을 꺼냈다. 보석의 에메랄드빛의 광채가 천장 백열등으로 어둡게 밝혀져 있는 문구점을 환하게 비추었다.

"아저씨가 말한 로즈벨트 사파이어."

로렐은 탁 소리를 내며 보석을 내려놓았다.

"그래, 그래, 저기다 놓고 들어오려무나. 밥이나 먹자꾸나. 뛰어 다니느라 밥도 못 먹었을 텐데."

용민은 로렐이 가져온 보석에는 관심이 없어 보였다. 단지 얼큰 찌개를 먹고 싶어 하는 눈치였다. 로렐은 기껏 고생하면서 보석을 가져왔더니 보석에 관심도 두지 않는 아저씨가 짜증이 났다. 뭐, 하도 많이 겪어서 원래 그런 사람인 줄 이제는 알기에 그리 화가 나지 않긴 했지만.

"아니, 고생고생해서 보석 가져왔더니 보석은 거들떠보지도 않고~"

그렇지만 오늘도 역시 액션을 취하자는 생각에 로렐은 팔로 허리춤을 잡고 씩씩댔다. 순간 '꼬~ 르~ 륵~' 하는 소리에 로렐은 민망해졌다. 분명 너무 소리가 커서 용민도 들었을 것이었다. 그렇지만 용민은 신경 안 쓰는 듯 상을 차리고 있었다.

"흠… 흠… 먹으면서 이야기할까요?"

로렐은 상냥한 눈빛으로 바뀌며 방 안으로 들어갔다.


"그러니까~ 아저씨가 완전 정보를 잘못 줬어~"

로렐은 밥이 튈 것만 같이 밥을 입 한가득 머금고 퉁명스럽게 말했다.

"아저씨가 말한 오른쪽 남은 하트는 그 동생이 갖고 있었어. 그래서 정말 예상에도 없던 동네까지 갔다 왔잖아. 비행기표 없어서 얼마나 맘 졸인 줄 알아?"

"아, 그래? 자매가 상봉하고 목걸이를 바꿔 가졌나 보네. 멋진 자매로군."

용민은 대수롭지 않다는 듯 말했다.

"미안, 미안~ 미안한 보답으로 여기 고기 더 먹으렴."

용민은 고기를 로렐의 밥 위로 올리면서 말했다.

로렐은 용민이 자신의 밥 위로 올려 준 돼지고기를 바라보았다. 비계였다. 로렐은 어제부터 다이어트를 시작하리라 계획했기에 더 화가 났다. 요즘 들어 예전의 날렵함이 조금 떨어진 것 같았기 때문에.

"맛있지? 맛있지?"

용민 자신은 비계와 살코기가 황금비율을 이룬 고기 몇 점을 한꺼번에 우적우적 자신의 입 속으로 집어넣으면서 말했다. 로렐은 더 화가 났다.

"아! 저! 씨!"

로렐은 폭발 직전이었다.

"왜, 고기가 적어서 그래? 더 줄게, 더."

용민은 미소를 띠며 한결 바빠진 숟가락질로 고기를 더 퍼서 로렐의 밥 위에 올려놓았다. 역시 비계였다.

"아! 저! 씨!"

로렐은 폭발했다.


한차례 폭발이 있고 난 뒤의 문방구는 더 따뜻해진 듯했다. 한결 기분이 나아진 로렐은 마음을 추스르고 말했다.

"흠, 흠, 뭐… 잘 먹었어, 아저씨. 맛있네."

로렐은 화장지로 입을 닦으며 새침하게 말했다.

"그래서, 이번 건 언제 보내면 되는 거야?"

로렐은 트림을 숨기며 집중해서 설거지를 하고 있는 용민의 뒤에다가 말했다.

"흐음… 지금이 몇 시지?"

용민은 로렐의 말을 듣고는 설거지하다 말고 손목시계 보듯이 자신의 손목을 쳐다보았다. 용민의 손목에는 손목시계는 없고 고무장갑만 있었다. 로렐은 그 모습을 보고 역시 바보아저씨라고 생각했다. 한숨을 푹 쉬었다.

"지금 오후 다섯 시야, 다섯 시."

로렐은 핸드폰을 슬쩍 보았다.

"아차차~ 벌써 그렇게 됐나? 어서, 어서 나가자, 로렐. 자매 아버지가 기다리겠다."

용민은 부랴부랴 하던 설거지를 내팽개치고는 앞치마와 고무장갑을 한 채로 뛰어 나갔다.

"아저씨~ 보석은 갖고 나가야지~"

로렐은 못마땅한 표정으로 허겁지겁 뛰어 나가는 용민의 뒤에다 대고 말했다.


용민과 로렐은 문방구의 앞에 위치한 우체통으로 갔다. 빨간 페인트로 칠해진 대충 못을 때려 박아 만든 나무 우체통은 딱 봐도 허술해 보였다. 우체통의 언제 칠했는지 가늠이 안 되는 빨간 페인트는 조금씩 벗겨져서 나무의 나이테가 조금 드러나 보였다. 로렐은 그걸 보며 생각했다. 분명 용민은 이 살짝 드러난 나이테를 세어 봤을 거라고. 용민은 손수건으로 곱게 싼 보석을 아기 다루듯이 애지중지하며 우체통의 문을 열었다. 삐그덕 소리가 났다. 우체통은 누가 뽑아 가도 모를 정도로 쓰러질 것처럼 불안불안하게 삐딱하게 메마른 땅에 꽂혀 있었다. 그렇지만 이런 상태는 벌써 육 년째다. 로렐은 처음 이 우체통을 보았을 때부터 우체통이 넘어지면 자신이 고쳐 볼까 생각도 해 보았지만 여전히 이 우체통은 용하게 버티고 있었다.

용민은 손수건으로 곱게 싼 보석을 우체통에 집어넣었다. 고무장갑을 낀 채로. 로렐은 조금 전 용민이 보석을 소중하게 챙길 때 고무장갑에 묻은 고춧가루가 보석에 묻는 것을 봤다. 그렇지만 로렐은 아무 말도 하지 않았다. 이젠 그런 사소한 것 일일이 용민에게 말하기도 귀찮았다. 용민은 보석을 넣은 우체통의 문을 닫은 뒤 빙그레 웃었다. 로렐도 한 발자국 뒤에서 호기심 어린 눈으로 우체통을 쳐다보았다. 잠시후, 세상이 조금 흔들리는 게 느껴졌다. 용민은 흔들림의 느낌이 멈춰지는 것을 기다렸다가 우체통 문을 천천히 열었다. 삐그덕 소리가 길게 들렸다. 우체통 안에 넣었던 보석은 온데간데없이 사라져 있었다.

"볼 때마다 참 신기하다니깐."

로렐은 뒷짐 진 채로 한 발짝 더 다가와 얼굴만 용민의 옆에서 우체통 쪽으로 스윽 내밀며 말했다.

"이 우체통을 통해 사십 년 전에 의뢰 온 물건을 현재에서 찾아 준다니."

"이것으로 사십 년 전 우리 자매 아버지는 자매를 찾을 수 있겠지."

용민은 만족스럽게 로렐에게 말했다.

"자, 이제 들어가자."

"자매와 아버지는 지금 어딘가에서 잘 살고 있겠지?"

로렐은 깍지 긴 양 손을 머리에 이고는 눈을 감고 걸으면서 말했다.

"그렇겠지."

용민은 빙그레 웃었다.

"그나저나 이 일도 벌써 육 년째인데… 언제까지 해야 할지… 내 날렵함도 예전만치 못한 것 같고…"

로렐은 투덜댔다.

"경찰들한테 패턴도 읽혀서 언젠간 잡힐지도 몰라…"

"자신감이 하늘을 찌르던 로렐라이가 왜 그래? 로렐라이가 그러면 누가 이 아름다운 일을 하겠어? 사십 년 전 의뢰를 해결하는 이 멋진 일을…"

용민은 빙그레 웃으면서 말했다. 그리고는 용민의 얼굴이 살짝 굳어졌다.

"언젠간 의뢰가 오지 않는 끝이 있을 거야. 그때가 오면 알게 되겠지."

로렐은 용민의 얼굴을 쳐다보았다. 항상 바보 같게만 보이던 용민이 뭔가 숨기고 있는 것처럼 느껴졌다. 로렐은 의심의 눈초리로 용민을 바라보았다. 그때였다. 살짝 세상이 흔들리는 느낌이 왔다. 그러더니 '따르르르릉~' 하는 소리가 들렸다. 마치 집배원이 우체통에 편지를 넣고 간 것처럼.

"어? 벌써?"

로렐은 놀라면서 말했다. 그리고는 문방구로 돌아가던 길을 돌려 다시 우체통으로 천천히 달려갔다. 용민은 저 뒤에서 빠른 걸음으로 걸어왔다.

"어서 열어 봐, 아저씨."

로렐은 용민이 올 때까지 기다렸다가 재촉했다. 이 일이 육 년째이지만 항상 어떤 편지가 올까 기대를 갖게 했다. 이미 과거에 벌어졌던 일임에도 불구하고.

용민은 낡은 우체통을 열었다. 우체통 안에는 흰 봉투가 놓여 있었다. 용민은 봉투를 우체통에서 꺼냈다. 봉투에는 '하느님에게, 조용민 올림'이라고 적혀 있었다. 용민과 로렐은 서로를 쳐다보았다. 용민은 봉투 안에 있는 편지지를 꺼내서 펼쳤다. 로렐은 뒤에서 같이 편지를 읽었다. 편지의 내용은 다음과 같았다.

'안녕하세요, 하느님, 잘 지내고 계셨나요? 기억하실지 모르겠지만 저는 오 년 전에 한 번 편지를 드렸던 조용민이라고 합니다.'

로렐은 옆에 있는 용민을 빤히 쳐다보았다. 용민은 어색한 미소를 보이고 다시 편지를 읽기 시작했다.

'그 뒤로 이렇게 두 번째 편지를 올리게 되었습니다. 먼저 제가 또 이렇게 아쉬울 때만 찾아서 죄송하다는 말씀부터 올리겠습니다. 그때 감사기도는 드렸는데 서면으로 감사하다고 전하지 못해 지금이라도 서면으로 감사의 말씀을 올립니다. 전에 제가 고등학교 1학년 때 커플링을 찾아 주셔서 정말 감사드립니다.(한 개 찾아 주시긴 하셨는데 나머지 한 개는 수녀님께서 사 주셨습니다.) 그래서 그 뒤로 미미에게 고백을 할 수 있게 되었고 미미와의 감정이 더 깊어졌습니다.(아마 그때 당시로는 제일 비싸고 최고의 순금반지였기 때문에 미미가 그토록 좋아하던 모습은 잊을 수가 없었습니다.) 그렇게 오 년이 지났고 많은 일들이 있었습니다. 미미는 간호학교에 진학해 간호사가 되었고 파독간호사로 파견을 다녀오기도 했고 저는 조용히 집에서 지내고 있었습니다.'

이 대목을 읽는 순간 로렐은 한심하다는 표정으로 용민을 봤다. 여자친구는 목숨을 내놓고 해외에서 일하는데 남자친구라는 게… 그렇지만 용민은 개의치 않고 열심히 편지를 읽어 나갔다.

'그렇게 오 년이라는 시간이 지나면서 미미와의 사랑을 확인시켜 준 반지의 존재는 점점 잊혀 가고 있었습니다. 그런데 어느 날 갑자기 미미가 물어보는 겁니다.

'용민아, 우리 커플링 어디 있어?'

미미는 자신이 끼고 있는 우리 커플링을 보여 주며 무표정하게 말했습니다.

'어? 내가 안 끼고 나왔나 보네, 집에 있을 거야 아마도.'

저는 평소 커플링에 대해 일언반구도 없었던 미미가 커플링 얘기를 꺼내 적잖이 당황했습니다. 사실 저는 고등학교 때 제 커플링은 성장요소를 감안해 좀 크게 맞춰서 잘 끼고 다니지 않았거든요.(초반에는 그래서 목에 걸고 다녔어요.) 물론 지금같이 성인 나이이면 잘 맞았겠지만. 그래서 너무 당황스러웠습니다. 어디 있는지 기억도 나지 않았고요. 저는 진땀이 흐르는 것을 감추느라 애썼습니다.

'그래? 그럼 내일 끼고 나와, 내일 야간 구급 훈련교육 있어서 아마 별 일 없으면 밤 열한 시쯤 올 수 있을 것 같아.'

미미는 차분하게 말했지만 저는 어서 빨리 집에 가서 커플링을 찾아야겠다고 생각했습니다. 그렇게 정신이 팔려 있을 때 차분하게 짐을 정리하던 미미의 말이 화살처럼 날아왔어요.

'다른 여자 생긴 건 아니지? 우리 요즘 내가 독일 가는 바람에 뜸했잖아.'

말이 되나요? 세상에서 가장 예쁜 여자랑 만나고 있는 게 저인데. 저는 이렇게 말했죠.

'무슨 소리야… 말도 안 되는 소리 하지 마… 반지 꼭 끼고 다닐게. 미안해.'

이렇게 말했지만 돌아오는 미미의 대답은 차가웠어요.

'응, 알았어. 내일 봐.'

미미는 그렇게 손을 흔들며 떠났습니다. 미미의 왼손에서 빛나는 반지가 너무 아름다워 보였어요. 저는 도망치듯 집으로 갔어요. 그리곤 집 안을 이 잡듯 뒤졌습니다. 그러나 찾을 수가 없었습니다. 몸이 덜덜 떨려 왔어요. 조금 전에 본 너무나 예쁜 미미의 모습이 마지막이 될 수도 있다는 불안이 엄습해 왔어요. 그래서 생각난 분은 오 년 전 저희 사랑의 결실을 맺어 준 하느님밖에 없었습니다. 저는 그래서 당장 금남로 성당으로 달려갔습니다. 오 년 전 저에게 아름다운 조언을 해 주신 수녀님께서 여전히 계시더라고요. 수녀님은 저를 알아보셨습니다.

'어? 오랜만이네요. 반가워요.'

수녀님은 웃으면서 저를 반겨 주셨습니다. 저는 참으로 한심하게도 반지를 찾아야 된다는 생각에 수녀님께 인사를 제대로 못 드렸습니다.

'저… 수녀님… 반지를 또 잃어버렸습니다…'

저는 죄를 뉘우치듯 고백을 했습니다.

'네에? 또요? 저… 이번엔 어쩌다가…'

수녀님은 언제나 그랬듯이 저를 다독여 주셨습니다. 저는 그 과정을 수녀님께 고했습니다. 제 말을 들으시고는 수녀님께서는 이렇게 말씀하시더라고요.

'용민 씨… 이번에도 꼭 찾아야 하나요? 이미 두 분의 사랑은 반지라는 물질적인 요소가 가로막을 수 없을 거예요. 그건 하느님도 아실 겁니다.'

이건 정말 미미를 모르고 하시는 말씀이었습니다. 매년 미미에게 신상 가방을 선물해 줄 때마다 달라지는 미미의 사랑의 눈빛을… 결국 제 간절함을 못 이기신 수녀님께서는 두 번은 어려울 수도 있다고 하시면서 다시 한번 하느님께 편지를 드리자고 하셨습니다. 그래서 하느님께 이렇게 편지를 올립니다. 정말 이번 한 번만 하느님께서 은혜를 내려 주시면 저는 정말 앞으로 세상을 위해 봉사를 하며 살겠습니다. 반지를 꼭 찾아 주지 않으셔도 됩니다. 저한테 필요한 건 반지보다 미미의 사랑입니다. 저의 긴 얘기를 들어 주셔서 감사합니다. 사랑합니다, 하느님!'

편지는 이렇게 끝맺음이 되어 있었다.

로렐은 못마땅한 표정으로 용민을 쳐다보았다.

"이게 뭐야, 사십 년 전 아저씨야?"

로렐의 말에 용민은 민망한 듯 머리를 긁적거렸다.

"이번엔 아저씨가 의뢰인인 거야?"

"하하… 그런 것… 같네."

용민은 어색한 미소를 지었다.

"재밌네. 맨날 의뢰를 받아서 보석에 대한 정보를 주던 아저씨가 의뢰인이라니."

로렐은 용민이 보고 있던 편지를 확 낚아채며 말했다.

"그래도, 이번 건 뭐 해결하기 쉽겠네. 정보라면 아저씨가 다 알고 있을 테니 반지가 어디 있는지 이미 알고도 있고. 아저씨가 가져 오면 되겠네."


"뭐어~? 못 하겠다고?"

문방구로 자리를 옮겨 이야기를 하던 로렐은 판매대를 쾅 치면서 말했다.

"으응… 이게 사실 간단하지가 않아."

용민은 차근차근 설명하려고 하고 있었다. 로렐은 팔짱을 낀 채로 뾰루퉁한 얼굴로 용민을 보았다.

"잘 봐. 나는 반지를 두 번 잃어버렸었어. 첫 번째 고등학교 1학년 때 커플링 통째로 2개, 두 번째 성인 때 내 반지 하나."

"그래, 그게 뭐 어떻다고."

로렐은 이해하지 못했다.

"첫 번째 때 고등학교 1학년이었던 나한테 이미 내 반지를 보내 버려서 지금 그 반지가 없어."

용민은 말했다.

"어? 아저씨 반지를 보냈다고?"

로렐은 의아해했다.

"그래, 우리 사십 년을 거스르는 편지 의뢰의 처음은 지금으로부터 사십오 년 전 커플링을 찾아 달라고 하느님께 보낸 편지가 처음이었어."

용민은 지난날을 회상하듯 말했다.

"저 빨간 우체통에 편지 의뢰가 시작되는 시기인 오 년 전, 그때 나는 고등학교 1학년 때의 나한테 편지를 받고 혹시나 하는 마음으로 그때 내가 갖고 있던 반지를 저 빨간 우체통에 넣어 뒀거든. 그랬더니 감쪽같이 사라졌더라. 고등학교 1학년 때의 나도 내가 그때 보냈던 반지랑 같은 반지를 받았고. 고등학교 1학년 때 나머지 한 개는 수녀님이 새로 사 주셨어. 여기 편지에 나와 있지?"

용민은 손가락으로 편지글을 가리키며 말했다.

"참… 고딩 때도 차암~ 아저씨다웠네. 그럼 지금 아저씨 아내가 끼고 있는 거 하나 남아 있잖아."

로렐은 말했다.

"그거 보내면 안 돼?"

"잘 봐. 내가 성인이 돼서 잃어버린 건 내 반지 하나야. 미미 것이 아니라고. 너도 알고 있지? 편지에 해당하는 보석이나 물건이 아니면 보내지지 않는다는 것."

용민은 편지에 있는 글을 다시 한번 가리키며 말했다.

"흐음… 그래도 커플링은 한 세트잖아. 상관없지 않을까?"

로렐은 턱을 괴고 생각하면서 말했다.

"그렇다면 좋긴 한데… 40년 전 나한테 우체통으로 온 반지는 미미 것이 아니라 정말 내 것이었거든. 내가 이미 오 년 전에 보내 버린."

용민도 역시 생각을 하듯 턱을 괬다.

"내 반지가 호수가 조금 더 컸거든."

"그래요? 흐음… 제일 쉬울 듯하면서도 제일 복잡하네요. 일단 아저씨 아내인 미미 분의 반지를 가져와 보는 게 어때요. 혹시 몰라요? 뒷일은 그 뒤에 생각하는 걸로?"

로렐은 단순명료하게 말했다.

"반지의 정보 좀 알려 줘요."

"그래… 반지는 당대 최고의 금은방인 종로금방에서 맞춘 걸로 가격은 무려…"

용민의 말을 로렐이 끊었다.

"그런 것 말고, 생김새나 말해 줘요."

"아… 그냥 커플링같이 생긴 민무늬 반지에 미미 것은 안쪽에 jym 이라는 이니셜이 새겨져 있어. 12호이고. 옛날에 내가 잃어버린 반지는 cmm이라고 적혀 있고. 서로 이름의 이니셜이지. 그리고 14호야."

용민은 말하면서 주섬주섬 어딘가 책자에서 사진 한 장을 꺼냈다. 미미의 사진이었다.

"자, 봐 봐. 미미가 끼고 있는 것."

용민은 손가락으로 미미 사진의 손가락을 가리켰다

"흐음… 그러니깐 사십 년 전, 과거로 보내야 할 건 cmm이라고 적힌 14호짜리 반지군요."

로렐은 턱을 괴고 말했다.

"아참참, 이번엔 그냥 아저씨가 가져와 보는 건 어때요? 오늘 바로 옆에서 잘 거 아냐? 그리고 아저씨도 잘하시더만요. 저번에 용스 대령인가 뭐신가. 덕분에 제가 정말 최고의 크리스마스 선물을 받았다고요."

로렐은 웃으면서 용민의 옆구리를 툭툭 쳤다.

"아니야… 난 불가능해… 봐 봐."

용민은 차르륵 넘기면서 미미의 사진을 보여 주었다. 모든 사진에서 미미의 중지에는 반지가 끼워져 있었다.

"미미는 항상 반지를 끼고 있어. 언제, 어디에서나, 샤워를 할 때도. 그리고… 나는 미미를 세상에서 제일 사랑하지만 제일 무서워하는 것도 미미라고."

용민은 민망해하면서도 진지하게 말했다. 로렐은 용민의 진지함에 웃음을 거두고 응답했다.

"알겠어요. 내가 가져올게요. 이런 일은 저, 괴도 버드가 해야죠."

로렐은 주먹을 불끈 쥐며 비장하게 일어섰다.

"그건 그렇고, 반지는 언제까지 가져오면 되는 거죠?"

"흐음… 내 기억으로는 사십 년 전 내가 성당에서 하느님께 편지를 보내고 다음 날 밤 열 시쯤에 우리 집 우편함으로 반지가 손수건에 곱게 싸인 채로 왔어. 그러니까 내일 열 시 전까지 가져와야 해."

용민은 기억을 떠올리면서 말했다. 그러더니 걱정스럽게 말을 이었다.

"그… 그런데 로렐라이야, 조금만 더 빨리 가져와 줄 수 있겠니? 만약 지금 미미가 끼고 있는 반지를 훔쳐 왔는데 같은 반지가 아니어서 우리 문방구 우체통을 통해 사십 년 전으로 보내지지 않는다면 대책을 강구해야 하니깐…"

"내 그게 알 게 뭐야. 보내지지 않는다면 아저씨는 사랑에 실패하게 되는 거지."

로렐은 팔짱을 끼고 메롱 하면서 용민을 놀렸다.

"그… 그러면 안 되는데…"

용민은 걱정스럽게 말했다.

"괜찮아. 아저씨. 괜찮을 거야. 미미가 지금 끼고 있는 게 사십 년 전 아저씨가 잃어버린 반지가 아닐지라도 사랑의 힘이란 게 있잖아? 우체통을 통해서 보내면 사랑의 힘으로 반지가 아저씨가 잃어버린 반지로 변하든지 하겠지~"

로렐은 태연하면서도 장난스럽게 말했다.

"로렐라이야, 그건 좀 말이 안 되지 않을까? 그런 판타지스러운 일이…"

용민은 여전히 걱정이 되는 듯했다.

"이미 오 년 전부터 말이 안 됐어."

로렐은 답했다.

＊＊＊

"괴도 버드가 제 반지를 훔친다고 했다고요?"

미미는 자신의 손가락을 쫙 펼쳐 보이며 끼워져 있는 반지를 찬찬히 보며 말했다. 자신의 장관 집무실에서 의자에 앉아 있는 미미에게는 범접하기 어려운 아우라가 풍겨 왔다. 육십 대라는 나이가 믿기 힘들 만큼 고운 피부를 가진 동안이었고, 한 국가의 장관답게 귀티가 흐르며 기품이 느껴졌다. 그리고 당당하게 어깨를 펴고 곧게 앉은 자세에서는 미미만의 강단과 자신감이 보였다. 이런 미미는 아마 우아하다는 말이 세상에서 가장 잘 어울리는 사람일 것이었다.

"네, 장관님. 예고장에 '정부기관에서 가장 예쁜 사람이 끼고 있는 사십오 년 된 반지'라고 돼 있거든요."

경미는 괴도 버드에게서 온 예고장을 탁자에 꺼내 미미에게 보여 주며 말했다. 마치 청첩장이라도 되는 것처럼 예쁘고 아기자기하니 볼수록 더 보고 싶은 예고장이었다. 예고장에는 귀여운 글씨로 '오늘 밤, 정부기관에서 가장 예쁜 사람이 끼고 있는 사십오 년 된 반지를 가지러 가겠습니다! -괴도 버드 올림-'이라고 적혀 있었다.

"호호호! 정부기관에서라고요? 세상에서 제일 예쁜 사람이 아니고요?"

미미는 농담조로 말했다. 그 순간 미미는 분위기가 싸해짐을 느꼈다. 미미는 눈치를 봤다.

"…그래서 장관님의 협조가 필요합니다."

경미는 미미의 농담을 무시하고 그냥 말했다.

"하하… 물론이죠. 왕경미 총경님. 제 일이자 제 문제인걸요?"

미미는 전의 농담의 기운이 아직 가시지 않은 듯 머쓱해하며 말했다.

"네, 장관님. 그래서 말인데 장관님의 반지에 대해서 설명을 해 주실 수 있나요?"

경미는 두 손을 모은 채 미미 쪽으로 살짝 몸을 기울이며 말했다.

"지금까지의 활동으로 보아 괴도 버드는 뭔가 사연이 있는 보석을 훔치더라고요."

경미는 생각했다. 괴도 버드를 쫓은 지도 육 년째가 되었다. 처음엔 괴도 버드가 수십 년 전 자신의 아버지가 친일파들의 재산을 훔쳤던 것처럼 의로운 도둑인 줄 알았다. 그래서 종종 그에게 감정이 이입되곤 했었다. 하지만 시간이 지나면서 괴도 버드의 도둑질은 남녀노소, 부자건 가난하건 간에, 보석이 비싸든 싸든 간에 상관없이 이뤄졌다. 이때부터 경미는 진지하게 괴도 버드를 쫓기 시작했다. 결국 치열한 수사 끝에 괴도 버드가 훔친 보석들은 다들 과거에 어떤 사연을 갖고 있음을 알게 되었다. 또한 도난당한 보석들을 다시 찾기 위한 노력도 해 보았지만 보석들의 행방은 언제나 오리무중이었다. 괴도 버드는 여전히 수수께끼에 싸인 인물이었다. 오늘은 파독 간호사로서 국위선양을 하고 현 대한민국 정부 보건복지부 장관이 된 미미의 반지를 훔치려 하고 있다. 도대체 왜…

미미는 눈을 감고 반지와의 추억을 회상하듯 말했다.

"이 반지는… 지금 저와 남편의 사랑의 징표라고나 할까요?"

미미는 반지를 매만졌다.

"사랑은 세상에서 가장 아름답지만 실체가 없잖아요. 그래서 실체가 있는 것 중 그나마 가장 아름다운 게 반지니까요."

'사랑의 징표…'

경미는 머리가 시큰했다.

"좀 더 자세한 설명을 해 주실 수 있나요?"

"총경님도 차암… 반지에 자세한 설명이 뭐가 더 필요하겠어요? 사랑에도 설명이 필요할까요?"

미미는 은은한 미소를 보였다. 경미는 옛날 일이 떠올랐다.


"아빠! 갈 시간이야! 늦겠어!"

군복을 입고 총을 어깨에 걸치고 있던 경미는 산속에 있는 초가집 쪽을 향해 소리쳤다. 경미가 소리친 뒤 잠시 후 초가집 뒤에서 아버지 왕정태가 허겁지겁 나왔다. 왕정태의 달리는 걸음이 산속을 울리는 듯 쿵쾅거렸다.

"미안하다, 경미야. 엄마한테 잠깐 인사한다는 게… 어서 가자꾸나."

왕정태는 경미의 얼굴만 한 큰 손으로 경미의 머리를 쓰다듬으면서 말했다. 경미의 머리에 왕정태의 두툼한 손가락에 걸려 있는 반지의 질감이 느껴졌다.

"나 참, 아빠도… 엄마 돌아가신 지 벌써 오 년이야, 아직도 하루에 몇 시간씩 그러는 거 질리지 않아?"

경미는 왕정태와 같이 걸어가면서 툴툴대며 말했다.

"녀석… 너도 나중에 죽고는 못 살 사람 생겨도 그런 소리 하나 보자."

왕정태는 빙긋 웃었다.

"난 절~ 대~ 안 그래."

경미는 고개를 꼿꼿이 들고 눈을 감고 '홍' 하며 말했다.

"아빠, 손가락 반지 안 불편해? 반지 때문에 걸리적거려서 싸울 때도 불편할 것 같은데?"

"이 결혼반지가? 경미는 그렇게 생각하는구나. 아빠는 오히려 반지를 끼고 있어서 싸움이 잘 된단다. 왜냐하면 항상 엄마가 곁에서 지켜주고 있는 것 같거든. 이 반지는 엄마, 아빠가 네가 태어나기 전 평생 함께하자고 나눴던 사랑의 징표니깐."

왕정태는 자상한 미소를 띠며 말했다.

"나 참… 도대체 이해를 할 수가 없어. 설명이 안 돼. 설명이…"

경미는 툴툴대며 혼잣말로 중얼거렸다. 왕정태는 그런 딸 경미를 사랑스럽게 바라보았다.


"총경님? 총경님?"

미미의 말에 경미는 회상에서 깨어났다.

"아아… 네… 네? 죄송합니다. 장관님, 제가 좀 딴 생각을…"

경미를 고개를 도리도리 저으며 말했다. 미미는 그런 경미를 의아하게 보았다.

"그럼 총경님께선 이 반지를 지키기 위해서 어떤 계획을 갖고 계시는지요?"

미미는 경미가 숨을 고르길 잠시 기다렸다가 물었다.

"음… 제가 생각하고 있는 계획이 있긴 한데 먼저 장관님의 생각을 듣고 싶습니다. 오늘 벌어질 이 사건의 주인공은 장관님이시니까요."

경미는 말했다.

"주인공이라… 호호, 제가 무슨 영화 속의 주인공이 된 기분이군요."

미미는 주인공이라는 말에 어린아이처럼 즐거워했다.

"그렇다면… 저는 여기, 모두 퇴근하고 조용한 정부 청사가 오늘의 무대가 되었으면 좋겠습니다. 조용히, 아무도 모르게 괴도 버드와 저, 그리고 총경님만의 비밀을 만들고 싶습니다."

미미가 속삭이듯 말했다.

"좋습니다. 저도 동감입니다. 장관님. 장관님 같은 사회적으로 영향력 있는 인물이 역시 사회적으로 파급력이 강한 괴도 버드와 얽힌다는 게 세간에 알려진다면 좋을 게 하나도 없거든요."

경미는 흡족해했다.

"그래서 말인데 이렇게 해 보는 건 어떨까요?"

경미는 미미에게 더 가까이 다가가 귀에 대고 귓속말을 했다. 미미와 경미밖에 없는 공간이었지만 마치 누군가 듣고 있다는 것처럼. 미미는 경미의 귓속말을 듣고는 알았다는 듯 연신 고개를 끄덕였다.

* * *

밤이 되었다. 어스름히 달이 어두운 구름 사이를 지날 무렵 전신을 검은색 개량한복과 흩날리는 옷고름으로 휘감은 로렐은 긴 전신 거울

앞에서 머리끈을 풀었다. 로렐의 길고 윤기 나게 찰랑거리는 갈색빛 머릿결이 우아하게 흔들거렸다. 로렐의 검은 옷과 대비되는 하얀 얼굴이 신비스러운 느낌을 자아냈다. 로렐은 거울을 보고 자신의 모습을 확인했다. 로렐은 한숨을 크게 푹 쉬고는 한 발자국 앞으로 내딛었다. 괴도 버드의 발걸음이었다.

"이제 시작해 볼까."


같은 시간⋯ 경미는 하늘 공원에 와 있었다. 아버지와 엄마의 유골이 있는. 평일이라 그런지 사람들이 많지는 않았다. 한적하고 차분하며 조용한 분위기가 좋았다. 하늘 공원은 서울에서 조금 높은 언덕에 자리 잡고 있었다. 하늘에 조금이라도 가깝지만 그렇다고 땅에서도 그리 멀지 않은. 하늘에 올라간 사람과 땅에 있는 사람, 모두를 위한 배려였다.

경미는 나란히 있는 아버지와 엄마의 유골 앞에 섰다. 아버지는 험악한 인상과는 다르게 해맑게 웃고 있었고 엄마는 은은한 미소를 띠고 있었다. 두 사람은 참 잘 어울리는 아름다운 한 쌍이었다. 그렇지만 부조화도 많이 느껴졌다. 아름다운 엄마와 험악한 아버지라⋯ 미녀와 야수가 따로 없었다. 경미도 만약 엄마의 반만이라도 닮았더라면 절세미녀 국위 선양의 영웅이라는 호칭이 보건복지부 장관에게만 붙여질 위명이 아닐 거라고 생각했다. 부조화는 하나 더 있었다. 아버지 왕정태 쪽에는 없고 엄마 쪽에만 놓여 있는 반지는 항상 올 때마다 경미에게 아픔을 주었다.

'그때 아버지로부터 반지를 받았더라면…'

경미는 눈물이 핑 돌았다.

* * *

"오늘 못 들어올 것 같다고?"

용민은 못내 아쉽다는 말투로 말했다. 용민은 누군가와 영상통화를 하고 있었다.

"응, 오늘 할 일이 많아서 아마 못 들어갈 것 같아. 요즘 시국 감염병 때문에 난리도 아니잖아. 기다리지 말고 일찍 자."

영상 통화 속에 미미의 아름다운 모습이 비춰졌다. 영상 속에 비춰진 미미의 왼손 약지에서는 반지가 빛났다. 미미의 등 뒤로 넓은 창문에는 서울의 은은한 야경이 아름다움을 뽐내고 있었다.

"알겠어, 여보, 오늘도 12층 집무실에서 있는 거야? 내가 도시락 사들고 갈까?"

용민이 말했다.

"응, 우리 집무실 소파가 여간 편해야 말이지. 그리고 괜찮아, 여보. 밤에 먹고 자다가는 내일 아침 브리핑 있는데 얼굴 부었다고 난리 날걸."

미미는 자신의 볼을 꼬집으면서 말했다.

"뭐, 어때. 여보는 부은 얼굴도 아름답잖아."

용민은 말했다.

"그렇긴 하지. 새로운 아름다움으로 국민의 앞에 서 볼까? 그럼 열

시 넘어서 갖다 줄래?"

미미는 호호대면서 말했다.

"나 오늘은 떡볶이 먹고 싶어~"

미미는 우아한 척 말했다.

"오늘은, 이라니… 오늘도겠지."

용민은 무덤덤하게 말했다.

"그럼 이따가 봐~ 용민표로 만들어 와~"

미미는 그렇게 자기 할 말만 하고 영상에서 사라졌다. 용민은 뭐라 말하려고 했지만 전화는 이미 끊긴 신호음을 내고 있었다. 용민은 미소를 지었다.


용민은 끊긴 전화기를 잠시 바라보았다. 그러고는 다시 다이얼을 돌려 누군가에게 전화를 했다. 잠시 후 전화를 받는 소리가 났다.

"어, 로렐라이야. 파이팅이다. 건투를 빌게. 미미는…"

용민은 해맑게 웃었다.


* * *


어둠 속에서 라이트를 켠 검정색 고급 승용차 한 대가 정부 청사로 들어왔다. 정부 청사 입구에서 이날 경비 당직인 듯한 경찰 두 명이 자동차를 맞이했다. 고급 승용차는 경찰 앞에서 멈춰 섰다. 경찰 둘은 의아하다는 표정으로 서로를 쳐다보았다.

"뭐야, 보건복지부 장관님 차잖아? 오늘 연락받은 건 없었는데?"

"내가 가 볼게."

경찰 한 명이 자동차 앞으로 갔다. 자동차 운전석의 창문이 스르르 열렸다.

"안녕하십니까. 장관님. 이런 밤에 어쩐 일이십니까."

경찰은 고개를 숙여 창문과 눈높이를 맞췄다.

"안녕하세요, 경관님. 제가 깜빡하고 핸드폰을 집무실에 두고 왔더라고요. 죄송한데 잠깐 들어갔다 나와도 될까요?"

미미가 웃으면서 말했다.

"아, 그러십니까. 그럼 다녀오십시오."

경찰은 별 의심 없이 자리를 비켰다.

"감사합니다, 경관님. 밤에 고생하시는데 이것 좀 드시고 힘내세요!"

미미가 보조석에 놓여 있던 맛있게 보이는 샌드위치 두 개와 콜라 두 캔을 내밀었다. 비닐봉지 없이.

"어어? 감사합니다. 장관님. 이거 그 유명한 틴티 샌드위치잖아요?"

경찰은 좋아하는 표정을 지었다. 그러나 받아 가기엔 손이 좀 애매하게 부족했다.

"어이, 김 경사! 장관님께서 야식 주셨네. 같이 받아 가지."

경찰은 경비초소를 지키고 있던 나머지 경찰에게 소리쳤다. 초소에 있던 경찰이 걸어 나왔다.

"저도 오늘 퇴근 후에 줄 서서 기다리다가 산 거거든요."

미미가 웃으면서 말했다.

"헤헤… 항상 먹고 싶었는데 말이죠. 역시 장관님은 천사세요~ 그러잖아도 딱 배고플 시간이네요."

경찰이 배시시 웃었다.

초소에 있던 경찰이 와서 운전석에서 미미로부터 음식을 받아 갈 때였다.

'푸쉭! 푸쉭!' 하는 소리와 함께 경찰 두 명이 픽 쓰러졌다. 미미는 운전석에서 나와 불편하게 쓰러져 있던 경찰 두 명을 편하게 앉혀 줬다.

"틴티 샌드위치는 깨어나서 드세요~"

미미는 피식 웃었다. 그러고는 살짝 가면을 들어 올렸다. 괴도 버드였다.

"이렇게 늙었는데 아름다운 사람으로 변장하는 것도 처음인 걸? 변장할 맛 나네~"

괴도 버드는 피식 웃었다. 그러고는 다시 가면을 제대로 쓰고 정부 청사 건물 입구로 갔다.

정부 청사의 로비는 여러 대의 CCTV가 입구를 노려보고 있었고 안으로 들어가려면 지문인식을 해야만 하게 돼 있었다. 그렇지만 미미로 변장한 괴도 버드는 아무렇지도 않게 자연스럽게 엄지손가락으로 지문을 찍고 건물 안으로 들어갔다.

"이렇게 편안하게 걸어서 잠입하는 것도 처음인 걸~ 이게 이렇게 편한 거였다니! 용민 아저씨가 집에서 미미의 지문을 참 잘 채취해 주셨네~ 아저씨 과학수사대 해도 되겠어~"

괴도 버드는 자신의 엄지손가락을 보면서 신나 하며 말했다.

괴도 버드는 엘리베이터를 타고 12층에 도착했다. 괴도 버드는 소리 없는 발걸음으로 보건복지부 집무실 문 앞에 도착했다. 괴도 버드는 손목의 발신기를 확인했다. 발신 위치가 바로 괴도 버드의 앞에서 깜빡이고 있었다.

'아저씨가 미미 신발 안에 발신기 붙여 놨다고 했지?'

괴도 버드는 살짝 긴장감을 보이며 문을 열었다. 문이 스르르 열렸다. 집무실에는 미미가 서 있었다.

"괴도 버드 씨? 기다리고 있었습니다."

미미는 태연하면서도 반갑게 괴도 버드를 맞이했다.

"이리 들어오셔서 차 한 잔 하실까요?"

미미는 테이블에 있는 찻잔에 쪼르르 차를 따랐다.

"저로 변장을 참 잘하셨네요. 저의 진짜 미모보다 좀 미치지 못한 것 같지만. 이제 CCTV도 없고 저희밖에 없으니 그 가면 벗으시는 건 어떨까요?"

"하하… 장관님, 너무 여유를 부리시는 거 아닌가요?"

괴도 버드는 천천히 미미 쪽으로 다가오면서 말했다. 그런 괴도 버드의 뒤에서 검은 그림자가 드리워지기 시작했다. 경미가 문 뒤에서 나타나 괴도 버드에게 총을 겨누고 있었다. 괴도 버드는 계속 미미 쪽으로 다가오면서 말했다.

"가면은 지금은 못 벗어요. 왜냐하면…"

그 순간 연막과 함께 최루탄이 터졌다. 경미는 순식간에 벌어진 일에 당황해서 콜록대면서 발포를 했지만 빗나간 것 같았다. 미미도 콜록대면서 주저앉았다. 그런 미미 곁을 괴도 버드는 순식간에 스쳐서 미미의 반지를 빼내 갔다. 집무실의 창문이 깨지는 소리와 함께.

"가면에는 방독면 기능도 있거든요."

보이지 않는 곳에서 괴도 버드의 목소리가 들렸다. 경미와 미미는 눈물, 콧물로 범벅이 된 채로 콜록댔다.

시간이 지난 후 연기가 걷히기 시작하자 경미와 미미는 간신히 깨진 유리창 밖을 내다보았다. 유유히 괴도 버드가 타고 온 고급 승용차가 떠나가고 있었다. 둘은 멍하니 서로를 바라보다가 경미가 말했다.

"일단 쫓아가시죠!"

경미가 다급하게 외쳤다.

"제가 다른 루트로 가서 저 차를 따라잡아 볼게요!"

"아아… 네, 네…"

눈물, 콧물로 범벅이 된 한 국가의 장관이자 아름다움 담당 미미의 체통은 온데간데없었다. 워낙 순식간에 벌어진 일에 미미는 당황해했다.

미미는 부랴부랴 집무실을 나갔다.


경미는 깨진 유리창을 통해 느지막이 미미가 경찰차를 타고 미미의 차로 변장한 괴도 버드의 차인 고급 승용차를 쫓아가는 것을 보았다. 경미는 크게 한숨을 쉬었다. 경미는 한바탕 괴도 버드가 휩쓸고 간 현장에 홀로 남겨졌다. 경미는 시선을 돌려 집무실 문 앞으로 가서 문을 닫았다. 경미는 무표정하게 이 한눈에 들어오는 어지러운 광경을 훑어보았다. 그러다 경미의 얼굴에 미소가 조금씩 번지기 시작했다.

"하하하…"

경미는 목에 걸고 있던 목걸이를 천천히 꺼내 들었다.

"하하하하하!"

경미의 목걸이에는 반지가 걸려 있었다. 그때였다. 인기척이 느껴졌다. 집무실 구석에서 어두운 그림자가 보였다.

"뭐가 그리 우습지?"

괴도 버드가 커튼 사이에서 자태를 드러내며 말했다. 괴도 버드의 아름다운 하얀 얼굴이 갈색빛 머릿결과 함께 빛나고 있었다. 경미는 깜짝 놀랐다. 그리곤 웃음을 멈췄다.

"내가 설마 가짜 반지를 가지고 돌아갔을 거라고 생각해?"

괴도 버드는 조금 전 미미에게서 빼낸 반지를 보고 말했다. 반지는 그냥 민무늬였다. 괴도 버드는 그 반지를 뒤로 던졌다. 반지는 깨진 유리창을 통해 밖으로 떨어졌다. 그러더니 괴도 버드는 쏜살같이 경미와의 사이를 가로막고 있는 책상과 소파를 순식간에 넘어 경미 앞으로 다가오더니 반지가 걸려 있는 경미의 목걸이를 낚아챘다. 경미는 다시한번 순식간에 벌어진 일에 당황했다. 그 사이 이미 괴도 버드는 깨진 유리창 앞에서 뛰어 나갈 채비를 했다.

"언제 눈치챘지?"

경미가 으르렁거리며 말했다.

"장관님의 반지를 빼내고 그 짧은 시간에 확인한 건가?"

"아니, 그 전부터 알고 있었어. 미미가 약지에 반지를 끼고 있던 것을 봤을 때부터. 미미는 원래 그 반지가 크기 때문에 평소에 중지에 끼고 다녔지."

괴도 버드는 반지를 유리창의 달빛에 비춰보면서 말했다. 금반지에 cmm이라는 이니셜이 적혀 있었다. 그리고 괴도 버드는 자신의 오른손 엄지에 반지를 끼워 보았다. 딱 맞았다.

"호~ 오~ 이럴 수가…"

놀라워하던 괴도 버드가 반지를 주머니에 집어넣으며 말했다.

"나름 괜찮은 아이디어였어."

그때였다. 깨져 있던 유리창 앞으로 철문이 쾅쾅 닫히더니 방 안이 완전 새카만 암흑이 되었다. 깨진 유리창으로 나갈 방도가 막혔다. 괴도 버드는 살짝 당황해했다.

"이 아이디어는 어때?"

경미는 암흑 속에서 야간 투시경을 쓰면서 말했다.

"이제 어떻게 도망칠 거지?"

경미는 의연하게 말했다.

경미는 문 앞을 지키고 있었다. 연막 최루탄도 이미 써 버려서 없었다. 마취총도 처음에 써 버려서 없었다. 힘으로 제압해야 하는 건가. 괴도 버드는 솔직히 자신이 없었다. 나이는 좀 있지만 전쟁에서 수많은 사람을 사살한 전쟁 영웅인 경미를 상대로 힘에서는 밀릴 것이다. 특채 경찰의 포스가 느껴졌다. 괜히 경미의 덩치가 커 보였다. 괴도 버드는 그런 경미를 노려보았다.

"이제 곧 장관님도 다시 오실 거야. 나 혼자서 너의 그 날쌤을 잡을 자신이 없거든. 그렇지만 산전수전 다 겪은 파독 간호사 출신의 장관님과 함께라면 너를 제압할 수 있을 거야. 잠시만 기다리고 있으라고."

경미는 정확히 문 앞을 지키고 있었다. 괴도 버드는 잠시 침묵을 지키다 말했다.

"이 반지. 주인이 따로 있어."

괴도 버드는 차분히 말했다. 경미는 살짝 당황했다. 괴도 버드가 사연이 있는 물건을 훔치는 것은 알고 있었지만 물건을 왜 훔치고 그 물건을 어떻게 하는지 항상 궁금해했던 것이었다.

"궁지에 몰리니깐 무슨 헛소리를 하는 거야? 주인이 따로 있다니? 그 반지는 장관님의 결혼반지인데?"

경미가 물었다. 이제 그 수수께끼를 십 년 만에 알 수 있을 지도 모른다.

"그래. 미미와 그 남편의 결혼. 결혼반지는 그 짝꿍이 있어야 가장 잘 어울린다고. 아니, 어울리는 정도가 아니라 짝꿍이 있어야만 결혼반지라고 할 수 있지."

괴도 버드는 말했다.

"그래… 너의 그 헛소리도 장관님이 오실 때까지만 듣기로 하지."

경미는 문을 계속 의식하면서 말했다. 괴도 버드라면 이런 말을 하다가 언제든 틈이 보이면 도망칠 수 있기 때문에.

"당신은 믿기 힘들겠지만. 이 반지는 과거 그 남자가 잃어버린 아내와의 사랑의 징표야. 이 반지를 그 남자에게 돌려주지 못한다면 이 둘의 사랑의 징표는 영원히 사라지게 돼."

괴도 버드의 말에 경미는 과거 돌아가신 자신의 아버지와 엄마가 생각이 났다. 가슴이 아려 왔다.

"세상에서 가장 아름다운 가치인 사랑에 사랑의 징표가 없으면 너무나 서글프잖아?"

"무… 무슨 말도 안 되는 소리를 하는 거야. 과거라니…"

경미는 아버지와 엄마가 반지와 겹쳐 보였다. 아버지와 엄마의 유골을 모신 유골함에 결국 아버지의 유골로 돌려주지 못해 외로이 남은 엄마의 반지 모습이 눈앞에 아른거렸다.

"내가 당신에게 말할 수 있는 건 이 정도야. 나를 육 년이나 쫓아다녔으니 남들보다 나에 대해 한 가지라도 더 알고 있어야 하지 않겠어?"

"사랑의 징표…"

경미는 멍해졌다. 경미는 세상에서 제일 좋아하고 사랑했던 아버지와 엄마의 사랑의 징표를 한순간의 어리광으로 내팽개친 그 순간을 항상 후회하고 있었다. 인생에서 되돌리고 싶은 순간이 있다면 그 순간이었다. 만약 다시 돌아가 자신을 영웅으로 만들어 준 그 전투의 결과가 달라지는 한이 있더라도.

경미는 천천히 문 앞에서 비켜섰다. 그리고 괴도 버드를 못 본 척 눈을 내리깔았다.

"어서 가. 이것으로 예전의 빚도 갚은 거다."

경미는 아예 돌아선 채 말했다. 괴도 버드는 갑자기 태도가 변한 경미를 쳐다보았다. 그리곤 피식 웃었다.

"훗… 우리 털털한 아줌마 총경님께서도 로맨틱하신 여자였구먼."

달려 나가던 괴도 버드는 문 앞에 잠시 멈춰 돌아서 있는 경미에게 말했다.

"무능한 경찰이 되는 게 낫지, 사랑에 무능하고 싶진 않거든."

경미는 괴도 버드의 말에 살짝 고개를 돌려 말했다. 이미 괴도 버드는 아름다운 머릿결을 흩날리며 저 멀리 떠나가고 있었다.

"오늘은 좋은 꿈을 꿀 것 같네."

경미는 사라져버린 괴도 버드가 지나간 자리를 바라보며 혼잣말로 말했다.

\* \* \*

"괴도 버드가 탄 것처럼 위장하고 도망간 자율주행 자동차, 생각보다 좋은 것 같더라고요."

미미가 달려왔는지 숨을 헉헉대면서 집무실로 올라오자마자 신나서 말했다.

"따라잡고 확보하는 데 시간이 좀 걸렸어요. 완전 추격전 저리가라였다니까요! 총경님!"

미미는 어린 아이처럼 해맑았다.

"괴도 버드는 어디 있어요? 요기 있나? 조기 있나? 사라졌나?"

미미는 두리번거리며 집무실에서 괴도 버드를 찾았다.

"죄송합니다, 장관님. 괴도 버드는 역시 괴도 버드더라고요. 놓쳐버렸습니다. 반지도 빼앗겼습니다."

경미는 방 안에서 괴도 버드를 찾아대는 미미의 뒷모습에 대고 사

죄 인사를 표했다.

"네? 정말요?"

미미는 잠시 말을 잃었다.

"그럼…"

"정말 죄송합니다. 장관님. 어떠한 징계도 달게 받겠습니다."

경미는 꾸벅 고개를 숙였다.

잠시 할 말을 잃었던 미미는 다시 말했다.

"아니에요. 총경님, 오늘 참 재미있었어요. 요즘 시국에 감염병 때문에 항상 지치고 힘들었는데 이렇게 신나고 익사이팅한 추억을 만들어 주셔서 오히려 감사드립니다."

미미는 환하게 웃었다.

"오늘은 제가 검거한 괴도 버드의 차를 타고 퇴근할까 봐요. 호호호~"

미미는 여전히 신나 있었다. 그런 미미를 보고 경미는 이 사람은 도대체 뭐지라고 생각했다.

"그리고 사실…"

미미는 경미에게 귓속말을 했다.

\* \* \*

"해냈구나! 로렐라이!"

용민은 문방구에서 버선발로 뛰어 나왔다. 로렐은 기진맥진한 듯 반지를 용민에게 내놓고 주저앉았다.

"반지 맞는지 확인해 봐요. 지금 몇 시지?"

로렐은 시간을 확인했다. 밤 열 시 오 분 전이었다. 계획에는 차질이 생겨서 조금 늦기는 했지만 그래도 다행히 시간을 맞춰 한시름을 놓았다. 로렐은 휴~ 하는 한숨을 쉬고 물을 들이켰다.

"어? 맞는 것 같아. 말도 안 돼… 이게 어떻게….."

용민은 로렐이 준 반지를 받아 들고는 반지에 써진 이니셜 cmm을 보면서 말했다.

"신기하네. 어떻게 미미가 이 반지를 끼고 있었지?"

용민은 자신의 약지에 반지를 껴 보았다. 딱 맞았다.

"아저씨, 바보야? 난 이미 처음부터 아저씨 반지가 맞다는 것을 알겠더만~"

로렐은 입에 문 물을 스윽 닦으면서 말했다.

"미미 아줌마가 중지에 반지를 끼고 있었잖아~ 그럼 약지에 끼기엔 크기가 커서 그랬던 거겠지. 아저씨 반지가 미미 아줌마 반지보다 2호 정도 더 크잖아?"

"아? 그런 거야? 난 전혀 몰랐네… 그런데 난 분명히 5년 전에 고등학생이던 나에게 cmm 이니셜이 적힌 반지를 우체통을 통해 보냈는데…"

용민은 의아하다는 표정을 지으며 말했다. 그런 용민을 로렐은 한숨을 쉬며 쳐다보았다.

"아저씨 기억이 틀린 거겠지! 분명 아저씨가 고등학교 1학년 그때 금남로 성당 수녀님이 아저씨가 하도 불쌍하니깐 두 개 다 사 주신 걸 거야. 내가 아저씨한테 한두 번 속아 봐? 빨리빨리, 시간 다 됐어. 어서 보내자."

로렐은 정신없어 보이는 용민을 재촉했다.

"어? 아닌데… 정말인데… 분명 기억에 5년 전에 보낸 cmm이라고 써진 내 반지는 세상이 흔들리는 느낌과 함께 우체통에서 사라졌는데…"

용민은 로렐에게서 끌려 나가며 혼잣말을 했다.


용민과 로렐은 문방구 앞 우체통으로 나왔다. 용민은 고이 품에 안은 반지를 손수건으로 감쌌다. 그러고는 용민은 반지를 빨갛고 허름한 우체통에 넣었다. 로렐은 한 걸음 뒤에서 시계를 보았다. 시간은 열 시를 넘어가고 있었다. 이제 늘 그래 왔듯이 로렐과 용민은 세상이 약간 흔들리는 느낌을 기다렸다. 하지만 아무 느낌도 들지 않았다. 그렇게 오 분… 십 분… 이십 분이 지났다. 용민과 로렐은 서로 아무 말 없이 세상이 정지한 듯 똑같은 포즈로 기다렸다. 로렐은 팔짱 낀 채로 턱을 괴고, 용민은 두 손을 가지런히 모은 채로. 그런데 시간이 아무리 지나도 아무런 흔들림이 느껴지지 않았다. 용민은 설마 이제 너무 면역이 되어 세상의 흔들림을 느끼지 못한 건 아닐까 하며 살며시 우체통을 살짝만 열어 보았다. 손수건의 흰 부분이 살짝 보였다. 로렐과 용민은 서로를 쳐다보며 어안이 벙벙해했다.

"어? 맞아? 이거?"

로렐은 턱을 괴고 있던 손을 풀고 우체통을 활짝 열었다. 흰 손수건이 그대로 있었다. 로렐은 설마 하고 우체통의 손수건을 풀어 보았다. cmm이라고 적힌 14호짜리 반지가 그대로 반짝이고 있었다.

\* \* \*

"네? 그 반지도 가짜라고요?"

경미는 놀라며 말했다.

"네, 네. 물론 그 반지도 순금이긴 하지만 사십오 년 전 커플링은 제가 독일에 있을 때 잃어버렸거든요! 그 반지는 제가 혼자 따로 제 이니셜 새겨서 구입한 거예요. 호호호. 괴도 버드는 원하는 걸 훔치지 못한 거라고요. 저희가 이긴 거예요. 총경님!"

미미는 경미의 두 손을 꼭 잡고 소녀같이 즐거워했다.

\* \* \*

"어? 왜 그러지? 잠깐만, 로렐라이."

용민은 로렐이 들고 있던 반지를 가져가서 이리저리 확인을 하였다.

"이 반지가 아닌 건가… 이대로 반지가 사라졌어야 했는데… 반지가 40년 전으로 이동했어야 했는데… 왜 그러지?"

용민은 금방이도 울음을 터뜨릴 것처럼 보였다.

"아저씨, 날짜는 정확해요? 날짜가 틀린 거 아니에요?"

로렐은 팔짱을 끼고 의심의 눈초리로 용민을 보며 말했다.

"응, 맞는데… 편지 보내고 바로 그 다음날. 내가 어떻게 그런 아름다운 날을 잊을 수 있겠어? 나 일기장에도 써 놨어."

용민은 허겁지겁 문방구로 들어갔다. 아마도 일기장을 다시 한번 확인해 보려는 것 같았다. 로렐은 그런 용민을 이상하게 바라보았다. 그리고는 용민의 아내 미미의 모습을 떠올렸다. 아름답지만 공주병, 우아하고 연륜이 느껴지지만 철없는 아이 같은 모습, 육십 대 아줌마이지만 장난기 가득한 그 행동들…

"훗… 그런 건가…"

로렐은 팔짱을 낀 채 미소를 지었다.

* * *

사십 년 전 용민의 집 앞…

용민의 집이 있는 동네는 전형적인 한적하고 허름한 주택가였다. 이층집들은 제대로 정리하지 않은 울퉁불퉁한 작은 이차선 도로를 사이에 두고 양쪽으로 옹기종기 모여 있었다. 미미는 그런 비슷비슷한 많은 집들 중에서 곳곳에 시멘트가 흘러내리고 지붕의 페인트칠이 벗겨질 듯 말 듯하는, 붉은 벽돌을 대충 쌓아 올린 집이 있었다. 그 집이 용민의 집이었다. 이런 허름한 동네에 있는 미미는 위화감이 느껴졌다.

이십 대 초반의 미미는 눈이 부시게 예뻤다. 붉은빛 도는 갈색 머리로 찰랑거리는 머릿결, 빠져들 것만 같은 파란 눈, 뽀얗고 윤이 나는 하얀 피부, 따뜻하게 몸을 싸매고 있음에도 느껴지는 늘씬한 몸매, 이

밖에도 형언할 수 없는 미미만의 아름다움이 느껴졌다. 야밤인데도 이런 미미 덕에 허름한 주택가는 밝게 빛나고 있었다. 하늘의 쏟아지는 별빛은 이런 주택가에 온 미미를 반겨 주고 있는 것 같았다.

미미는 용민의 집 앞 우편함에 멈춰 섰다. 약간의 경사가 있는 주택가라 미미의 숨소리가 들렸다. 숨소리와 함께 가을 하늘의 밤공기가 차가웠다. 미미는 품 안에서 무언가를 꺼내 가늘고 긴 가녀린 손가락을 폈다. 미미의 손에는 반지가 있었다. 별처럼 빛나는 반지의 안쪽에는 'cmm'이라는 영문 알파벳이 보일 듯 말 듯했다. 미미는 그 반지를 하얀 손수건에 쌌다. 그러고는 우편함을 열고는 조심스럽게 흰 손수건에 싼 반지를 넣었다. 미미는 눈을 살포시 감고 기도하듯 손을 모았다.

'용민아, 사실 내가 네 반지를 몰래 가져온 거였어. 어제 너한테 왜 반지 안 끼고 다니냐고 하면서 보여 줬던 게 네 반지였어. 사실 'jym'이라고 써진 내 반지는 독일에서 일할 때 잃어버렸거든. 네 반응이 너무 재미있고 귀여워서 어쩔 수 없었어. 그리고 몰래 뒤따라 다니면서 용민이 네가 열심히 성당까지 가면서 찾는 모습에 얼마나 웃었는지 몰라. 기대에 부응해 줘서 고마워. 그리고 미안해. 앞으로 영원하자. 내가 제일 좋아하는 용민아.'

테이블 테스

## 등장인물

나매구  27살, 외과 전공의.

전교조  60살, 폐암 수술 받은 환자. 고등학교 교감 선생님.

김부흉  60살, 흉부외과 의사.

공전의  30살, 흉부외과 전공의.

소덕수  28살, 수술에 참여한 수술실 간호사.

배순화  28살, 수술 바깥에서 일을 한 수술실 간호사.

정복희  28살, 마취과 간호사.

이마취  48살, 마취과 의사.

김가노  28살, 병동 간호사.

서시내  28살, 내과 전공의. 매구의 친구.

"석션…"

오전 열 시 삼십 분, 2번방 수술실은 조용히 수술이 진행되고 있었다. 환자의 상태를 확인할 수 있는 마취기 모니터에서 규칙적인 간격으로 울리는 신호음과 스피커에서 잔잔히 흘러나오는 클래식 음악이 차분하고 안정된 수술이 이뤄지고 있음을 알 수 있었다. 소독 간호사,[*] 순환 간호사,[***] 집도의, 마취과 간호사 등 의료진 어느 하나도 조급함 없이 자신이 맡은 자리에서 조용히 임무를 수행하고 있었다.

"마취과 선생님, 환자는 괜찮나요?"

집도의는 수술을 하면서 마취과 쪽을 보는 듯 마는 듯하며 물었다.

"네, 바이탈사인[****]은 이상 없고, 수술시간이 좀 돼서 지금 동맥혈가스 검사[*****] 확인했는데 헤모글로빈[******] 수치가 조금 떨어져 피를 주려고 합니다."

......................

* 수술 시 수술 시야 확보를 위해 수술 부위 혈액이나 체액 등을 흡인하는 행위.

** 수술 시 소독을 하여 집도의 옆에서 직접적으로 수술을 도와주는 역할을 하는 간호사.

*** 수술 시 소독을 하지 않고 수술 밖 영역에서 간접적으로 도와주는 간호사.

**** 사람의 기본적인 생체 징후로 혈압, 맥박, 호흡, 체온을 말한다.

***** 혈액 검사의 일종. 산소포화도, 헤모글로빈, 산소분압, 이산화탄소 분압 등을 알 수 있다.

****** 혈액 내 산소를 운반하는 인자. 부족할수록 위험하다.

마취과 간호사는 사무적으로 말했다. 집도의는 들릴락 말락 한 목소리로 '네, 감사합니다'라고 하는 것 같았다.

"타이.*"

집도의의 말에 스크럽 간호사는 깔끔한 손놀림으로 실을 집도의의 손에 탁 쥐어 주었다. 집도의는 그 실을 가지고 수술의 중요한 과정인 혈관결찰을 하려고 하였다. 환자의 개복 상태는 피가 묻은 거즈, 쏟아져 나오는 내장 등 일반인이 보기에는 매우 징그러워 보였다. 그러나 전문 의료진들은 늘 있는 일인 듯 아무렇지도 않아 했다. 나이 예순 전후로 보이는 고령의 집도의에게 수없이 많이 해 본 이 수술이었지만 가장 중요한 순간인 동맥혈관 결찰은 언제나 살 떨리는 일이었다. 조금이라도 잘못한다면 피가 감당할 수 없을 정도로 쏟아져 내릴 것이기 때문에. 그 순간만은 스크럽 간호사, 순환 간호사, 집도의, 어시스트 등 모두가 조금 더 긴장하는 순간이었다.

"타이."

집도의는 스크럽 간호사로부터 두 번의 실을 받아들고 혈관을 묶었다.

"컷."

이번에는 가위를 받아들고 혈관을 잘랐다. 다행히 별 이상은 없었다. 집도의는 내색을 하지는 않았지만 속으로 안도의 한숨을 쉬었다. 의료진 모두가 이제 살짝 긴장을 놓았을 것이었다.

그때였다. 규칙적인 간격으로 울던 모니터가 급격히 정신없이 울어대기 시작했다. 클래식 음악도 베토벤의 〈운명〉이 연주되며 차분하던

......................
* 수술 시 실로 혈관을 결찰하는 행위.

수술실이 베토벤의 〈운명〉과 빠르게 울리는 모니터가 어우러져 시끄러워지기 시작했다. 거기에 의료진들의 다급한 목소리가 섞여 들어가며 긴급사태임을 알 수 있었다.

"심정지에요!"

마취과 간호사는 다급하게 외쳤다.

"제세동기 준비하세요!"

마취과 간호사의 콜을 받고 달려 온 마취과 의사는 수술실에 들어오면서 말했다.

"심폐소생술 시작합니다!"

마취과 의사의 말에 잠시 넋을 놓고 있던 어시스트 전공의는 환자를 제대로 눕히고 심장 마사지를 시작했다.

"하나! 둘! 셋! 넷!…"

전공의의 심장마사지가 계속되는 동안 의료진들은 일사불란하게 응급상황에서의 대처를 하고 있었다. 마취과 간호사는 심혈관수축제를 줬고, 마취과 의사는 제세동 패들에 젤리를 묻혔다.

"200줄! 차지! 모두 비키세요!"

순간 의료진들은 언제 환자에 딱 붙어 있었냐는 듯 잠시 물러났다.

"쏙! 심정지입니다! 심폐소생술 계속하세요!"

환자의 심장은 돌아오지 않았다. 전공의는 다시 심장마사지를 시작했다.

"하나! 둘! 셋! 넷!…"

시간이 얼마나 흘렀을까… 수술실 2번방은 전공의의 숫자 세는 소리만 울려 퍼질 뿐 고요했다.

"스물 둘… 스물 셋… 스물 넷…"

전공의는 온몸이 땀으로 흠뻑 젖은 채 마지막 있는 힘을 다해 심장 마사지를 하고 있었다. 그러나 손에 힘이 부쳐 보였다.

"이제 그만하지…"

마취과 의사는 고개를 저으며 말했다.

"전교조 님… 2022년 11월 27일 오전 열한 시 정각에 사망하셨습니다."

마취과 의사는 힘없이 사망 선고를 했다. 아마 사망 선고가 처음은 아닐 테지만 마취과 의사의 눈에는 공포감, 두려움, 허탈함, 동정심 등 여러 감정이 교차하는 것 같았다. 사망 선고를 할 때마다 의사는 본인에게 사망 선고를 하는 기분일 것이었다.

순환 간호사, 스크럽 간호사, 마취과 간호사 등 모든 의료진은 멍하니 이 상황을 바라만 보고 있었다. 집도의는 망연자실한 듯 멀거니 있었고, 전공의는 지쳐 쓰러졌다. 마취과 의사는 이들 모두를 안쓰럽게 바라보았다. 물론 가장 안쓰럽게 바라본 사람은 사망한 환자였다.

\* \* \*

"뭐? 수술실에서 테이블 데스\*가 있었어?"

바쁜 오전, 오후 일과를 마치고 외과 의국에서 컴퓨터로 처방을 내고 있던 매구는 놀라움을 감추지 못했다.

......................
\* 수술 중 환자가 수술침대에서 사망하는 것.

"그렇다는데~ 완전 대박사건이지~ 근래 우리 병원 외상외과 수술 말고는 테이블 데스가 없었는데 10년 만인가 그렇다는데~"

매구의 학부 시절 동기인 서시내가 조잘댔다. 학부 시절 때도 항상 이슈메이커였는데 지금도 내과 전공의를 하면서 이러저러한 병원의 여러 사건들을 가장 먼저 캐치해서 가장 멀리 소문을 내는 그런 동기였다. 학부 때도 매구가 천재 라이트와 사귄다는 것을 알고 동네방네 소문을 내서 매구에게 다른 남자들이 잘 접근하지 않도록 해 준 고마운 친구였다. 그래 봤자 100명이 접근할 거 10명으로 줄어든 거긴 하지만. 그리고 지금은 병원에서도 그렇게 발이 넓지 않은 매구에게 여러 소식을 전달해 주는 파랑새 같은 친구였다.

"그… 그렇겠지? 외상외과 테이블 데스는 세 달 전에도 있었으니까."

지난 세 달 전 외상외과 수술 테이블 데스의 기억이 매구의 머릿속을 칼처럼 후벼 팠다. 교통사고로 간, 비장 파열에 골반 골절, 다리 골절 등 부러지지 않은 데라곤 없는 교통사고 환자였다. 줄줄 새는 피를 잡기 위해 검사도 하지 않고 초응급 수술에 들어갔다. 환자의 혈액형과 맞는 병원에 있는 거의 모든 피를 수혈하고 그것도 부족해 O형 피도 수혈하는 등 그야말로 피를 들이부은 수술이었다. 그렇지만 결국 지혈 속도보다 출혈 속도가 빨랐다. 지혈 속도가 출혈 속도를 따라잡을 수 없었다. 의사의 지혈 속도가 환자의 출혈 속도를 따라잡을 수 없다면 환자를 보내 줄 수밖에 없다. 매구는 의사로서 책무를 다하지 못했음에 큰 상실감을 경험했다. 자신이 좀만 더 잘했더라면… 지혈점을 잘 찾고 잘 지혈했었더라면… 외과 전공의를 3년째 하고 있으면서 종종 만나게 되는 이런 외상환자들의 죽음은 여전히 익숙해지지 않았고 의사로서 죄책감을 갖는 트라우마가 생겼다. 물론 환자들의 죽음이 익숙해져서도 안 된다고 생각했다. 하지만 트라우마가 생기는 건 문제라고 생각했다. 환자들은 외상으로 트라우마를 입지만 매구 자신은 정신적으로 트라우마를 입었다. 결국 자신도 똑같은 환자나 다름없었다.

"무슨 수술하다가 그렇게 된 거래?"

매구는 궁금해했다. 외상외과 테이블 데스만 경험해 봤지 다른 수술로 테이블 데스가 일어날 거라곤 매구는 별로 상상 해 본 적이 없었다.

"흉부외과 김부흥 교수님 암환자의 폐엽절제수술*이었어."

서시내는 담담하게 말했다.

"뭐? 그런 수술로도 테이블 데스가 일어난단 말이야?"

매구는 놀라서 말했다. 서시내가 테이블 데스가 있다고 했을 때 흉부외과 쪽일 거라는 생각은 했었는데 그게 폐 쪽일 줄은 몰랐다. 심장 수술 쪽일 거라고 생각했다. 심장 수술을 할 때 체외순환기**를 돌린 뒤에 환자 상태가 안 좋으면 간혹 가다가 심장이 돌아오지 않을 때도 있다고 의대생 시절 배웠기 때문이다. 물론 요즘 같이 의학이 더 전문화되고 고도화된 지금은 거의 일어나지 않긴 하지만.

"그러게~ 내 말이~"

서시내는 환자가 불쌍한 듯, 이런 일이 발생한 게 답답하고 안타깝

..................

* 영어로는 lobectomy. 손상된 폐 일부분을 절제하는 수술로 폐동맥, 폐정맥과 같이 인체 내 큰 혈관을 잘라야 하기 때문에 잘못할 경우 큰 출혈이 발생하여 환자에게 위해를 가할 수 있다.
** 심장의 혈액순환과 폐의 가스교환 기능을 하여 수술 중 일시적으로 폐와 심장의 기능을 대신할 수 있도록 한 장치.

다는 듯이 말했다.

"물론 폐엽절제술이 작은 수술은 아니고 큰 수술이긴 하지. 폐동맥, 대동맥과 같이 큰 혈관이 지나다닌 곳을 수술하는 거니깐. 그렇지만 폐엽절제술의 수술 후 사망률은 1%가 채 되지 않고 우리나라엔 근 30년간 한 명도 없었어. 수술 후 사망률이 말이야… 수술 중 사망인 테이블 데스가 아닌…"

매구가 조용히 듣고만 있자 서시내는 계속 말을 이었다.

"더군다나 집도의도 눈 감고 폐엽을 뗀다는 전설의 김부흥 교수님인데… 우리 삼촌도 이번에 폐암이서서 김부흥 교수님 진료 보려고 했는데… 다시 생각해 봐야겠어."

"그러게… 예기치 못한 테이블 데스니… 보호자들이 너무 슬플 것 같아."

매구는 보호자의 감정에 이입이 된 듯 초롱초롱한 눈망울이 괜시리 붉어지는 듯했다. 매구는 테이블 데스 환자의 가족관계가 어떻게 되는지 알지도 못했지만 울고 있는 환자의 배우자, 그리고 그 혹은 그녀의 어린 자식들이 머릿속에 그려졌다.

"김부흥 교수님 보호자들한테 고소당하는 건 아닌지 몰라~ 기사화돼서 〈그것이 알고 싶다〉에 나오는 건지도 몰라~"

서시내는 김부흥 교수를 걱정했다. 아무래도 서시내는 의사 입장에서 사건을 보고 있는 것 같았다. 그때 '따르르르릉' 하면서 서시내의 주머니 속 핸드폰이 울렸다. 서시내는 핸드폰을 보더니 말했다.

"어? 병동 콜이네. 그럼, 매구야 이따 봐~"

서시내는 방금까지 테이블 데스라는 무거운 사건에 대해 이야기한 것 같지 않게 밝은 표정으로 의국을 나갔다.

매구는 혼자 의국에 남았다. 의자에 앉은 채로 잠시 손을 깍지 낀 채 턱을 괴고 멍하게 있던 매구는 어떤 생각이 들었는지 자세를 고쳐 잡고 컴퓨터 전자의무기록을 열람했다. 테이블 데스 환자가 누구인지 찾는 건 어렵지 않았다. 오늘 김부흥 교수의 수술환자는 한 명밖에 없었다. 그 환자의 이름은 전교조였다. 남성, 63년생. 매구는 전교조의 전자의무기록을 클릭했다. 사망환자라고 메시지가 떴다. 매구는 순간 마음이 숙연해졌다.

'63년생이시라⋯ 그럼 60세시네⋯ 너무 젊을 때 돌아가셨네⋯'

매구는 속으로 안타까움을 삼켰다. 매구는 그의 정보를 주욱 보았다. 의료인이 치료 목적 이외에 개인정보를 보는 행위는 도리에 어긋나는 행동이었다. 그렇지만 아무리 융통성이 없을 만큼 도리를 지키는 매구라도 이번만큼은 머릿속이 움직이는 대로, 손가락이 움직이는 대로 이끌리고 있었다. 사망한 전교조, 그의 직업은 운봉고등학교의 교감 선생님이었고 부인과 딸을 둔 가장이었다. 매구는 조금 전 자신이 머릿속에 그렸던 가족과 비슷했다. 그만큼 평범한 가족관계였다. 이런 평범하고 단란한 가정에 무슨 마른하늘에 날벼락인가. 매구는 보호자들은 무슨 죄인가 하며 안쓰러움이 더해지는 것을 느꼈다. 전교조는 전에 앓고 있는 질환도 없었고 건강검진을 하다 우연히 발견된 폐암으로 인해 수술을 받으러 온 것으로 기록지에는 기술되어 있었다. 사람이 살면서 자신의 암을 발견하고 치료하는 지극히 평범한 과정이었다. 매구는 저도 모르게 한숨을 크게 푹 쉬었다. 오늘 아침, '수술 잘 받고 올게' 하면서 가족과 인사를 하는 전교조와 '잘 받고 오세요' 하며 배웅을 하는 가족들이 매구의 머릿속에 그려졌다.

매구는 의무기록에서 좀 더 전문적인 영역으로 들어가 보았다. 수술 전 혈액 검사 결과, CT나 X-ray, 수술 중 나간 혈액 검사, 혈압, 체온 등의 바이털 사인, 그리고 다른 과 협진 등… 테이블 데스 환자만 아니라면 특별히 이상할 것 없는 기록과 검사 결과를 보다가 문득 눈에 띈 부분이 있었다. 다른 과 협진인 혈액종양내과에서 반대쪽 림프절에 전이가 있으니 항암치료를 먼저 한 뒤 수술을 하는 것이 좋겠다고 코멘트를 써 준 부분이었다. 매구는 의아했다. 보통 내과에서 이렇게 코멘트를 해 주면 외과는 그에 따르는 게 정석이었다. 이것은 김부흥 교수가 지금 하지 않아도 될, 아니면 지금 해서는 안 될 수술을 진행한 것으로밖에 생각되지 않았다. 매구는 생각했다. 김부흥 교수님이 수술에 너무 자신 있는 나머지 무리하게 수술을 하다가 실수를 한 것이다. 그게 아니라면……! 생각에 잠겼던 매구는 고개를 도리도리 젓고 다시 의무기록을 찬찬히 보았다. 간호 기록은 그가 정말로 테이블 데스 환자인지 알 수 없을 정도로 평온했다. 별 일 없이 수술실로 보냈고, 수술실에서도 별 일 없이 수술이 진행되고 종료되었다고 되어 있었다. 단지 어시스트 공전의가 쓴 의무기록에만 '폐색전증 의심하에 심정지 발생하여 삼십 분간 심폐소생술 시행하였지만 회복되지 않고 수술 중 사망함'이라고 짤막하게 적혀 있었다. 매구는 참으로 허망했다. 60년간 한 인간이 무엇을 위해 달려왔든지 간에 한 사람의 말로를 세상은 이렇게 아무렇지도 않게 대한다는 것에.

매구는 찬찬히 간호 기록지를 보며 그들의 이름을 되뇌었다. 집도의 김부흥 교수, 어시스트 공전의, 수술실 간호사 소덕수, 배순화, 마취과 간호사 정복희, 마취과 의사 이마취, 병동 담당 간호사 김가노…

* * *

"조미령 님, 수술 후 헤모글로빈 수치가 좀 떨어지긴 했지만 수술 후에 발생할 수 있는 상황이기 때문에 좀 지켜볼게요. 만약 내일 아침 피검사에서도 많이 떨어지면 수혈할 수도 있어요."

매구는 환자와 보호자에게 병실에서 수술 후 검사 결과에 대해 설명을 하고 있었다. 매구는 그렇게 말하면서 온전히 환자에게 집중을 할 수 없었다. 병실 곳곳에 빈 침대들이 쓸쓸히 보였다. 이런 빈 침대 중에 아마도 오늘 아침까지 잠을 잤던 전교조의 침대도 있을 것이었다. 잠을 자는 것과 죽는 것, 모두 침대에서 벌어지는 일이었다. 사람은 침대에서 가장 많이 죽는다. 오늘 아침 테이블 데스도 환자는 결국 침대에서 죽음을 맞이하였던 것이다.

"지영 선생님, 처방 냈어요. 지금은 괜찮은데 혹시나 헤모글로빈 저하 증상 보이는지 잘 봐 주세요."

매구는 간호사 스테이션에서 컴퓨터로 처방을 내고 조미령 환자의 담당 간호사인 지영에게 말했다. 그러고는 매구는 의자를 돌려 간호사 스테이션을 주욱 둘러보았다. 매구 딴에는 자연스럽게 둘러본다고 보았지만 누군가를 찾고 있는 티가 났다. 그 모습을 보고 눈치 빠른 지영 간호사가 매구에게 말했다.

"선생님, 누구 찾으세요?"

병동의 신규 간호사인 지영 간호사는 싹싹하면서도 붙임성이 좋았다. 매구는 그런 붙임성이 싫지는 않았지만 때론 살짝 부담스럽기도 했다.

"아… 아뇨… 그냥…"

매구는 마음을 들켜 버려 적잖이 당황했지만 그래도 지금이 기회일지도 모른다고 생각했다. 지영 간호사는 생글생글 웃으며 매구의 다음 말을 들을 준비를 하고 있는 것 같았다.

"저… 오늘 아침에 전교조 님이라고… 테이블 데스하신 분이 있었죠?"

매구는 조심스레 말했다.

"아, 전교조 님이요? 너무 안됐죠~ 저희도 난리도, 난리도 아니었어요~ 매구 선생님도 그 일에 대해 관심이 많으신가 봐요?"

지영 간호사는 기다렸다는 듯 오늘 가장 이슈였던 사건인 만큼 힘을 주어 말했다.

"하하… 네, 아무래도 테이블 데스는 흔치 않은 일이니까요."

매구는 격하게 반응하는 지영 간호사가 역시 부담스러웠다.

지영 간호사는 그런 매구의 마음을 아는지 모르는지 매구에게로 가까이 다가와 쉿 하는 손가락 모양새를 취하고 속삭이듯 말했다.

"선생님, 그게 말이죠~"

그렇게 지영 간호사가 말하는데 그녀의 뒤에서 누군가 나타났다.

"전교조 님은 왜 물어보시는 거죠?"

지영 간호사를 덮는 검은 그림자에 톤이 없는 목소리가 어우러져 매구는 섬뜩했다.

"아, 김가노 선생님."

조금 전 전교조의 간호기록지에서 봤던 김가노 간호사였다. 지금 매구가 찾고 있던 간호사이기도 했다. 이십 대 후반의 나이쯤 되려나. 병동에서 중간 경력 이상의 간호사였다. 매구가 그녀를 병동에서 보아 온 이미지는 항상 차갑고, 냉소적이지만 일 처리에 있어서는 융통성이 없을 정도로 정확한 간호사였다. 정도에 어긋난 일이라면 치를 떨 만큼 규칙과 상식을 중요시했다. 매구는 원체 그런 사람을 좋아하기 때문에 내색은 하지 않지만 김가노 간호사를 병원 동료로서 존경하고 좋아했다.

"어제 입원하실 때부터 제 담당 환자였어요."

김가노 간호사는 항상 그랬듯 차갑게 말했다.

"아… 저 그냥 전교조 님 테이블 데스 원인이 궁금해서요. 제가 아무래도 외과이다 보니깐 이런 게 다 궁금하네요. 하하… 혹시 뭐 잡지 못한 비정상적인 기왕력이나 검사 결과가 있을까 하구요."

매구는 차마 이미 의무기록을 봤다는 말은 할 수가 없었다. 매구는 바보스런 웃음을 보이며 머리를 긁적대며 최대한 단순한 궁금증으로만 보이게끔 말했다. 그렇지만 김가노 간호사가 여전히 차가운, 아니

더 의심의 눈초리로 매구를 바라보는 게 아무래도 김가노 간호사를 속이진 못한 것 같았다.

"수술실에서 일어난 일을 제가 어떻게 압니까. 그리고 비정상적인 혈액 검사 결과나 CT나 MRI 영상, 그리고 기왕력* 검사 결과도 문제없었어요."

김가노 간호사는 더 차갑게 말했다.

"하하… 그… 그렇군요… 검사는 어제 입원 후에 하신 거죠?"

매구는 냉소적인 김가노 간호사의 반응에 괜히 멋쩍어져서 아무 말이나 말을 했다. 말하고 보니 괜히 쓸데없는 말을 했다고 생각했다.

"네, 당연하죠. 제가 어제 다 혈액 검사 하고 검사실도 보내 드렸어요. 의무기록 보면 되잖아요."

김가노 간호사는 조금 어이없어 하는 듯했다. 아마 더 매구와 말할 필요가 없다고 생각했는지 할 일을 하러 돌아서다가 할 말이 생각났는지 돌아선 채로 말을 했다.

"아, 그렇게 사망 원인이 궁금하시면 다음 주에 모탈리티 컨퍼런스** 있으니까 그때 거기 가시면 되겠네요. 저도 제가 담당했던 환자가 급작스럽게 사망해서 찜찜한데 개인 프라이버시도 있고 더 이야기하고 싶진 않네요."

김가노 간호사는 간호사 특유의 쏘아붙이는 말투로 말했다. 매구는 김가노 간호사의 무언의 압박감에 눌려 괜히 멋쩍은 웃음만 지었다.

......................

* 과거에 앓았던 질환.
** 예기치 못한 사망 환자에 관한 토의.

발랄하던 지영 간호사도 조용했고, 간호사 스테이션엔 무거운 분위기
가 깔렸다.

'810호… 810호…'
매구는 손가락으로 호실을 더듬어 가리키면서 810호를 찾았다. 여
기가 아침에 전교조가 있었던 병실이었으리라. 창밖으론 어느덧 저녁
놀 햇살이 붉게 비추고 있었다. 저녁놀 햇살은 왠지 따스하면서도 외
로운 분위기를 풍기고 있었다. 병실은 4인실이었다. 지금 저녁 시간인
듯 환자들은 밥을 먹거나 양치를 하고 있었다. 왼쪽 창가 자리가 너저
분하게 비어 있었는데 아무래도 저곳이 전교조의 자리인 것 같았다.
가족들은 환자 사망 후 경황이 없었는지 아직 제대로 치우지 못한 옷
가지며 생필품이 정리가 안 된 채 이리저리 너저분하게 벌려져 있었
다. 매구가 갖은 상념이 뒤섞여 그 자리를 멍하게 바라보고 있었는데
그 맞은편이자 오른쪽 창가 자리에서 밥을 먹고 있던 아저씨 환자 분
이 그런 매구에게 말을 걸었다.
"아이구, 예쁜 선생님 오셨네, 앞에 저 아저씨 찾고 있는 거요? 아침
에 수술 받으러 들어갔는데 아직 안 돌아왔네."
짧은 스포츠머리에 희끗희끗한 머리카락이 보이는 아저씨 환자는
밥을 오물거리면서 말했다. 아직 이 아저씨 환자는 전교조에 대한 소
식을 듣지 못한 듯했다. 매구는 말을 최대한 아끼기로 했다.
"아… 보통 큰 수술하면 중환자실도 가고 하니깐요…"
매구는 약간 거짓말을 했다는 죄책감이 들었다.

"아! 그런가 보구나! 어쩐지~ 아까아까 점심 전인가? 여기 딸이랑 와이프가 뭔가 되게 바빠 보이더라고~ 난 무슨 완전 큰일이라도 생긴 줄 알았네~ 중환자실은 갈 수 있지! 암~! 나도 위암 수술하고 여~기 전공의 선생님한테 중환자실 갈 수 있다고 설명 들었거든! 이 아저씨가 그런 건가 보구나!"

아저씨는 큰 목소리로 말했다. 매구는 이 아저씨가 완전 큰일이라고 했을 때 살짝 흠칫했다.

"그라믄, 예쁜 선생님은 여기 보호자 분 보러 오신 건감? 아까 계~속 들락날락한 게 아마 곧 올끼야."

아저씨는 매구의 목적을 다 알고 있는 것 같아서 매구는 속마음이 발가벗겨진 기분이었다.

"아… 네…"

매구는 우물거렸다.

"그나저나 저 아저씨 중환자실 무서울 텐데 참 고생하겠네 그려~ 어제 그리그리 좋아하더만~ 자기가 친구 잘 둔 덕에 수술하고 제자 잘 둔 덕에 좋은 병실 입원했다 카드만~"

아저씨는 혀를 끌끌 차며 말했다.

"네? 그게 무슨 말씀이세요?"

매구는 생각지도 못했던 아저씨의 말에 놀랐다.

"그러더라구~ 어젯밤에 얘기하면서 저 아저씨가~ 오늘 수술해 주는 의사 선생님이 자기 고등학교 때 친했던 친구라고~ 그리고 담당 간호사, 거 누구지? 어~ 저기 오네. 저 간호사가 십 년 전 자기 고등학교 선생님일 때 제자였다고~ 이렇게 병원에서 일한다고 자랑, 자랑을 해 쌌더만~"

아저씨는 손가락으로 병실 문 쪽을 가리키며 말했다. 매구는 돌아 보았다. 김가노 간호사였다. 여전히 차가운 모습으로 병실로 들어오 고 있었다.

"매구 선생님, 선생님 담당환자는 여기 없는 것으로 알고 있는데요?"

김가노 간호사는 자기 말만 하고는 매구를 휙 지나 쳐다보지도 않 은 채 자신의 일을 하기 시작했다.

"허세둥 님? 밥은 얼마나 드셨어요? 반찬은요?"

매구와 그 아저씨와의 대화는 여기서 종료할 수밖에 없었다. 그 아 저씨 환자는 허허대며 자신이 먹은 양을 몸짓, 손짓 다해 가면서 김가 노 간호사에게 말하고 있었다. 매구는 머뭇거리다가 병실을 나올 수밖 에 없었다. 병실을 나오면서 매구는 오만가지 생각이 다 들었다. 친구 에게 수술받고, 제자에게 간호받는데 죽어서 나오다니… 불운도 이 런 불운이 아닐 수 없다고. 아니, 이게 불운이 아닐 수도 있겠다고.

매구는 천천히 병동을 걸었다. 왠지 발걸음이 이 병동에서 떨어지 지 않았다. 이대로 테이블 데스의 시작인 이 병동을 떠나기에는 뭔가 부족하다고 생각했다. 순간 매구는 꼬르륵 소리와 함께 배 속도 부족 함을 느꼈다. 그러면서 핸드폰으로 라이트에게 저녁 먹자고 연락을 하 려고 핸드폰을 여는데 흉부외과 전공의 공전의가 앞에서 오고 있었다. 이 병동에서 느껴지는 부족함을 저 전공의 공전의가 해결해 줄 것만 같았다. 공전의는 흉부외과의 하나뿐인 전공의였다. 오늘 아침 테이블 데스 수술 어시스트로 들어간. 매구는 핸드폰을 집어넣고는 자신을 지나치려는 공전의를 불러 세웠다.

"선배, 전의 선배."

매구가 조심스레 말했다.

"어… 아! 매구구나, 무슨 일이니."

공전의는 딴 생각을 하며 걷고 있었는지 매구가 불러 세우자 그때서야 매구가 앞에서 오고 있음을 인지한 듯했다. 매구는 학부 시절 공전의와 그리 친분이 있는 사이도 아니었고 병원에 와서도 그랬다. 공전의는 학부 시절부터 키도 훤칠하고 잘생겨서 여자들로부터 인기가 많았다. 다들 공전의의 말끔하고 차분하고 점잖은 모습을 좋아했다. 그러나 말끔한 겉모습과 달리 의대생 시절 들리는 소문에 의하면 공전의는 무척이나 가난한 집안에서 어렵게 성장을 했다고 들었다. 그래서 공부를 굉장히 잘했음에도 수술로 이름을 드날릴 수 있는 흉부외과를 지원하였다는 것은 연대 의대생이라면 누구나 알고 있을 정도였다.

"선배… 안녕하세요~ 밥 먹었어요?"

매구는 조심스럽게 말했다.

"아니… 아직 안 먹긴 했는데 배는 고프지 않아서."

공전의는 덤덤히 말했다. 매구는 기회를 놓칠 순 없었다. 지금 공전의와 대화를 못하게 된다면 굉장히 아쉬울 것 같았다.

"에이~ 그래도 밥시간에는 밥을 먹어야죠~ 전공의는 시간되면 뭐라도 먹어야 하잖아요~ 식당에서 같이 먹어요~ 선배~"

매구는 살짝 끼를 부리며 공전의의 팔을 잡아끌었다. 공전의도 싫지는 않은 듯 살짝 덤덤한 표정이 누그러졌다.

매구와 공전의는 직원 식당에서 테이블에 마주 보고 앉았다.
"오늘 네가 좋아하는 떡볶이구나."
공전의는 식판을 자리에 내려놓으면서 말했다. 공전의의 얼굴이 살짝 붉어지는 듯했다.
"어? 어떻게 아셨어요? 저 떡볶이 완전 좋아하잖아요~ 하하… 어쩐지 오늘 꼭 병원 밥이 먹고 싶더라니깐~"
아이같이 좋아하는 매구의 행동에 공전의는 빙긋이 웃었다. 공전의는 그런 매구가 귀여워 보이는 듯했다.
"선배는 뭐 좋아하세요?"
매구는 일상적인 대화로 말을 했다.
"나는 제육이랑 돈까스 좋아하지."
공전의는 수저를 뜨면서 대답했다.
"아까 식단표 보니깐 제육 내일 있던데~ 내일은 꼭 먹으러 가야겠네요~"
매구는 웃으면서 말했다. 공전의는 매구의 말에 말없이 빙그레 웃으면서 밥을 계속 떴다. 매구는 그런 공전의를 일부러 살짝 이상하게 바라보다가 말했다.
"…선배, 오늘 이상해요. 무슨 일 있으세요?"
매구는 조심스레 자신의 본론으로 가기를 바랐다. 이번에는 꼭 자연스레 목적을 달성했으면 좋겠다고 생각했다.

"그래 보이니? 그래… 그럴지도 모르지… 너는 아직 모르는구나. 역시… 매구답네… 너는 학생 때도 그랬지. 네 주위밖에 신경 못 쓰는 거… 그래서… 내가…"

공전의는 무념무상으로 밥을 깨작대면서 말하다가 정신이 번뜩 차렸는지 중간에 말을 끊었다.

"…네? 제가 뭘 몰라요?"

매구는 공전의의 마지막 '내가…' 뒤에 말은 궁금하지 않았다. 공전의가 스스로 테이블 데스 얘기를 꺼내 주길 기다렸다.

"…사실 오늘 우리 환자 테이블 데스가 있었어…"

공전의는 힘겹게 말을 꺼냈다.

"네? 테이블 데스요?"

매구는 놀라면서 말했다. 이미 상황을 어느 정도 알고 있었기에 연기가 필요했는데 매구는 더 놀랐어야 했나 싶었다. 그렇지만 공전의는 그것에 대해서 신경을 쓰지 않고 있는 듯했다.

"그래… 길지 않는 의사 생활이긴 하지만 처음 겪어 보는 일이다 보니 느낌이 너무 이상하구나."

공전의는 씁쓸하게 말했다.

"도대체 어떻게 하다가…"

매구는 손으로 입을 가린 채 걱정스럽게 말했다. 이 역시 공전의로부터 상황을 듣기 위해 연기를 살짝 가미했다.

"나도, 잘, 모르겠어. 사건은 오전에 발생했는데 지금도 어안이 벙

병해."

공전의는 천천히 띄엄띄엄 말했다.

"수술에는 정말 아무 문제가 없었는데도 말이야. 암 병기가 좀 높아서 개흉술*을 했었거든."

공전의의 말에 매구는 내과의 협진을 생각했다. 내과의 항암 치료 권고를 따르지 않고 한 수술이라… 정말 아무 문제가 없었던 것일까. 이미 처음부터 잘못됐던 것은 아닐까. 공전의는 말을 이었다.

"평소처럼 수술은 진행되었지. 피도 그렇게 많이 나지도 않았어. 그렇게 무난히 혈관을 박리해서 폐동맥을 타이로 결찰하고 잘랐는데 그 순간 환자 심장 리듬이 변하더라고. 어레스트로…"

공전의는 오전의 자신을 압박했던 그 일을 떠올리는 듯 몸에서 떨림이 느껴졌다. 매구는 그런 공전의를 조금은 안쓰럽게 바라보았다.

"정말 왜 갑자기 그렇게 된 건지 모르겠어. 수술 중 사망의 가장 큰 원인인 폐색전증**이나 아나필락시스 쇼크***로 의심을 하고 있긴 한데… 그것도 정확한 게 아니라서… 보호자들도 부검을 거부해서 정확한 사인은 알기 어렵게 됐고."

"네? 보호자들이 부검을 거부해요? 왜요?"

이번에 매구는 진심으로 놀랐다. 당연히 보호자들은 이 상황을 의료사고라고 생각을 하여 수용하지 못할 거라고 생각했다. 그런데 병원

......................

* 폐엽절제술 수술에는 보통 두 가지 방법이 있는데, 조그만 구멍을 뚫어서 카메라로 보면서 하는 내시경적 수술과 크게 절개하여 직접 눈으로 보고 하는 개흉술이 있다.

** 혈관 내 혈전이 이동하여 폐혈관을 막은 상태.

*** 항원-항체 면역 반응이 원인이 되어 발생하는 급격한 전신 반응.

소송을 준비하기는커녕 환자 사망의 진실을 밝힐 수 있는 부검을 거부하고 있다니… 매구는 혹시나 보호자들이 이미 칼을 댄 환자에게 죽어서도 칼을 대기 싫은 인륜적 도리가 있을 수도 있다는 생각에 다시 물었다.

"보호자들이 이미 돌아가신 환자에게 칼을 대기 싫었던 걸까요?"

"음… 그런… 걸까? 보호자들의 생각은 잘 모르겠어. 그런데 김부흥 교수님께서 상황을 설명하시는 걸 옆에서 봤는데 보호자들이 수용을 잘하더라고. 부인과 딸이어서 펑펑 울거나 그럴 줄 알았는데 그렇게 슬퍼하지도 않더라고. 나도 사람인지라 보호자들이 멱살잡이하면 어떡하나 하는 걱정도 있었는데 전혀 그렇질 않아서 놀랐어. 되게 차분하더라고."

공전의는 사실 테이블 데스가 벌어졌다는 것보다 이런 의료사고가 별 문제 없이 진행되고 있는 것을 다행으로 생각하고 있을는지도 몰랐다.

매구는 충격적이었다. 매구는 어릴 적 교통사고로 자신의 부모님을 모두 잃었을 때가 떠올랐다. 받아 주는 병원이 없어서 이 병원, 저 병원을 뻥뻥이 돈 끝에 결국 골든타임을 놓쳐 부모님 모두 돌아가셨다. 그때만큼 슬픈 적이 없었다. 부모님을, 가족을 잃었을 때만큼 슬펐던 적은 없었다. 그때만큼 울었던 적이 없었다. 그때만큼 병원을 원망한 적도 없었다. 그렇지만 지금 이 가족은 그렇지 않다고 한다. 매구가 처음 생각한, 아내와 딸과 도란도란 살고 있는 전교조의 단란한 가정의 이미지가 풍비박산이 났다. 물론 공전의 선배의 말만 듣고 그 가족을 판단하는 것은 무리긴 했다. 하지만 다음에 이어지는 공전의의 말이

이 가족은 평범한, 화목한 가정이 아니라는 것을 반증해 주고 있었다.

"장례식도 속전속결로 진행되고 있어. 지금 조문받고 있고, 내일이 발인이야. 김부흥 교수님도 이따가 일 끝나고 대표로 조문 가신다고 하셨어. 나도 간다고 했더니 한사코 거부하시더라고. 역시 아랫사람도 포용할 수 있는 멋진 분이셔."

공전의의 말에 매구는 이 가족을 더 만나보고 싶어졌다. 자신의 눈으로 보기 전까진 이런 이상한 가족이 존재한다는 것을 믿을 수가 없었다. 얼른 장례식이 끝나고 자신을 억압하는 이 의료사고 문제에서 벗어나기를 기다리는 눈치의 공전의는 둘째 문제였다.

"정말 이상하네요… 보통은 보호자들이 울고불고 난리 치고, 나아가선 소송까지 걸 텐데요."

매구의 '소송'이란 단어에 공전의는 흠칫했다. 지금 공전의에게 가장 두려운 단어가 바로 소송이었던 것이다. 자신의 창창한 앞길을 가로막을 수 있는 소송. 매구는 흠칫하는 공전의를 보고 말을 잘못 했다고 생각했다. 그래서 얼른 말을 이었다.

"그런 가족 처음 봐요. 선배님이 보기엔 보호자들은 어땠어요?"

"보호자들? 보호자들 그냥 좋던데? 차분하고, 조용조용하고, 말 잘 들어 주고. 동의서 받을 때도 이해도 잘하는 것 같더라고. 그때 사망할 수도 있다고 설명하길 참 다행이지."

공전의가 이 보호자들이 좋다고 한 이유는 의료사고가 발생했음에도 조용히 넘어가서이기 때문일 것이었다. 매구는 공전의로부터 더 이상 보호자에 대해서 얻을 건 없다고 생각했다. 여기서 더 질문을 하면

꼬치꼬치 캐묻는 게 이상하다고 생각할 것이었다.

"그런 것 같네요. 정말 마음고생 많으시겠어요, 선배… 김부흥 교수님도 충격이시겠어요."

매구는 살짝 화제를 전환했다.

"그래… 솔직히 말하면 나보다 더 마음고생하고 계시겠지. 아마 교수님 폐엽절제술 삼십 년 인생에서 테이블 데스는 처음이실걸? 그런데도 힘든 내색은 하나도 내시더라. 역시 대단한 분이셔. 최고야, 최고, 완전 멋있지. 내가 롤모델로 삼을 만한…"

공전의는 김부흥 교수를 걱정하면서도 그에 대해 존경을 표했다.

"내가 계속 잘 보좌해 드려야겠어."

이렇게 말하며 밥을 먹는 공전의를 매구는 살짝 흘겼다. 매구는 공전의의 맹목적인 김흥부 교수 찬양이 살짝 불편했다. 연줄이라곤 아무것도 없는 공전의가 학계에서 명망 있는 김흥부 교수의 라인을 타서 출세하려고 한다는 건 병원 전공의들 사이에선 이미 공공연한 사실이었다.

"맞아요, 그리고 언제나 든든한 선배가 교수님 옆에 있으니 아마도 교수님께선 더 괜찮으실 거예요."

매구는 그냥 하는 말로 괜히 거들었다. 매구의 말에 공전의는 자신이 김흥부 교수의 뭐라도 된 양 기분이 좋아진 듯 살짝 미소를 지었다.

"그… 그렇겠지? 휴… 빨리 이 악몽 같은 하루가 지나갔으면 좋겠어. 아무 일도 손에 잡히지 않아."

공전의는 자신 쪽에서 말해 주는 매구가 자신의 편이라고 생각했는지 진심을 말했다.

"그럼 안 되죠, 선배~ 선배의 치료를 기다리고 있는 환자들이 많은데요~"

매구는 웃으면서 말했다. 매구의 말에 공전의는 기분이 좋아진 듯했다.

"지금 잘 해결돼 가고 있는 것 같으니깐 힘내세요. 선배!"

매구는 말했다. 사실 자신의 마음과는 완전히 정반대의 말이었다. 들으면 들을수록 오늘 이 테이블 데스는 병원에서 벌어지는 평범한 테이블 데스가 아닐 것 같다는 생각이 들었다. 알면 알수록 미궁 속으로 빠지는 듯했다.

"고… 고맙다, 매구야. 역시 넌 천사구나."

공전의의 아무렇지도 않게 하는 말에 매구는 손발이 오그라들었다.

"그나저나 사인이 정말 궁금하네요. 마취과나 다른 의료진은 뭐라고 해요?"

매구는 최대한 '이것은 단지 의료인으로서의 궁금증이다'라는 의미처럼 들리게끔 말했다. 사실은 이 평범하지 않은, 베일에 싸여 있는 테이블 데스에 대한 궁금증이긴 했지만.

"음… 사실 우리 김부흥 교수님은 마취과의 문제라고 확신하고 계셔. 공식적으론 말 안 하셨지만 조용히 그러시더라고. 마취과 문제인 것 같다고. 환자가 큰 수술을 하는 환자라 중심정맥관*도 잡고 동맥관

......................

* 항암제와 항생제, 혈액성분과 같은 정맥주사가 계속적으로 필요한 환자의 치료를 위해 중심정맥에 삽입하는 큰 관.

*도 잡아서 라인**이 많아 그 라인을 통해 공기가 들어가 색전증이 생길 수도 있고, 환자에게 피도 많이 주고 그래서 아나필락시스나 감염 같은 수혈 부작용일 수도 있다고 생각하고 있지. 마침 그때 마취과 간호사가 신규더라고. 정복희 간호사인가. 처음 보는 간호사였어. 신규가 뭘 알겠어. 마취 모니터링하면서 중요한 상황을 체크 못 했거나 혈액이나 약을 잘못 투여했을 수도 있지. 예쁘장하게 생기긴 했더라고."

매구는 진중히 듣다가 마지막 하나도 의미 없는 말을 하는 공전의를 보며 속으로 한숨을 쉬었다. 역시 남자는 다 똑같다고 생각했다.

"그 간호사 어레스트 났을 때 허둥대는 게 너무 미숙해 보이더라구. 더군다나 마취과 이마취 교수님한테도 응급 콜을 했는데 너무 늦게 왔어. 마취과 의국이 바로 옆이면서 어레스트 나고 무려 일 분이나 지났을 때였지. 이게 말이 된다고 생각해? 골든타임이 정말 중요한데 말이야."

공전의는 마침 때가 됐다 싶었는지 모든 책임을 마취과에게 돌리고 있었다. 매구는 잠자코 듣고만 있었다.

"그러고선 상황 다 벌어지고 나니깐 이마취가 뭐라고 했는지 알아?"

공전의는 갑자기 개인적으로 억울했던 테이블 데스 상황이 생각난 듯 열을 올리기 시작했다. 이마취 교수의 이름을 친구 부르듯이 하며. 공전의는 숨을 크게 들이마셨다가 말했다.

"'그러게 우리가 마취 안 시켜 준다고 했잖아요' 하면서 다 들리게끔 혼잣말로 '내가 이럴 줄 알았지. 상태 안 좋은 환자 무리에서 수술하려

......................

\* 혈압을 지속적으로 측정할 수 있도록 하는 관. 보통 요골동맥 쪽에 삽입한다.
\*\* line. 환자의 혈액으로 수액을 주는 관. 중요한 약을 많이 투약할수록 많아진다.

고 하더만' 이러는 거 있지? 어휴~ 갑자기 생각하니 열받네. 우리 인자
하신 김부흥 교수님이 아무 말씀 안 하시니깐 내가 거기서 나댈 수도
없겠더라고. 내가 우리 교수님 봐서 참았지. 교수님만 아니었으면 엎
어 버렸을 거야."

공전의는 씩씩댔다. 매구는 마취과의 말도 궁금해졌다. 한 쪽 얘기
만 들어서는 제대로 사고를 할 수가 없다. 마취과와 함께 있는 수술실
에 한번 가 봐야겠다고 생각했다. 베일에 싸인 사건의 실마리가 있을
것이었다. 마침 공전의의 식판도 깨끗이 비워져 있었다.

"하하… 선배… 워~ 워~ 일 잘 해결되고 있으니깐…"

매구는 공전의를 진정시켰다.

"선배, 이제 일어날까요?"

매구의 말에 공전의는 열을 올리다가 '으응… 그래…'라고 하며 진
정이 되었다.


매구는 지하 1층 식당에서 공전의와 헤어지고 수술실로 가기 전 식
후 커피 한 잔을 마시기 위해 1층 로비에 있는 커피전문점에서 커피를
기다리고 있었다. 병원 로비의 커다란 창 너머로는 어둑어둑해진 하늘
이 하루가 끝나 가고 있음을 말해 주고 있었다. 병원 직원들은 하나둘
씩 퇴근을 하면서 매구의 주위를 지나치고 있었다. 깔끔한 정장 차림
을 한 사람들은 행정직원일 것이고 편한 캐주얼복은 병원에 와서 옷을
갈아입는 직원, 간호사나 간호조무사들일 것이고, 정장이긴 하지만 좀
고루하게 느껴지는 사람들은 의사, 교수님들일 것이었다. 그렇게 여러

생각이 겹쳐 커피를 기다리던 중 누군가가 매구의 옆에 와서 커피를 주문했다.

"아메리카노 하나 주세요."

점잖고 진중한 목소리. 매구는 고개를 돌려 그를 쳐다보았다. 김부흥 교수였다. 오래 입은 듯한, 사람의 손길이 많이 느껴지는 어둑어둑한 정장에 검은 넥타이가 눈에 띄었다. 김부흥 교수는 나이에 맞지 않게 빽빽한 머리숱과 나이에 맞는 희끗희끗한 머리색을 갖고 있었다. 돋보기안경을 쓰고 점잖고 인자한 이미지, 그게 삼십 년 동안 바깥 세상에 알려진 그의 이미지였다. 매구도 학생 시절 그에게 배우면서 의사로서 사명감을 갖고 매사를 대하는 그의 모습에 많은 것을 배웠었다. 다시 직접 김부흥 교수를 보니 매구는 공전의의 김부흥 교수 찬양을 어느 정도 이해할 수 있을 것 같았다.

"어? 교수님?"

매구의 말과 함께 옆을 의식하지 못하고 있었던 듯한 김부흥 교수는 매구 쪽으로 돌아보았다.

"안녕하세요, 교수님."

매구는 살짝 고개를 숙여 인사를 했다.

"어, 그래, 매구 선생이구나."

김부흥 교수는 점잖게 말했다.

"요즘 별 일은 없니?"

김부흥 교수는 의례적인 안부 인사를 했다.

"네… 저야 뭐 하루하루 맨날 똑같죠. 환자 보다가 수술 들어가고,

있다 보면 응급 콜 오고…"

매구는 말했다.

"…저… 교수님 괜찮으세요?"

매구는 괜히 모른 척하는 것보단 바로 말하는 게 좋겠다고 생각을 했다.

"…그래… 벌써 소문이 다 났나 보구나."

김부흥은 매구의 말에 살짝 당황스런 표정을 짓다가 예상했다는 듯 고개를 끄덕이며 말했다. 매구도 김부흥 교수를 바라보며 말없이 고개를 살짝 끄덕였다.

"나도 삼십 년간 의사생활을 하면서 수술 후 돌아가신 환자는 경험해 본 적이 있어도 테이블 데스는 처음 겪어 보는 일이라 지금 제정신이 아니긴 하다."

김부흥은 인자한 미소를 지어 보였다. 매구는 그런 그를 그저 바라보았다.

그러고는 매구는 조심스럽게 말했다.

"저… 교수님, 그 돌아가신 환자 분이 교수님 친구시라고…"

매구는 순간 김부흥의 인자한 미소가 굳어지는 것을 느꼈다. 그 굳어짐이 1초도 안 가 다시 인자한 미소로 바뀌었지만 매구는 그 순간을 놓치지 않았다.

"…녀석… 그런 것까지 알고 있구나."

김부흥의 '녀석'이란 말에는 많은 의미가 내포돼 있는 것 같았다.

"나는 지금껏 많은 지인과 친구들을 수술해 왔단다. 오늘 친구도 그

많던 지인들 중 하나였을 뿐이지. 하필이면 그 친구가 운 없이 테이블 데스였던 거고."

김부흥은 담담하게 말했다.

"저… 교수님… 궁금한 게 있는데 환자 분 사인이 명확하지 않은데 부검을 하지 않았다고…"

매구는 조심스레 말했다. 김부흥은 다시 한번 놀랐다. 이 젊은 전공의 매구가 도대체 이 사건에 대해 왜 이렇게 잘 알고 있는지, 어디까지 알고 있는지 감이 잡히질 않은 듯했다.

"녀석… 학생 때도 호기심이 많더니만 별걸 다 궁금해 하는구나. 사인은 명확해. 마취과에서 준 피가 수혈 부작용을 일으킨 거지. 심정지가 발생한 시점이 혈액 1pack이 들어가고 딱 이십 분이 지났을 때였으니깐. 마취과 쪽에선 수혈 부작용에 대해 빠르게 대처를 하지 못했다는 죄책감에 뭐 테이블 데스의 흔한 사망 원인으로 꼽는 폐색전증이라고 한 거지만… 나도 뭐 병원 교수로 오래 있는 사람인지라 마취과와 크게 분란을 일으키고 싶지도 않고. 나랑 교조 아내랑은 친분이 있으니깐 개인적으로 설명을 해 줬거든. 그래서 공식 서류에는 부검이 필요하지만 보호자가 거부를 했다고 작성이 된 거지."

김부흥이 매구에게 차분히 설명했다. 매구는 살짝 고개를 끄덕였으나 괜히 김부흥의 '전교조 아내와의 친분'이란 말이 좀 거슬렸다.

"아… 그렇군요…"

그때 둘의 대화를 단절시킨 건 '커피 나왔습니다' 하는 지극히 평범한 말이었다. 매구는 살짝 뜸을 들이다가 커피를 받았다.

"그래, 매구 선생, 이제 그만 어서 들어가 보거라. 사람은 때론 너무 많은 진실을 알려고 하지 않는 게 좋은 법이니깐."

김부흥 교수는 빙그레 웃으며 말했다. 매구는 커피를 든 채로 그저 김부흥 교수를 바라보며 그의 차가운 웃음을 느꼈다.

"아… 네…"

이어서 곧바로 김부흥 교수의 아메리카노가 나왔다. 아메리카노는 금방 만들 수 있다. 김부흥 교수는 오른손으로 아메리카노를 받아들었다. 김부흥 교수의 오른손 네 번째 손가락에 있는 반지가 반짝였다.

매구는 수술실로 왔다. 복잡한 머릿속을 정리해 줄 수 있는 뭔가가 있을 수 있다는 생각을 갖고 사건의 현장으로 온 것이었다. 수술실은 일과 수술들을 끝내고 간호사들이 정리 중에 있었다. 그럼에도 여전히 응급 수술방은 환하게 불이 켜져 있었다. 매구는 바쁘게 움직이는 그런 의료진들을 지나 사건이 일어났던 2번 수술방을 찾았다. 2번 수술방의 문을 빼꼼히 열었다. 어두컴컴했다. 이 수술방은 오늘 오전 무슨 일이 있었는지 기억하지 못하고 있는 듯 평온했다. 깔끔히 정리가 되어 있지는 않았지만 그래도 수술 후 누가 정리를 한 흔적이 곳곳에 남아 있었다. 매구는 괜스레 오늘 오전 테이블 데스한 전교조가 사망한 베드를 쓰다듬어 보았다. 손에 오래된 피가 묻어 나왔다. 정리를 했지만 아직 침대는 제대로 닦지 못했나 보았다. 침대… 사람에게 가장 편한 공간이자 사람이 가장 많이 죽는 공간이다. 어찌 보면 전교조는 죽음에 있어서는 행운인지 모른다. 가장 편한 공간에서 죽었으니. 물론 죽음이라는 제약된 환경에서만 말이다.

2번 수술방에서는 예전과 다른 점은 찾을 수가 없었다. 매구는 수술하러 2번방으로도 종종 들어오곤 했는데 그때와 다른 느낌은 받을 수 없었다. 혹시나 하는 마음으로 매구는 수술실 컴퓨터를 켜고 전교조의 기록을 다시 조회하였다. 처음 봤을 때와 달리 놓친 부분은 없는지. 다시 한번 수술 전 CT검사, 혈액 검사, 의무기록지, 수술간호기록지, 마취과기록지 등을 살폈다. 역시 특별한 이상은 없었지만 두 번째 보는 거라 그런지, 나름 여러 정보를 알게 된 뒤에 봐서 그런 건지 무언가 위화감이 느껴졌다.

그때였다. 2번 수술방이 시끄럽게 열렸다. 매구는 시끄러운 소리에 깜짝 놀랐다. 아마 방 정리를 하러 들어 온 수술실 간호사일 것이다. 들어온 사람은 방 불을 켜더니 사람이 있는 것에 호들갑을 떨면서 놀랐다.

"에구머니나! 누구세요?"

매구는 멋쩍게 들어온 사람을 쪽으로 몸을 돌렸다.

"하하… 저에요. 선생님."

"아~ 뭐야. 매구 선생님이었구나."

수술실 당직 간호사 주은이였다.

"왜 도둑처럼 방에 불도 켜지 않고 뭐하고 있어요?"

주은이 간호사는 학교를 보낸 애 둘이 있는 생활력 좋은 아주머니 간호사였다. 우리나라 아주머니답게 말도 많고 가십도 좋아하고 활발한 외향적인 간호사였다.

"아, 그냥 왔다가 보니깐 불을 켜는 걸 깜빡했네요."

매구가 겸연쩍게 웃었다.

"뭐 중요한 일 하고 계세요? 수심이 깊어 보이네요. 예쁜 얼굴 웃는 데 써야죠."

주은이 간호사가 능청능청 말했다.

"하하… 다름 아니라 오늘 테이블 데스가 벌어졌다고 하더라구요."

매구는 가십걸이라 불리는 이 주은이 간호사가 많은 얘기를 해 주기를 기대하며 말했다.

"와~ 선생님도 의외로 그런 것에 관심 많으시구나~ 저희도 오늘 오후 내내 그 일로 떠들썩했어요. 완전 이게 뭐람~ 사람을 살려야 할 침대에서 사람이 죽다니~ 충격적이죠, 그렇죠? 완전~ 대박."

주은이 간호사는 이야기 상대를 만난 물 만나 고기처럼 매구 옆으로 자리를 잡고 앉았다. 그러고는 주위를 살짝 둘러보고 말했다.

"맞아요! 맞아! 이 방이에요. 선생님은 이 방인 줄은 또 어떻게 알았대~"

"하하… 기록지 보면 되니깐요."

매구는 멋쩍게 웃었다.

"선생님네 반응은 어때요? 과에서는 사인이 제대로 공론화된 게 없어서 마취과는 흉부외과 실수라고 하고, 흉부외과는 마취과 실수라고 하고."

매구는 정보를 얻기 위해선 정보를 줘야 된다고 생각해 몇 가지를 말했다. 매구는 이 정보를 주는 것에 대해 마취과나 흉부외과에 허락을 맡았어야 했나 싶기도 했다. 그렇지만 그렇게 생각할 새도 없이 주은이 간호사는 펑펑 얘기를 쏟아 냈다.

"그렇게 말해요? 제가 보기엔 다 이상했어요~ 완전 안 될 수술이었다니깐요. 총체적 난국이었어요. 일단 전공의 공전의 샘이 평소보다 기구를 되게 많이 찾더라고요. 교수님은 가만히 있는데. 쓸데없는 기구를 찾으니 짜증이 나죠~ 물론 제가 수술 들어간 건 아니긴 하지만."

주은이 간호사는 본인이 수술 들어간 양 생생히 말하려고 노력하는 듯했다.

"수술 기구를요?"

매구는 물었다.

"네, 보통 그 수술하는 데 사용하지 않는 기구를 찾더라고요. 의아했죠."

주은이 간호사는 풍부한 표정으로 으쓱거리며 의아한 표정을 지었다.

"혹시 어떤 기구인지 알 수 있을까요?"

매구는 물었다.

"그렇게 특별한 기구도 아니에요. 긴 집게랑 겸자, 깊은 견인기 같은 것들이에요. 잠시만 기다리세요."

그렇게 말하고는 주은이 간호사는 쏜살같이 방을 나갔다가 금방 기구를 몇 개 가져왔다. 매구가 보기에는 그냥 지극히 평범한 수술 기구들이었다.

"뭐 아예 안 쓰는 건 아니고 가끔씩 찾기는 하는 것들이네요."

매구는 수술 기구를 하나씩 만져 봤다. 특별한 이상은 못 느꼈다. 그렇지만 이 수술 기구들이 환자의 몸을 헤집었다라고 생각하니 소름이 끼쳤다.

"네, 크게 특별한 건 아니죠."

주은이 간호사는 뭔가 아쉬워 보였다.

"그리고 또! 수술 끝나고 바늘이 없어졌어요."

"바늘이요?"

매구는 물었다.

"네, 실 바늘이요."

주은이 간호사는 말했다.

"그건 대단히 중요한 일이잖아요."

"그렇죠… 그런데 환자가 심정지 발생하고 상황이 정신없기도 하고 피 나는 부분 계속 슈쳐*하고 그래서 실을 엄청 많이 썼거든요. 그래서 챙길 겨를이 없었나 봐요."

"수술 들어간 간호사가 누구였는데요?"

매구는 물었다.

"소덕수 간호사에요."

주은이 간호사는 소덕수 간호사를 책망하는 말투로 말했다.

"걔도 참…"

주은이 간호사는 혀를 찼다.

"아, 그 남자 선생님이요? 그 선생님 경력도 오 년도 넘었고 그런 실수를 할 리가 없을 텐데…"

매구는 뭔가 이상하게 생각했다.

.......................
* 봉합.

"걔도 처음 있는 일이라서 많이 당황했나 봐요."

주은이 간호사는 소덕수 간호사를 걔라고 친근하게 표현했다. 주은이 간호사는 소덕수를 변호하는 듯하면서도 그런 실수를 한 소덕수를 책망하는 말투로 말했다.

"방 간호사 배정부터 엉망이었어요~ 소덕수 간호사랑 같이 오늘 수술실 2번방에 배정된 간호사는 배순화 간호사라는 여자앤데요."

매구는 배순화 간호사를 안다는 듯이 고개를 살짝 끄덕였다. 개인적으로 아는 건 아니지만 수술실 오가며 잠깐 잠깐씩 봤던 기억이 있었다. 여느 1~2년 차 간호사답게 군기가 바짝 들어 있는 조용한 간호사였다. 주은이 간호사는 계속 말을 이었다.

"걔랑 소덕수가 고등학교 때 친구래요. 배순화 간호사는 졸업 후에 다른 일을 하다가 와서 아직 이 년도 안 된 햇병아리인데 나이는 소덕수 간호사랑 같죠. 배순화 간호사가 여기서 일하면서 소덕수 간호사한테 의지를 많이 하더라구요."

주은이 간호사는 둘이 뭔가 있다는 듯한 말투였다.

"병원에 연애하러 온 건지… 그러니 수술에 제대로 집중도 못하지…"

주은이 간호사는 작은 목소리로 혼잣말하듯 말했다. 그렇지만 매구에게는 잘 들렸다. 그렇지만 매구는 고등학교라는 말이 더 잘 들렸다.

"고등학교 때요?"

매구는 생각했다. 그러고 보니 사망한 전교조가 고등학교 선생님으로 일했다던 병동 환자의 말이 생각났다. 그것도 약 십 년 전에. 이십 대 후반의 소덕수 간호사가 십 년 전에는 고등학생이었을 것이다. 물론 그의 친구라고 하는 배순화 간호사도 함께. 매구는 또 다른 연결고리가 생겨나는 것은 아닌지 머릿속이 복잡해졌다.

"네네, 아주 둘이 보면 눈꼴시어서 원… 오늘 오전에도 아마 둘이 꽁냥꽁냥하다가 수술에 집중을 못했던 게 분명해."

주은이 간호사는 샘내듯 말했다. 그러다가 연륜 있는 자신이 젊은 청춘을 비난하는 게 민망했던지 얼른 다시 화제를 돌렸다.

"아, 그리고 또 있어요. 마취과도 엉망이었죠. 완전 쌩신규가 마취과 간호사였어. 이름이 뭐더라? 계약직이라 이름도 잘 모르겠네. 아, 맞네, 맞아. 정복희인가 그런 이름이었어."

"정복희 선생님이요? 들어오신 지 별로 안 된 선생님인가 보네요."

매구는 공전의가 했던 말을 떠올렸다.

"그래~ 걔 들어온 지 세 달도 채 안 됐거든~ 근데 웃긴 게 뭔지 알아? 세 달도 안 된 애가 오늘 2번방에서 마취하겠다고 그렇게 그렇게 지원을 하더라니깐. 요즘 신규는 참…"

주은이 간호사는 또 혀를 찼다.

"그러게요… 보통은 수선생님이 방 배정해 주시는 대로 하잖아요. 2번방 지원한 이유가 뭐래요?"

매구는 이젠 정복희 간호사가 의심스러워졌다.

"말로는 흉부외과 환자는 마취하는 방법이 조금 다르니깐 해 보겠다고 그러더라고. 하여간 요즘 신규는 입만 살아 가지고~"

주은 간호사는 투덜댔다.

"일리는 있네요."

매구는 정복희 간호사에 대해 의심을 살짝 줄였다.

"그럼 뭐해. 지금 이 사단이 났는데. 계약직이고 신규이다 보니 허둥대고 난리도 아니었대~ 걔만 아니었으면 제때 잘 대처할 수도 있었을 텐데. 마취과 의사한테 노티할 때도 횡설수설하고~ '수혈 맞는데… 여기 AB형 맞는데… 갑자기…' 막 이러고 있고. 하여간 걔 마음에 안 들어 참… 처음 걔 들어왔을 때 챙겨 주려고 이것저것 물어봤는데 다 쌩까더라고. 싸가지가 완전 바가지였지. 나이도 이십 대 후반으로 좀 있으면서 뭐하다 온 건지 말도 안 하고. 아주 신비주의 납셨지 뭐~"

주은이 간호사는 열변을 토했다.

매구는 멍하니 주은이 간호사의 열변을 듣다가 자신이 할 말도 생각이 난 듯 재빨리 말했다.

"그러게요. 더군다나 응급 콜하고 마취과 의사도 늦게 왔다고 하더라고요."

매구는 공전의로부터 들은 정보를 확인했다.

"아~ 맞아, 맞아! 선생님 잘 알고 있구나!"

주은이 간호사는 대견스럽다는 듯이 매구의 어깨를 가볍게 터치했다.

"그것도 완전 미친 일이었지. 마취과 의사 이마취 있지? 술 마셔서 그래, 술~ 어제 진탕 술 마셔서 콜했는데도 늦게 나타난 거야. 이마취 완전 술고래잖아. 내 앞을 지나치는데 얼굴도 벌~거니 술 냄새가 진동을 하더라. 에휴~ 그게 인간으로서 할 짓이라고 생각해? 매구 선생?"

매구는 이렇게 열변을 토하는 주은이 간호사가 살짝 부담스러웠다.

그때 밖에서 '띵~동~' 하는 소리가 났다. 응급 수술을 하고 있는 방에서 순환 간호사에게 도움을 요청하는 벨소리였다. 주은이 간호사는 한참 열변을 토하다 김샜다는 듯 '어휴' 하며 자리에서 일어났다.

"선생님, 그럼 나중에 더 얘기해. 뭐 더 알게 된 거 있으면 나한테 말해 주고~"

주은이 간호사는 자기 할 말만 하고 방을 나갔다.

매구는 이들 간호사들의 신상을 봐야겠다고 생각했다.


매구는 수술실을 나가는 척하며 주위에 아무도 없는 것을 확인하고 아무도 몰래 수간호사의 방을 빼꼼히 열었다. 수간호사는 이미 퇴근한 지라 아무도 없이 깜깜했다. 매구는 핸드폰의 불빛에 의존하여 수간호사의 책상을 천천히 휴대폰 손전등으로 주욱 훑었다. 그중 수술실 간호사 명부라는 파일철이 눈길을 끌었다. 매구는 한 손으로는 휴대폰 손전등을 잡고 한 손으로는 수술실 간호사 명부 파일철을 열었다. 소덕수, 배순화, 정복희… 소덕수가 제일 먼저 있었고, 배순화가 거의 마지막쯤에, 그리고 마지막 장에 정복희가 있었다. 나이 소덕수 스물여덟… 배순화 스물여덟… 정복희 스물여덟… 모두 동갑이었다. 십 년 전에는 모두 고등학생이었을 것이었다. 출신 학교 소덕수 운봉 고등학교, 배순화 운봉 고등학교, 정복희는… 검정고시? 운봉 고등학교면 돌아가신 전교조가 일하던 학교였다. 그렇다면 소덕수, 배순화도 전교조의 제자일 수 있다는 것이었다. 오후에 만났던 김가노 간호사와 함께. 그리고 보면 김가노 간호사도 이십 대 후반인 게 이들과 얼추 나이가 비슷할 것이었다. 이와는 달리 마취과 간호사 정복희는 사 년 전 검정고시를 통과하여 올해 간호대학을 졸업한 것으로 돼 있었다. 가족관계 소덕수 부모님, 1남 1녀 중 장남, 배순화 부모님, 1남 2녀 중 둘째, 정복희는… 가족이 없었다. 매구는 고개를 살짝 갸우뚱했다. 정복희만 이들과 나이는 같지만 뭔가 다른 삶을 살고 있는 생각이 들었다. 정복희 신상명세서 아래쪽 특이사항에 눈에 띄는 부분이 있었다. 특이사항에는 십 년 전 부분기억상실증이라고 돼 있었다. 그래서 주은이 간호사가 이것저것 물어봤을 때 대답을 못했던 게 아닐까 하는 생각과 함께 정복희가 이해가 되었다. 매구는 떨리는 손으로 간호사 명부 파일철을 덮었다.

＊＊＊

밖은 완전히 심연에 잠겨 있었다. 매구는 이 간호사들과 전교조와의 관계가 궁금했다. 서류에는 나오지 않은 이야기, 그것을 알기 위해선 보호자들을 만나야 했다. 매구는 검은색 옷으로 갈아입고 몇 시간 전 김부흥 교수가 갔던 길을 그대로 따라서 갔다.

장례식장에는 남녀노소 검은 옷을 입고 있었다. 그렇지만 그렇다고 분위기 막 우울하거나 그러진 않았다. 웃는 사람들도 많았고, 대부분 평온한 모습이었다. 돌아가신 사람이 장례식장에 왔을 때는 가족 모두 죽음에 대해서 수용을 한 상태일 정도로 시간이 지났기 때문일 것이었다.

매구는 장례식장 안내데스크에서 전교조의 이름을 찾아 그의 빈소로 갔다. 빈소 앞에 조문객 받는 곳에서 매구는 '자유대학교병원 전공의 대표 나매구'라고 적힌 흰 봉투를 검은 옷에서 꺼내 부의함에 집어넣었다. 약간 돈이 아깝다는 생각과 함께 거짓말이긴 해도 살면서 무슨 대표를 해 본 적이 없는 매구로서는 괜히 쑥스러웠다.

검은 구두를 벗고 빈소에 들어선 매구는 오늘 반나절을 함께한 전교조를 사진으로나마 처음 보게 되었다. 길 가다 한 번쯤 봤을 법한 중장년의 아저씨였다. 영정사진은 보통 잘 나온 사진을 쓰기에 실제로는 지금 매구가 보고 있는 사진보다 좀 더 늙었으리라. 절을 두 번 하고 헌화를 하고 매구는 이제야 보호자들과 처음으로 마주할 수 있었다. 눈시울을 붉히고 있는 부인으로 보이는 사람은 작고 연약해 보였다. 그 옆에는 딸인 듯 보이는 사람이 무표정하게 있었다. 안 그래도 날카롭고 세 보이는 인상이었는데 표정이 없으니 더 세게 느껴졌다. 겉으로 보기에는 평범해 보이는 가족이었다.

보호자들과 말없이 인사를 하고 자리를 잡고 앉았다. 첫날이라 그런지, 아니면 전교조의 대인관계가 넓지 않은지 모르겠지만 매구를 제외하고는 네다섯 사람밖에 보이지 않았다. 매구는 그렇게 조용히 구석에 앉아 있었는데 아까 보았던 전교조의 딸인 듯한 사람이 매구의 앞으로 와서 앉았다.

"와 주셔서 감사합니다."

딸은 무표정하게 인사를 했다. 이십 대 후반에서 삼십 대 초반으로 보일까… 한 성격할 만한 모습이었다.

"안녕하세요. 저는 여기 자유대학교 병원 전공의 대표 나매구라고 합니다. 상심이 크시겠습니다."

매구는 의례적인 말로 대화를 시작했다. 딸은 말없이 그런 매구를 쳐다보았다. 도대체 전공의 대표가 왜 왔는지 의아한 표정이었다.

"정말 죄송합니다. 드릴 말씀이 없습니다. 저희도 이루 슬픔을 헤아릴 수…"

매구의 말을 딸이 중간에 가로챘다.

"아니에요. 우리 아버지라는 인간, 뭐 평범하게 죽지는 않을 거라 생각은 했어요."

딸의 과격한 말에 매구는 흠칫했다.

"네?"

매구는 공전의에게 듣던 대로 평범한 가족은 아니라는 확신이 들었다. 딸에게선 슬픈 감정이라곤 전혀 느껴지지 않았다.

"초면에 이런 말을 드려서 죄송하긴 한데 우리 아버지, 잘 돌아가셨어요. 그런 죄를 짓고 세상에 이렇게 오래 사신 것도 복이죠, 뭐."

딸은 아버지의 죽음이 오히려 후련하다는 듯 보였다. 매구는 어안이 벙벙했다. 이런 가족도 세상에 존재할 수 있구나…

"도대체 어떤 죄…"

그렇게 평범해 보이던 장년의 아저씨에게 도대체 어떤 죄가 있기에 딸이 어쩜 이다지도 냉정할 수 있을까.

딸은 은은한 미소를 지었다.

"오히려 선생님이 모르는 분이라서 말할 수 있겠네요. 살면서, 아니 십 년 전부터 그 인간을 보는 건 지옥이었고, 악몽과 같은 삶이었어요."

딸은 이제 아버지가 아니라 그 인간이라고 지칭해서 말하고 있었다. 아버지에서 실격을 한 것이었다.

"그 인간, 고등학교 선생이었어요. 저도 그때 같은 고등학교 학생이었죠. 한창 사춘기의 그런 고등학생…"

딸은 잠시 침묵했다. 매구도 조용히 있었다.

"아직도 잊히질 않아요. 저녁에 야자하다가 그 인간을 보러 그 인간의 교무실을 찾아갔는데 그 인간 교무실에서 그걸 본 거에요. 그 인간이, 아니 그 짐승이 여학생을 성폭행하는 장면을…"

딸은 끔찍한 장면을 회상이라도 하듯 조소를 품고 고개를 저었다.

"강간이라고 해야 맞는 말이겠죠?"

아버지에서 짐승으로 타락을 하는 건 순식간이었다.

매구는 자신에게서 식은땀이 흐르는 것을 느꼈다. 심장이 고동치고 토할 것 같은 느낌이 들었다. 매구의 머릿속을 망치로 때리는 듯한 둔탁한 박동이 느껴졌다. 현기증이 느껴졌다. 매구 자신도 고등학생 때…

"학교 애들 사이에서는 이미 공공연한 비밀이었더라구요. …왕따를 당했죠. 친구도, 뭣도 없이 학창시절을 보냈어요. 지옥과도 같은 나날들이었죠. 매일 그 장면이 떠오르는 악몽을 꾸었어요."

딸은 은은한 미소를 짓고 있었다.

"사실, 오늘 그 짐승, 수술 들어가기 전 김부흥 아저씨한테 부탁을 했어요. 죽여 줄 수 있냐고."

딸은 피식했다.

"김부흥 아저씨, 우리 엄마 애인이거든요."

딸은 차가운 미소가 소름끼쳤다.

매구는 어지러웠다. 쓰러질 것 같았다. 예전 기억이 매구의 머릿속을 계속 스쳐 지나갔다.

"괜찮으세요?"

딸은 자신의 얘기를 하다가 매구의 상태를 알아채고 매구에게 말했다.

"어… 제가 몸이 좀 안 좋아서…"

매구는 비틀거리면서 자리에서 일어났다. 그러고는 한 걸음 한 걸음 힘겹게 빈소 밖으로 나갔다.

딸은 그런 매구를 의아하게 쳐다보고는 매구의 등 뒤에 대고 소리쳤다.

"와 주셔서 감사해요!"

딸의 목소리에서도 살인미소가 느껴졌다.


매구는 겨우 병원 당직실에 도착했다. 냉장고에서 물을 꺼내 겨우 한 모금 마셨다. 살짝 체증이 내려간 기분이었다. 매구는 그대로 침대에 쓰러졌다. 머릿속이 너무 뒤죽박죽이었다. 매구는 멀거니 천장을 바라보았다. 이럴 때 항상 생각나는 사람이 있었다. 매구는 핸드폰을 켜고 '라이트'를 찾아서 전화를 했다. 신호음이 몇 번 가더니 라이트가 전화를 받았다.

"…이런 일이 있었어…"

매구는 오늘 반나절 동안 있었던 일을 라이트에게 말했다.

"어때? 너무 복잡하지 않아? 좀 더 뭘 알아야 할까?"

매구는 누워서 한 손으로는 전화기, 한 손은 머리에 댄 채로 말했다.

"아니야. 정보는 충분해. 매구 네가 말한 정보들은 오직 한 가지 길만을 가리키고 있어."

라이트의 자신만만한 목소리가 수화기 너머로 들렸다.

"정말? 그 길이 뭔데?"

매구는 말했다.

"그 길은… 의료인인 너만이 알 수 있는 길이야."

라이트의 뚱딴지같은 답변에 매구는 약간 심통이 났다.

"내가 뭘 알아… 내가 아는 게 없으니깐 라이트한테 전화한 거잖아…"

매구는 뾰루퉁해졌다.

"도대체 왜 테이블 데스가 발생한 건데?"

"거기 교수님이 말씀하셨잖아. 수혈 부작용이라고."

라이트는 당연하다는 듯 말했다.

"진실을 밝히는 건 타인을 믿는 데서 시작하는 거라고."

매구는 머뭇거렸다. 수혈 부작용… 수혈 부작용은… 설마… 설마…?

"라이트… 설마…?"

매구는 조심스럽게 말했다. 라이트가 고개를 끄덕이는 모습이 수화기 너머로 전해졌다.

*＊＊＊*

　병원은 한쪽 구석의 응급실을 제외하곤 어둑어둑했다. 특히 병원 로비 어딘가에서 울려 퍼지는 발걸음 소리가 어둑한 실내를 더욱 음침하고 차갑게 느껴지게 했다. 매구는 어둑한 병원 로비를 잰걸음으로 달려 내려왔다. 매구는 앞서 가는 사람을 발견하고는 숨을 한 번 고른 뒤 그를 불러 세웠다.

　"하아… 하아… 선생님, 이제 집에 가시나요?"

　매구는 어두침침한 복도 속에서 한 사람의 뒤에 서서 말했다.

　"고생하셨어요. 오늘만 아무 일 없이 지나면 다시 평범한 일상이 되겠죠?"

　매구는 숨을 고른 뒤 그 사람의 옆까지 가서 말했다.

　"그렇… 죠…? 김가노 간호사 선생님?"

　매구는 똑바로 김가노 간호사를 바라보며 말했다.

　"아… 네… 뭐 그렇겠죠. 의료현장에선 매일 많은 일이 벌어지지만 뒤돌아보면 매일 비슷비슷한 평범한 나날이니까요. 오늘도 역시."

　김가노 간호사는 살짝 당황한 듯했지만 침착하게 말했다.

　"오늘은 선생님한테는 평범한 하루였겠죠. 어제가 평범하지 않은 날이었으니까요. 선생님이 전교조 님을 죽이신 거죠?"

　매구는 나름대로 강렬한 눈빛을 지어 보려고 하는 것 같았지만 금방이라도 울음을 터뜨릴 것 같은 초롱초롱한 눈은 여전히 변함이 없었다. 뭔가 진실을 밝히려는 탐정의 눈은 아니었다.

"지금 무슨 말씀을 하시는 거예요?"

김가노 간호사는 조금 식은땀이 나는 듯했지만 최대한 의연해 보이려고 하는 것 같았다.

"살인 준비는 이미 전날 전교조 님이 입원했을 때 끝났어요. 오늘은 자연스레 다른 누군가가 정해진 대로 시행만 하면 되는 거였죠. 전교조 환자의 혈액이 아닌 김가노 선생님의 혈액으로 검사 나간 혈액형 결과로 수혈만 하면 되는 거였어요."

매구는 두 눈을 똑바로 뜨고 김가노를 쳐다보면서 말했다. 김가노는 시선을 살짝 회피했다. 김가노는 식은땀이 줄줄 나기 시작했다. 이를 악 물었다.

"폐엽절제술 수술은 출혈이 많은 수술이에요. 더군다나 병기가 높은 암이기 때문에 십중팔구는 수혈을 하게 될 것을 충분히 예상 가능하죠. 설사 수술실에서 수혈을 하지 않더라도 중환자실에서 수혈을 할 가능성은 더욱더 높고요. 만의 하나 수혈하지 않는다고 하더라도 살인에 실패할 뿐이지 선생님한테는 큰 문제가 없었을 거예요. 나중에 전교조 님의 진짜 혈액형이 밝혀진다고 하더라도 시간이 많이 지나 버렸기 때문에 검사에 문제가 있었음을 생각할 뿐이지 선생님이 연루되었다고는 생각하기 힘드니까요. 만약 실패했다면 선생님은 다음 살해 기회를 생각했겠죠. 그러나 실패할 가능성은 매우 낮았어요."

매구는 한 발짝을 뗐다. 김가노는 침을 꿀꺽 삼켰다.

"겉으로 보기에는 이 사건은 백 명 중 한두 명 보고되는 수술 실패일 뿐이었어요. 하지만 처음으로 테이블 데스를 경험한 명망 높은 김부흥 교수님, 의문의 죽음임에도 부검을 하지 않은 보호자들, 그리고 그 보호자와 전교조 님의 관계, 또한 전교조 님과 선생님을 포함한 여러 간호사들과의 관계 등 이런 내부 사정들을 알게 된 순간 그저 평범한 수술의 실패가 아닐지도 모른다고 생각을 하게 됐어요. 오히려 이런 점이 아니었다면 의심이 선생님까지 가진 않았을 지도 모르죠."

매구는 김가노의 앞에 서서 말을 했다.

"제가 위화감을 느낀 게 혈액 검사 결과를 확인할 때였어요. 처음엔 몰랐죠. 그런데 나중에 다시 보니깐 혈액형 검사 시간과 일반 혈액 검사 시간이 다르더라고요. 보통 혈액형 검사는 다른 일반 혈액 검사와 같이 나가기 때문에 검사 시간이 같아야죠. 그런데 검사 시간을 보니 일반 다른 혈액형 검사와 일 분 차이가 났어요. 이건 혈액형과 일반 혈액 검사가 다르게 나갔다는 사실을 보여 주고 있죠. 그런데 사실 이건 그야말로 운이었어요. 진단검사의학과에서 같은 시간에 일반 혈액과 혈액형 검사를 할 수도 있는데 약간의 차이가 발생하면서 다른 시간이 입력된 거죠."

매구의 말에 김가노는 당황한 표정을 감추려 매구의 시선을 피해 약간 눈을 내리깔았다. 최대한 의연하게 보이려는 마지막 모습처럼 보였다.

"선생님은 정말 치밀하게 준비하셨어요. 환자가 입원한 후 몰래 자신의 피를 빼서 혈액형 검사 용기에 넣고 환자한테 가서 피를 채취한 뒤 함께 진단검사의학과로 보냈어요. 결과론적이지만 제가 선생님을 조금 의심하게 된 게 선생님은 제가 환자의 그냥 검사 결과에 대해 물었을 뿐인데 혈액 검사 결과에 대해 신경을 쓰는 모습을 보였고 얘기를 더 하지 않기를 바라셨죠. 그렇지 않나요? 김가노 선생님?"

매구는 김가노와 살짝 거리를 두고 말했다.

"선생님? 지금 무슨 말씀을 하고 있는 건지 도대체 모르겠네요. 그냥 수술이 잘못된 걸 가지고 살인이라고 하질 않나, 테이블 데스할 때 수술 현장과 동떨어져 병동에 있는 사람한테 살인자라고 하질 않나, 지금 그거 인격 모독인 거 아세요? 설사 그게 맞더라도 혈액형이 다른 피를 수혈한다고 사람이 죽는 게 말이 되나요? 전 그 사람 혈액형도 모르는데."

김가노는 변호하듯 말했다.

"아니요, 선생님은 전교조 님의 혈액형을 알고 있었어요. 선생님은 전교조 님의 고등학교 제자잖아요. 대화를 통하든지 어떤 식으로든 미리 알고 있었을 거예요. 그래서 김가노 선생님은 AB형이고 전교조 님은 O형… AB형의 피를 O형에게 준다면 O형의 몸은 응집반응을 일으켜 그대로 사망… 피 한 팩 용량인 200ml나 들어갔으니 피가 굳어 순환이 안 되는 환자를 어떻게 살릴 도리는 없었겠죠."

매구는 말했다.

"선생님! 지금 소설 쓰고 계시는 거 아시죠? 할 말 다하셨으면 전 이만 가 볼게요. 얼른 전교조 선생님 조문 가야 돼서요. 계속 이러시면 고소할 겁니다."

김가노는 앙칼지게 말하고 걸음을 재촉하려고 했다.

"같이 가요. 저도 지금 전교조 님의 장례식장으로 가는 길이었거든요. 가서 그의 소량의 피만 채취해 달라고 부탁을 할 셈이에요."

매구는 돌아서서 가려는 김가노의 뒤에서 점잖게 말했다.

"그리고 혈액형 검사를 해 달라고 할 거예요. 그리고 나온 어제 검사 결과와 다른 혈액형… 그것을 검사한 김가노 간호사…"

매구는 김가노에게 다가가 김가노의 팔을 잡았다.

"그리고 수술 때 수혈한 AB형과 같은 AB형인 김가노 간호사…"

그리고는 김가노의 팔소매를 확 올렸다.

"거의 희미해졌지만 희미하게 보이는 주사 바늘 자국…"

김가노의 팔에 남아 있는, 희미해져 가는 바늘 자국이 마지막 진실을 말해 주고 있었다.

"이… 이건…."

순간 김가노는 모든 게 무너진 듯이 힘이 풀려 버렸다.

"동기는…."

매구가 짐작 가는 듯이 말하려 할 때 김가노가 말을 끊었다.

"죽일 날만을 기다리고 있었어요."

김가노는 고개를 숙인 채로 부르르 떨면서 말했다.

"그 인간은, 아니 그 새끼는 선생도 뭣도 아니에요. 고등학생 때 범죄를 저지른, 학생을 강간한 악마일 뿐이지."

김가노의 말에 매구는 흠칫했다. 머리가 다시 띵하게 아파 왔다. 매구의 심장이 두근두근 떨려 왔다. 매구는 식은땀이 났다. 얼른 이 자리를 피하고 싶었다.

"저는 천애고아로 자라서 가족도 친구도 없었어요. 그러던 중 중학교 때 저와 같은 처지의 친구를 만나게 되었어요. 우린 서로 가진 것 없고 가난했지만 함께하면서 밝은 미래를 그렸던 소중한 친구였죠. 그렇게 희망차게 같이 고등학교도 진학을 했는데 그 쓰레기가 모든 것을 망쳐 놓았어요. 그 친구가…"

"그게 바로 정복희 간호사…"

매구는 나지막이 중얼거렸다. 김가노는 흠칫하면서도 분을 삼키며 말했다.

"그래요. 그 친구가, 복희가 그 쓰레기한테 성폭행을 당했어요… 선생님같이 남부러울 것 없이 곱게 자란 분이 이런 비참한 상황을 알기나 하세요?"

김가노는 눈을 부릅뜨고 매구를 노려보았다.

매구의 눈빛은 자신은 안다고 말하고 있는 것 같았다.

"그 뒤로 그렇게 밝던 그 친구는 피폐해지기 시작했어요. 친구는 우울증을 앓기 시작했고 자살기도도 몇 번이나 했는지 몰라요."

김가노의 말에 매구는 곁눈질로 자신의 손목을 몰래 바라보았다. 매구의 매끈한 손목에 새살이 돋은 듯한 가로로 된 상처흔적 여러 개가 어렴풋이 보였다. 매구는 그 상흔이 쓰라렸다.

"저희 같은 사회적 약자는 아무것도 할 수 없었죠. 학교는 쉬쉬하기에 바빴고 그 악마는 변호사를 끼고 유유히 법 테두리 안에서 친구를 농락했어요. 저는 옆에서 아무것도 해 줄 수 없었죠. 성폭행당한 사람의 상처는 아무도 치유할 수 없었던 거예요. 그렇게… 친구는 점점 삶의 의지를 잃더니…"

김가노는 눈시울이 붉어지기 시작했다. 병원에서 그렇게 차갑고 냉철해 보이는 김가노도 한 인간으로서 어린 여자일 뿐이었다.

"기억상실증에 걸린 거군요."

매구가 말했다.

매구의 말에 김가노는 놀란 표정을 지었다.

"역시 매구 선생님 대단하시네요. 다 알고 계시는 것 같네요."

김가노의 말에 매구는 그저 잠자코 있었다. 김가노는 그런 매구를 흘기다가 다시 말을 이었다.

"그래요… 그 길로 저는 영영 친구를 잃어버리게 되었죠. 그렇게 저도 삶의 의지가 사라져 갔어요. 어찌어찌 우여곡절 끝에 간호대학을 나오고 어찌어찌 고생고생을 해서 간호사를 하게 되었죠."

매구는 조용히 김가노의 말을 들었다.

"그렇게 간호사 생활을 시작했는데 역시 우리는 친구였던 듯, 제가 일하게 된 정신병원에서 친구와 재회하게 된 거예요. 친구는 우울증과 조현병으로 입원을 했는데 말도 안 되게 수척해져 있더라고요. 저를 여전히 알아보지도 못하고. 저는 그때 다시 친구의 새로운 친구가 되기로 마음을 먹었어요. 그리고 결심했죠. 내 환자의 간호사로서, 내 친구의 간호사로서 그 악마를 죽이기로."

김가노는 사람을 죽인다는 말을 담담히 말했다. 전교조를 사람으로 생각하지 않기에 가능한 말투였다.

"친구는 정신병원에서 생활을 하면서 어느 정도 정신이 돌아왔어요. 물론 기억은 다 되돌아오지 못했지만. 제 추천으로 친구는 검정고시를 봐서 간호대학에 들어가고 졸업을 한 뒤에 저희 병원에 들어오게 되었죠. 그렇게 계속 간호사로 일하던 중 기회가 온 거예요. 하늘이 주신. 그 악마한테서 연락이 온 거예요. 저희 병원에 폐암 수술을 받기 위해 입원하게 되었다고. 그 악마는 제가 어떤 사람인 줄도 모르고 제자가 이렇게 성공했다고 좋아라 하는 게 참 한심해 보이더라고요. 그래서 빨리 죽여 줬어요. 그것도 그가 성폭행한 친구의 손으로. 악마를 죽음으로 인도하는 제 혈액형의 혈액을 친구가 그 악마에게 주입한 거죠. 참 아름답지 않으세요? 친구도 정신이 있었다면 그 악마를 죽이고 싶어 했을 거예요. 진심으로. 제가 복희의 꿈을 이뤄 준 거예요."

김가노는 말했다.

"참 아이러니하지 않아요? 그 악마는 제 친구를 죽였는데, 제 친구의 손으로 그 악마를 죽인 거니."

김가노는 소름 돋게 피식했다.

"전 간호사로서 옳은 일을 했어요. 백의의 천사가 악마를 물리친 거라고요."

김가노의 만족스런 미소가 얼굴에 완연히 번져 갔다.

"아니에요, 선생님은 틀렸어요."

무덤덤하게 김가노를 쳐다보던 매구는 김가노를 측은하게 바라보았다. 김가노는 매구의 말에 표정이 일그러졌다.

"무슨 헛소리세요! 모두 그 악마가 죽기를 바랐어요. 저는 그들의 치유를 위해 나서서 죽여 준 거. 그 사람의 죽음이 얼마나 많은 행복을 가져다 줬는지 보세요!"

김가노는 흥분하며 소리쳤다.

"그러니까… 선생님은 간호사잖아요. 사람을 살리라고 나라에서 지정해 준 사람, 간호사. 김가노 선생님이 가지고 있는 그 의료인 면허… 간호사 면허는 사람을 살리기 위해 사용하는 거라고요. 사람을 죽이는 데 사용하는 면허가 아니라구요. 인간이 아무리 추악하고 더럽다고 해도… 우리는 사람을 살리라는 면허를 부여받았으니까… 그 면허로 사람을 죽인 건 틀린 거예요."

매구는 구슬피, 잔잔히, 그리고 조용히 말했다.

"하하하… 이따위 면허가 그런 거… 라고?"

김가노는 멍하니 털썩 소리를 내며 주저앉았다. 그리곤 허탈하게 웃었다. 매구는 그런 그를 그저 바라만 보았다.


달이 하늘 높이 떠 있는 캄캄한 밤… 개가 컹컹 짖고 있는 어느 한 빌라에 있는 원룸은 아늑하니 따뜻해 보였다. 살짝 어두우면서도 따뜻한 무드등, 침대는 레이스가 달려 있고, 아기자기한 소품들이 귀엽게 배치돼 있는 게 이 원룸은 젊은 여자가 사는 곳이란 걸 알려 주고 있는 듯했다. 기대에 맞게 원룸의 화장실에서 헐벗은 차림의 젊은 여자가 나왔다. 그녀는 알 수 없는 노래를 흥얼거리며 수건으로 젖은 머리를 닦으면서 원룸의 주방으로 향했다. 그녀는 전단지, 요리레시피 등 이것저것 덕지덕지 붙어 있는 냉장고를 슬쩍 열어 보더니 무엇을 찾는 듯하다가 맥주를 한 캔 꺼냈다. 맥주캔을 따는 소리가 원룸을 시원하게 밝혀 주었다. 그녀는 한 손에는 리모컨을 들고 텔레비전을 켰고 한 손에는 맥주를 든 채로 한 모금 꿀꺽했다.

"캬~ 바로 이 맛이지~"

그녀는 입은 웃고 눈은 찡그리며 말했다.

그렇게 점점 그녀에게서 시선을 벗어나 냉장고에 도달했다. 이것저것 덕지덕지 붙어 있는 냉장고에는 어떤 한 사진이 있었다. 사진에는 고등학생으로 보이는 앳돼 보이는 소녀 두 명이 소풍 때 찍은 듯 함께 환하게 웃고 있었다. 어디서 많이 본 듯한 얼굴들이었다. 한 명은 김가노였고, 다른 한 명은… 정복희였다.

정복희는 맥주를 마시면서 오늘 일을 떠올렸다. 전교조는 마취되기 전 수술침대에 누워 있었다. 그가 마취로 인해 눈 감기 마지막으로 본 사람은 정복희였다. 정복희는 누워 있는 전교조의 머리맡에서 그를 보며 미소를 지었다. 전교조의 공포의 질린 표정을 볼 수 있었다. 하지만 그 표정을 오래 볼 수 없다는 것은 아쉬웠다. 그리곤 정복희가 약을 투여함과 동시에 전교조는 눈을 감았다.

# 노량진 학원 살인사건

# 등장인물

나매구 20살, 의대생으로 노량진 학원 영어강사 아르바이트를 한다.

정샐리 45살, 노량진 학원 원장.

박희라 39살, 노량진 학원 일타 강사.

박슈팅 31살, 경찰을 준비하는 노량진 학원 장수 고시생.

박쉬유 28살, 9급 공무원을 준비하는 노량진 학원 2년 차 고시생.

박쉬더 29살, 노량진 경찰서 형사.

김일구 18살, 조용하고 소심한 남학생.

이은형 18살, 밝고 명랑한 여학생.

성삼동 18살, 키가 크고 훤칠한, 잘생기고 점잖은 남학생.

박사철 18살, 뱅글이 안경을 쓴 전형적인 모범생.

오민현 18살, 껄렁하고 불량스런 남학생.

육영희 18살, 꾸밈이 없는 평범한 여학생.

창문 하나 없는 방은 어두웠다. 밖의 날씨는 맑은지, 비가 내리는지, 어떤지 전혀 알 수가 없었다. 그 어두운 방 안의 한 구석에 스탠드만 켜진 채 책상을 비추고 있었다. 책상에는 한 사람이 엎드리다시피 앉아 있었다. 빛은 책상만을 비추고 있었기 때문에 책상에 앉은 사람에게는 어두운 그림자가 드리워 있었다. 그리 넓지도 좁지도 않은 둥그스름한 그 사람의 등이 어쩌면 더 밝았을 스탠드를 가리고 있었다. 원래 밝기의 반의 반 정도 밝기만 보이는 스탠드의 불빛이 촛불일 리가 없는데 이상하게 계속 희미하게 흔들렸다. 이를 확인하기 위해 가까이서 보니 그 사람의 손이 바쁘게 왔다 갔다 움직이면서 스탠드의 불을 가렸다 말았다를 반복하고 있었다.

그 사람의 등 너머는 빼곡히 글씨가 써진 노트가 여기저기 정신없이 놓여 있었다. 그 노트 위로 연필을 잡은 손이 부지런히 무언가를 계속해서 쓰고 있었다. 연필을 잡은 손은 예쁜 손이라고 할 수 없었지만 희고 부드럽게 보이는 게 세상 풍파를 겪지 못한 고운 손이라고 할 수 있었다. 그 연필을 잡은 손은 정신없이 노트 위로 왔다 갔다 했다. 도대체 뭘 쓰는지 무슨 말인지 알기가 어렵게 작고, 어지러운 글씨였다. 아니, 글씨라고 할 수 있는지도 의문이었다. 더군다나 고운 손을 가진 사람은 연필과 눈이 이어져 버릴 것 같이 잔뜩 엎드려 있어 종이가 등에 다 가려졌기 때문에 무엇을 쓰는지 곁눈질로는 알아보기 어려웠다. 다만, 그가 중얼거리는 말은 정확하게 들을 수 있었다.

"죽여 버릴 거야… 죽여 버릴 거야… 네놈들만 없으면…"

* * *

'딩~ 동~ 댕~ 동~ 댕~ 동~ 딩~ 동~' 수업을 마치는 종소리가 건물 내로 울려 퍼졌다. 수업을 마치는 종소리와 함께 매구도 조심스러운 발걸음으로 책 몇 권을 품에 안고 교실을 나왔다.

"휴우~"

매구는 눈을 감고 안도의 한숨을 크게 쉬었다. 하나의 큰 임무를 완수했다는 듯한 안도의 한숨이었다. 이마에는 땀이 송골송골 맺혀 있다. 화장기 없는 피부에 맺힌 땀방울이 안 그래도 뽀얀 피부를 더 빛나게 해 주고 있었다. 매구는 손등으로 이마의 땀을 훔치고는 종종걸음으로 걸어갔다. 그러던 중 등 뒤에서 툭 치는 손길에 매구는 소스라치게 놀랐다.

"엄마야!"

매구는 몸개그라도 하듯 화들짝 놀랐다.

"매구 선생, 왜 그렇게 놀라? 호호홋~ 오늘 첫 수업은 어땠어?"

정샐리 원장이었다. 바로 이 학원을 세운 원장. 유난히 튀는 호피무늬 정장과 새빨간 립스틱에 멀리까지 풍겨오는 짙은 화장품 냄새, 블링블링한 목걸이, 반지, 귀걸이는 정샐리 원장이 어떤 사람인지를 어느 정도 가늠할 수 있게 했다. 매구는 정샐리 원장을 처음 면접 때 보고 오늘이 두 번째로 보는 건데 그녀의 강렬한 인상이 뇌리에 깊숙이 박혔다. 비싼 명품과 화장품으로 치장을 해 세련되어 보이면서도 촌스러워 보이는, 항상 만면에 미소를 띠고 말해 인자해 보이면서도 속내는 알 수 없어 두 얼굴인 것 같은. 학원 원장을 할 만큼 명문대를 졸업해서 수많은 경력을 쌓은, 지적이고 프로페셔널하지만 가볍게 말하는 말투에서 백치스러움이 느껴지는 그런 사람이었다. 오늘도 나이를 속이기 위한 멋을 잔뜩 내고 왔지만 시간의 흐름에 따라 자연히 생기는 자글자글한 주름은 숨길 수가 없었다. 더군다나 만면에 띤 눈웃음으로 인해 생긴 눈가의 주름은 더욱 더.

"아하하하… 안녕하세요, 원장님."

매구는 살짝 당황스런 웃음을 지었다.

"잠깐 교실 너머 보니깐 학생들이 아주 난리가 났던데? 젊고 예쁜 선생님이 왔다고? 호호홋~"

샐리는 칭찬을 했지만 말 속에 시샘이 있는 것 같아 보이기도 했다.

"아하하하… 감사합니다, 원장님. 첫 수업이라 긴장을 많이 한 거 같아서…"

매구는 첫 수업에 조금은 아쉬움이 남는 듯했다.

"괜찮아, 괜찮아, 매구 선생이 전문 선생님도 아닌데 뭐~ 역시 내가 보는 눈이 있다니깐~ 프로필 띄우자마자 완강이라니~ 온라인 강의도 우리 학원의 얼굴 희라 교수님 다음으로 2등이야~ 2등~ 매구 선생, 좀 살살해야겠어~"

샐리는 향긋 웃으면서 매구의 엉덩이를 토닥거렸다. 매구는 흠칫하며 살짝 앞으로 몸을 뺐다.

"아하하하… 감사합니다. 원장님."

매구는 딱히 할 말이 떠오르지 않았다.

"매구 선생, 여차하면 학원에서 계속 일해 보는 건 어때? 노량진 최고의 학원, 우리 노호학원이 의사보다 연봉 몇 배는 많은 거 잘 알지? 의사? 그거 뭐가 좋아? 학비만 일 년에 이천만 원 플러스 알파. 육 년을 내야 하고 중간에 유급 당하면 육 년이 뭐야. 칠 년, 팔 년도 될 수 있지. 그리고 그렇게 어렵게 공부해서 의사 면허 따면 뭐해? 자기 시간 없이 하루 이십 시간 일하는데도 월급 쥐꼬리만큼 받으면서 인턴해야지, 레지던트 해야지, 임상강사 해야지. 그렇게 하다 보면 나이 벌써 사십 된다, 불혹~ 또 그렇게 교수 되면 뭐해. 교수가 편하냐? 그것도 아니잖아. 의료사고 조심해야 하고, 정교수 되려면 병원에서 정치도 해야 하고~ 그리고 더군다나 연봉 우리 학원 교수님들보다 휘얼~ 씬 낮은데~ 호호홋! 매스컴에서만 봐도 명예도, 유명도 우리 교수님들이 더 뛰어나지?"

샐리는 자랑스럽게 말했다.

"아하하하하하… 그… 그렇죠…?"

매구는 당황스런 웃음을 띠면서 샐리의 말에 동조했다.

"매구 선생은 학원에만 있으면 스타강사 되는 건 시간문제야. 매구 선생은 그냥 의대 졸업장에 의사 면허만 따 오면 돼. 여기 있으면 학비도 전액 지원해 줄게. 교육대학원 학위? 그까짓 거 뭐 우리가 대학원 다 보내 줄 거야. 호호홋! 매구 선생은 몸만 오면 돼~ 머릿속에 가득 담긴 지식과 의대 합격한 노하우랑~ 의사 출신 학원 교수님! 뭔가 아름답고 멋지지 않니?"

샐리는 원대한 포부를 밝히는 듯 눈에 생기가 돌았다.

"참, 매구 선생, 그리고 그것도 알지? 나 말이야, 원래 의대 갈 수 있었는데 안 가고 서울대 국어국문학과 간 거. 내가 고등학생 때 말이지~"

그때였다.

'띠리리리리리리리~' 수업 시작종이 울렸다. 샐리는 한창 말하다가 종소리에 말을 끊었다.

"어이쿠, 쉬는 시간이 벌써 지났네~ 매구 선생, 그럼 잘 생각해 봐~ 다음 수업 잘하고~"

샐리는 손을 가볍게 흔들면서 엉덩이를 씰룩씰룩하면서 매구 곁을 떠나갔다. 매구는 멀어져 가는 샐리 원장의 뒤를 보다가 다시 한번 큰 한숨을 쉬었다. 매구는 이 수업 시작종이 없었다면 아무래도 이 자리에서 적어도 삼십 분은 잡혀 있었을 거라 생각했다.

\* \* \*

쉬유는 오늘이야말로 제대로 공부를 하리라 다짐하고 일어났다. 비록 해가 중천에 뜨긴 했지만 어제 여름 특강에 좋은 강의를 검색하느라 늦게 잤기 때문에 당연한 거라 생각하고 1평 남짓 될까 말까 한 고시원에서 기지개를 켜며 일어났다. 비록 고시원이긴 하지만 작은 창문이 있어 창문으로 새어 들어오는 향긋한 햇빛이 쉬유의 몸을 더 가볍게 해 주는 것 같았다. 고시원은 전기세를 따로 내지 않아 밤새 에어컨을 틀고 자서 여름이었음에도 오히려 이불을 껴안고 잘 정도로 밤새 질 좋은 수면을 만끽할 수 있었다.

몸도 개운한 게 오늘은 정말 공부를 잘할 수 있을 것만 같았다. 일단 몸도 너무 가벼운 게 쉬유는 출출함을 느꼈다. 아침은 당연히 건너뛰었고 아점을 든든히 먹어야 공부를 잘할 수 있을 것이었다. 쉬유는 침대에서 손만 뻗으면 닿을 수 있는 고시원 방의 한 칸짜리 냉장고를 슬쩍 열어 보았다. 우유, 물, 계란, 먹다 남은 스팸 등… 딱히 먹을 게 없었다. 아니, 밥을 먹으려면 요리를 해야 돼서 귀찮았다. 쉬유는 일어나서 화장실에 들렀지만 씻지도 않고 대충 모자만 쓰고 그대로 집 앞 편의점으로 향했다. 만약 고시원 앞에 편의점이 없었더라면 고시원에 항상 구비돼 있는 라면을 먹었을 것이다.

일 분쯤 걸렸으려나. 고시원 건물 바로 맞은편에 있는 편의점에 도착한 쉬유는 즉석식품 코너에 가서 오늘은 뭐 먹지 고심을 하면서 김밥, 샌드위치, 도시락 등 이것저것 뒤적였다. 쉬유가 음식을 만지작거리자 카운터에 있는 편의점 알바가 눈을 흘겼지만 쉬유는 알아채지 못하는 듯했다. 쉬유는 오랜 시간 고심하며 메뉴를 고르려고 노력했지만 딱히 끌리는 게 없었다. 그래도 배를 든든히 채워야 공부를 할 수 있다는 일념하에 며칠 전 먹었던 햄버거와 김밥을 고르고 터덜터덜 계산대 앞으로 갔다.

무덤덤하게 계산을 하는 편의점 알바는 쉬유가 보기에 참 귀여운 여자였다. 이십 대 초중반쯤 되려나… 이 나이 때쯤 누구나 한 번쯤 경험해 볼 만한 알바를 하고 있는 것 같았다. 쉬유는 속으로 이렇게 귀여운 여자 아이가 부모님께 손 벌리지 않고 용돈이라도 벌려고 노력하는 모습이 참 기특하다고 생각했다. 쉬유는 이럴 때 아니면 여자랑 말 섞어 볼 기회가 없었기 때문에 계산을 마친 뒤 '수고하세요'라고 말했다. 오늘 처음으로 말하려고 하는 첫 음절인 '수'가 목이 메어 제대로 나오지 않았다. 쉬유의 말에 화답하듯 알바생은 '안녕히 가세요'라고 말했다. 쉬유는 괜시리 기분이 좋았다. 오늘 공부가 참 잘될 것 같았다. 햄버거와 김밥을 챙긴 쉬유는 고시원에 공용 전자레인지가 있긴 했지만 편의점 전자레인지로 햄버거와 김밥을 덥혔다.

그리곤 다시 일 분쯤 걸려 고시원 방으로 돌아왔다. 고시원에 온 쉬유는 모자만 벗고 곧장 노트북을 켰다. 모자를 벗을 때 머리 속에 고여 있던 이삼 일 안 감은 기름진 머리 냄새가 올라왔다. 쉬유는 그 냄새가 찝찝하긴 했지만 그렇다고 싫지는 않았다. 오히려 익숙해진 냄새라 이 냄새가 자신을 표현한다고 생각했다. 노트북의 부팅을 기다리면서 어차피 하루 종일 공부할 건데 밥 먹는 시간만큼은 재밌는 유튜브를 보고 싶었다. 고시원 책상에 햄버거와 김밥이 식을 때까지 놔둔 채로 쉬유는 뭐 재미난 게 없나 하며 유튜브를 검색했다. 유튜브 알고리즘에 따라 게임, 만화, 영화, 브이로그 등 이것저것 이삼 분씩 조금씩 보면서 웃기도 하고 나름 집중해서 보기도 했지만 밥을 먹는 삼십 분가량 정도 진득이 볼 만한 게 딱히 없었다. 결국 예전에 재밌게 봤던 스타크래프트 명경기 게임을 선택한 후 다 식어 버린 햄버거와 김밥을 파오후 쿰척쿰척 소리를 내며 먹기 시작했다. 쿰척쿰척대는 소리가 조용한 고시텔에 울려 퍼졌다.

그렇게 아점을 나름 든든히 먹은 쉬유는 본격적으로 공부에 들어가기 전 소화도 시킬 겸 옥상으로 올라갔다. 옥상에는 고시원 학생들이 삼삼오오 모여 담배를 피우고 있었다. 쉬유는 살면서 담배를 제대로 한 번도 피워 본 적이 없었기 때문에 담배 연기를 피해 옥상 가장자리로 가서 따사로운 여름 햇살을 맞으면서 노량진 거리를 내려다보았다. 쉬유는 옥상 난간에 뭐 묻은 게 없나 살펴본 뒤 괜찮은 걸 확인하고 양팔을 걸쳐 놓고 무념무상으로 노량진의 거리를 내다보았다.

쉬유가 있는 고시원은 대로변에 위치해 있지는 않고 한 골목 안쪽에 자리 잡고 있었다. 그렇지만 앞에 대로변에 있는 건물들이 고시원 건물보다 낮았고 건물 사이 공간이 있었기에 중심 삼거리를 훤히 볼 수 있었다. 그리고 앞의 건물과 약간의 고도 차이가 있었다. 한여름이었음에도 옥상이라 그런지 선선한 바람이 불고 있었고, 한여름을 알리는 매미 소리가 쉬유의 귀를 찔렀다. 쉬유는 훤히 보이는, 노량진의 중심인 삼거리를 내려다보았다. 삼거리의 각 거리에는 신호등과 횡단보도가 있었고, 그 신호에 맞춰서 마을버스, 일반버스, 승용차들이 가다 서다를 반복하고 있었다. 삼거리를 가운데 두고는 비슷비슷한 건물들이 빽빽하게 자리를 잡고 있었다. 쉬유가 있는 이 건물도 다른 옥상에서 보기에 역시 비슷한 건물이리라. 건물에는 박땡땡 고시학원, 해토스 토익학원, 소방공무원, 경찰공무원 학원 등 큼직큼직한 학원 간판들이 '이 노량진의 간판은 나야'라고 하고 있는 것 같았다. 쉬유의 눈에 대도학원과 자신이 즐겨 다니는 피시방 건물을 양옆에 끼고 있는 노호학원이 눈에 띄었다. 오늘 늦게 일어나는 바람에 실시간 강의엔 늦었지만 어차피 있다가 동영상 강의가 인터넷에 올라올 것이기 때문에 크게 개의치 않았다. 쉬유는 한순간이라도 놓치면 되돌릴 수 없고 교실도 너무 넓어서 집중이 안 되는 실시간 강의보다 되감기를 할 수 있고 선생님과 1대 1 느낌으로 강의가 진행되는 동영상 강의가 더 좋은 것 같다는 생각을 했다.

삼거리에 매연을 풍기며 지나다니는 자동차들이 천천히 멈추고 횡단보도가 파란불로 바뀌자 횡단보도를 사이에 둔 사람들은 서로를 가로질렀고, 인도를 지나다니는 사람 또한 부지런히 움직였다. 오가는 사람들은 각양각색이었지만 대충 세 부류로 나뉘는 것 같았다. 이십대, 삼사십 대, 그리고 아줌마, 아저씨들. 대충 젊어 보이고 가방을 메고 있거나 책을 한 아름 들고 다니는 사람들은 공시생임에 분명했다. 대개 남자들은 츄리닝에 슬리퍼를 직직 끌고 다니고 있었고 여자들은 펑퍼짐하니 딱 봐도 편한 바지에 티를 입고 있었다. 여름이라 그런지 돌핀 팬츠를 입은 여자들도 많았는데 쉬유의 눈에는 참 예뻐 보였다. 그런 공시생들 가운데 공부를 하러 온 건지, 이성을 만나러 온 건지 헷갈리게 하는 친구들도 보였다. 남자들은 머리를 바짝 올린 게 머리에 힘을 준 티가 났고, 여자들은 풀메이크업에 샤방샤방한 원피스를 입고 있었다. 쉬유는 저들을 보면서 혀를 찼다.

'쉬지 않고 공부를 해도 모자랄 판에… 쟤들 부모님은 자식들이 저러고 다니는 걸 알고나 계실까.'

쉬유는 그러면서도 경쟁자가 줄었다는 생각에 내심 기분이 좋기도 했다. 삼사십 대는 대개 정장을 입은 직장인이었다. 아마 학원에서 일하는 선생님들이나 회사원들이 대부분일 것이다. 그들은 항상 바빴고 힘들어 보였다. 쉬유는 괜히 그들이 안쓰러웠다. 공무원같이 워라밸이 좋은 직업을 두고 힘든 일을 하는 그들이 불쌍하다고 생각했다. 그러면서 쉬유 자신은 참 직업을 잘 선택했다고 생각했다. 아직 공무원이 된 건 아니긴 하지만. 그리고 아줌마, 아저씨들은 노량진 훌륭한 상권의 주인들일 것이다. 노량진은 힘들고 지친 수험생들을 위한 문화가 잘 발달돼 있는 곳이었다. 한 끼에 오천 원 남짓 하는 고시뷔페, 전국 최저가 생필품 마트, 오천 원짜리 커트, 한 상가에 모여 있는 천 원 당구장, 다섯 곡에 천 원 코인노래방, 한 시간에 오백 원 피시방에 이어 싸고 맛있는 노량진의 명물 컵밥까지. 살기에도 참 좋은 노량진이었다. 수험생들을 생각해 주는 아줌마, 아저씨들의 후한 인심이 없었더라면 주머니 사정이 팍팍한 수험생들에게는 취업 걱정에 이은 돈 걱정까지 해야 될 판이었다. 그렇지만 항상 가게를 방문을 할 때마다 격려해 주고 반겨 주는 아줌마, 아저씨들이 있기에 노량진은 아직은 살 만한 곳이라는 걸 느끼게 해 주었다. 이렇게 저렴하게 팔면 남을 게 뭐가 있나 하면서 쉬유는 아줌마, 아저씨들이 걱정스럽기도 했다. 특히 뙤약볕에서 미세먼지를 마시며 길거리에 일하시는 컵밥 아주머니들이 참 고생하신다고 생각했다. 그래서 쉬유는 컵밥을 먹으러 갈 때면 가장 토핑이 많이 들어간 비싼 걸 주문하곤 했다. 쉬유는 종종 이렇게 옥상에 올라가서 멀리서 레고의 피규어 같아 보이는 사람들을 지켜보는 걸 좋아했다. 한눈에 이 많은 사람들이 시야에 들어오는 순간 자신이 뭔가 높은 곳에 위치한 사람같이 느껴졌다. 물리적 위치뿐만 아니라 사회적인 위치에서도.

그렇게 식후 휴식을 취한 쉬유는 고시원 방으로 돌아왔다. 이제 본격적으로 공부를 할 시간이었다. 이어폰을 끼고 오늘 올라 온 국사 동영상 강의를 들었다. 몇 분이나 됐을까. 좀 식후이기도 하고 강사의 목소리가 나긋나긋하니 나른해져서 잠이 몰려왔다. 눕게 되면 안 되니 잠시만 엎드려서 쪽잠을 청하기로 했다. 잠이 올 때는 자 줘야 된다는 게 쉬유의 생각이었다. 잠이 오는데 안 자고 버티면 그만큼 공부 효율이 떨어질 것이었다. 그런데 잠이 너무 쏟아져 쉬유는 알람을 십 분 뒤로 맞추고 그냥 누워서 자기로 했다. 기왕 조금 잘 거 편하게 자야지 안 그러면 더 자게 된다는 생각이었다. 그렇게 쉬유는 누워서 잠을 청했다.

얼마나 지났을까. 쉬유는 갑자기 눈이 떠졌다. 알람을 듣지도 못했고, 뭔가 느낌이 안 좋아 쉬유는 바깥 창문을 보았다. 여름인데도 어둑어둑한 게 시간이 많이 지난 것 같았다. 쉬유는 이러면 안 된다는 생각에 얼른 부리나케 다시 책상에 자리를 고쳐 잡았다. 오늘 국사를 듣는 날이 아니었나 보다 하고 생각했다. 그래서 영어를 듣기로 했다. 며칠 전 영어를 들었을 때 영어 강사가 좀 못 미더웠긴 했지만 그래도 영어를 듣기로 하고 노호학원 홈페이지에 접속을 했다. 그러다가 문득 홈페이지에서 새로운 영어 강의가 있다는 공지 사항을 보게 되었다. 쉬유는 이게 하늘에서 새로운 강의를 들어 보라고 내리는 계시라고 생각했다. 공지 사항을 클릭했더니 갈색 머리를 양갈래로 땋은 앳돼 보이는 예쁜 여자 선생님이 눈에 띄었다. 어딘가 낯이 익어 보이기도 했다. 홍보문구를 보자 '현직 연대 의대생 노호학원에 입성! 가장 최근 수험생을 겪어 생생한 수험생의 눈높이 교육! 수능 외국어영역 만점 출신이 만점 보장!' 이런 식으로 홍보문구가 작성돼 있었다. 그렇게 홍보문구 조금 아래쪽에 있는 이름을 봤더니 '나매구'라는 이름이었다. 어디선가 본 듯한 이름이었다. 그러나 지금 쉬유에게 그게 중요한 게 아니었다. 이 예쁜 선생님의 강의를 얼른 신청해서 듣는 게 더 중요했다. 나매구 선생님은 공무원 시험이 아니라 수능 담당이긴 했지만 쉬유는 어차피 수능 영어나 공무원 영어나 비슷하다고 생각했기 때문에 문제되지 않는다고 생각했다. 그래서 얼른 결제 창에 들어가서 결제 버튼을 클릭했다. 그런데 카드의 한도초과 메시지가 떴다. 쉬유는 이십구만 구천 원이라고 써진 매구의 강의를 보면서 무슨 강의가 이렇게 비싸냐며 툴툴대면서도 어디서 돈을 모을지에 대해 생각을 했다. 아직 엄마 로즈로부터 용돈을 받을 날은 좀 남았고, 신용카드도 몇 달째 연체가 되어 한도 초과 메시지가 뜬 것이었을 것이다. 쉬유는 인터넷으로 생활자금 대출, 일일알바 등등을 알아보기 시작했다. 그렇게 자신이 할 수 있을 만한 알바를 찾던 중 '쓰레기 수거 알바'가 유독 만만해 보였다.

'이거나 해 볼까.'

그때 오늘 처음으로 쉬유의 핸드폰에서 메시지 알람이 울렸다. 쉬
유는 얼른 휴대폰을 쳐다보았다. 메시지 확인 버튼은 누르지 않은 채
로. 바로 누르면 괜히 한가해 보일 것 같다는 생각에서였다. 메시지는
아는 동생인 라이트로부터 온 거였다. '스타 하자.' 그제야 쉬유는 매구
선생님이 누군지 깨달았다. 라이트의 핸드폰에서 라이트와 같이 찍은
사진을 봤던 것이었다. 쉬유는 그렇게 살짝 몇 분 뜸을 들이다가 답장
을 보냈다. 'ㄱㄱ.'

그렇게 쉬유의 하루가 또 지나갔다.

* * *

"매구 선생~ 고생 많았어~ 자~ 오늘 첫 수업을 한 매구 선생님을 환
영하며 잔을 듭시다."

샐리는 눈웃음으로 눈가에 주름을 잔뜩 올리며 맥주잔을 들어 올렸
다. 유리잔이 맞닿으며 '쨍' 하는 청아한 소리가 들렸다. 노호학원 원장
인 샐리가 모처럼 잡은 회식 장소는 품격이 느껴졌다. 은은한 조명 속
에 잔잔한 분위기, 럭셔리한 식기에 자작자작 소리를 내며 다소곳이
익는 소고기는 샐리의 품격을 보여 주고 있는 것 같았다.

샐리 옆에 앉아 있는 매구는 좌불안석이었다. 비싼 의대 등록금을
충당하기 위해 방학 때 용돈이나 벌어 볼 겸 매구가 평소 하던 과외보
다 돈을 더 준다는 입시학원으로 왔는데 첫날부터 이런 부담스런 대우

라니. 이제 갓 스무 살을 넘은 매구에게는 이런 대접이 너무나 불편했다. 그런 매구를 가운데 두고 학원 선생님들은 둘, 셋씩 짝을 지어 그들만의 대화를 나누고 있었다.

"크~ 역시 일 끝나고 마시는 시원한 맥주 한 잔은 최고야."

샐리는 맥주를 좋아하는 듯했다. 품격을 논하는 샐리 특성상 양주를 좋아할 것 같았으나 의외였다.

"어때? 매구 선생? 오전에 내가 말했던 건 생각해 봤어?"

"아하하… 원장님, 제가 아직 오늘 들어와서…"

매구는 자기만 보면 이 말밖에 안 하는 샐리가 심히 부담스러웠다.

"그래, 그래~ 천천히 생각해 봐~ 우리 매구 선생, 아직 잘 모르겠지~ 두 달 동안 일한다고 했으니깐 우리 학원이 얼마나 좋은지 느껴 보렴~"

샐리는 웃으면서 말했지만 뭔가 무언의 압박이 느껴졌다. 그러고는 샐리는 시선을 자신의 매구와는 다른 쪽 옆자리에 있는 사람에게로 돌렸다.

"희라 교수님~ 고생했어. 교수님 역시 이번 여름방학 특강도 압도적으로 1위야~ 역시 명불허전 우리 학원의 얼굴이야~ 정말 고마워~"

샐리는 옆에 이름이 희라인 듯한 사람에게 아부 아닌 아부를 떨며 말했다.

희라는 회식 내내 조용하고 묵묵히 자리를 지키고 있었다. 다른 사람들은 다 둘, 셋씩 짝을 지어 대화를 하고 있었지만 희라는 주위에 사람들이 있었음에도 혼자 외딴 섬처럼 떨어져 있는 것 같은 느낌을 주었다. 그녀는 홀짝홀짝 맥주를 마셨고, 음미를 하듯이 천천히 고기를 한 점씩 꼭꼭 씹었다. 희라의 흐트러짐 없이 꼿꼿한 자세에 남을 내리깔보는 듯한 차갑고 도도한 인상, 티 하나 없이 깔끔한 정장은 그녀가 얼마나 까탈스럽고 완벽주의적인지 말하지 않아도 분위기에서 느낄 수 있었다. 그런 이미지로 얼핏 보면 원숙미가 느껴지는 삼십 대 후반 같아 보였으나 자세히 보면 단정하게 묶은 머리, 윤이 나는 티 없이 맑은 하얀 피부와 여우 같은 눈매가 상당히 어린 것 같기도 했다.

"네, 감사합니다. 원장님, 그런데 저 이만 가 볼까 해요. 내일 수업 준비해야 되거든요."

희라는 샐리의 칭찬에 별다른 동요 없이 말했다.

"어? 벌써? 아, 그래그래~ 아무렴 가야지~ 내일 수업 중요하지. 암~ 역시 일타강사인 이유가 있다니깐, 우리 희라 교수님은~"

샐리는 상당히 조심스럽게 희라의 어깨를 톡톡 쳤다. 매구의 엉덩이를 토닥일 만큼 스킨십에 스스럼없는 샐리조차도 희라를 대하는 건 어려워 보이는 것 같았다.

"아참참, 인사했어? 매구 선생~ 여기 우리 학원, 아니 노량진, 아니 우리나라 최고의 수학 일타 강사 박희라 교수님이야."

샐리는 자신의 양옆에 앉은 매구와 희라가 서로 볼 수 있게 의자를 살짝 뒤로 물렀다.

"아, 물론이죠. 원장님. 하하… 저도 고등학생 때 교수님 강의 듣고 자랐습니다."

매구는 오전에 학원에서 만나 희라에게 인사를 했던 생각이 났다. 고등학생 때 매구는 독학 위주라 열정적으로 희라의 강의를 듣지는 않았지만 친구들의 인터넷 강의로 박희라라는 국어 사교육 교사를 알게 되었다. 확실히 한두 번 들었을 때 시험에 잘 나오는 문제 위주로 귀에 쏙쏙 들어오게 잘 가르치는 선생님이라고 매구는 생각을 했었다. 그렇게 인터넷으로만 보던 사람을 실제로 보게 되니 신기하기도 했다. 인사에 대한 답을 들었는지는 생각이 나질 않았지만.

"역시 희라 교수님이야~ 우리나라 최고의 의대생인 매구 선생까지 희라 교수님의 강의를 들었다니."

샐리의 칭찬은 입에 마를 날이 없는 것 같았다.

"희라 교수님, 우리 매구 선생도 잘 챙겨 줘~"

매구는 이젠 이런 샐리의 부담스러운 모습에 적응해야겠다고 생각했다.

"궁금한 것 있으면 물어보세요."

희라는 짧고 도도하게 대답했다.

"넷! 감사합니다. 교수님."

매구는 공손하게 꾸벅했다.

희라는 그런 매구를 보는 듯 마는 듯했다.

"아, 그리고 갑자기 생각이 났는데 희라 교수님, 우리 특별반 있잖아. 의대 준비하는 학생들. 거기 반에 한 번 우리 의대생인 매구 선생과 상담 시간을 편성하는 건 어떨까?"

샐리는 희라에게 말했다.

"음… 그것도 괜찮겠네요."

희라는 잠시 생각하는 듯하더니 금방 대답했다.

"현직 의대생한테 조언을 구하는 것만큼 좋은 일이 없죠."

"고마워~ 희라 교수님~ 역시 희라 교수만큼 나를 잘 이해해 주는 사람은 없다니깐~"

샐리는 웃으면서 너스레를 떨었다. 그러고는 매구를 보며 이어 말했다.

"매구 선생, 있잖아~ 우리 학원에 전통적으로 특별반이라고 있는데 공부 잘하는 학생들을 모아 놓은 반이 있어. 지난 오 년 전부터 우리 희라 교수님이 지도 교수님이었는데 그동안 모두 의대로 진학시키셨지. 우리 희라 교수님 정말 대단하지? 이번에 크리스트 고등학교 전교 1등부터 6등까지 모아 놓은 특별반이 있어. 모두 우리나라 최고의 의대인 서울 의대를 목표로 공부하고 있는 반이야. 어때, 매구 선생? 그 학생들한테 특별 강의 몇 번만 해 주지 않겠어?"

샐리는 제안을 했지만 매구는 뭔가 수용할 수밖에 없는 무언의 힘을 느꼈다.

"하하… 제가 도움이 될 수 있다면 무엇이든지요. 저는 학생들이 꿈을 이루는 데 도움을 주기 위해서 학원에 온 거니까요."

매구는 어색하게 머리를 긁적이며 말했다.

"어쩜… 우리 매구 선생은 말도 참 이렇게 예쁘게 할까~"

샐리는 손을 모으며 반한 표정을 지었다.

"비록 매구 선생이 서울 의대가 아니라 연대 의대이긴 하지만~ 연대 의대도 서울 다음이잖아? 어? 희라 교수, 일어나는 거야? 그래~ 조심히 가~ 내일 봐~"

샐리는 조용히 자리에서 일어나서 목례를 하는 희라를 보고 세차게 손을 흔들었다.

"어디까지 얘기했더라~ 그래그래~ 매구 선생, 학생 때 서울 의대도 지원했었어?"

"아, 네, 지원했었어요. 하하… 그런데 떨어졌어요."

매구는 머쓱하게 웃으면서 말했다.

"와~ 좋네~ 준비했던 과정도 학생들하고 공유도 하고, 오히려 한 번 넘어졌던 사람이 더 빨리 뛸 수 있는 법이니깐~ 넘어졌을 때 숨을 고를 수 있잖아~"

샐리는 매구를 거의 안다시피 어깨를 감쌌다. 매구는 자연스레 어깨가 움츠러들었다.

"잘 부탁해~ 매구 선생~"


매구는 알코올로 물들어 살짝 취기가 오른 채로 노량진의 밤거리를 걸었다. 노량진의 밤은 노량진의 낮과는 또 다른 분위기였다. 낮 동안 눈에 잘 보이지 않던 술집 간판들이 언제 그랬냐는 듯이 번쩍번쩍 빛나고 있었다. 그런 간판들 근처에는 젊은 청년들이 삼삼오오 모여 있었는데 낮 동안 공시생들의 지치고 후줄근한 모습들은 온데간데없이 사라지고 잔뜩 멋을 부린 청춘들의 낭만이 느껴졌다. 모여서 시끄럽게 떠드는 모습, 술에 취해 주저앉은 여자애를 부축하는 남자애, 담배를 한 대 꼬나물고 주변을 훑는 남자 녀석들 등 이곳이 낮에 봤던 노량진과 같은 곳일까 하는 의구심마저 들었다. 매구는 그런 청춘들 사이를 슬며시 피해서 집으로 걸어갔다.

쉬유는 쓰레기 수거를 하던 중 기지개를 폈다. 쓰레기 수거를 위해 반복적으로 허리를 굽히니 허리가 찌뿌둥했다. 쉬유는 밤 열두 시 정도부터 시작하는 쓰레기 수거 일을 하길 참 잘했다고 생각했다. 낮과는 다르게 예쁜 여자들이 많은 밤의 거리를 구경할 수 있기 때문이었다. 언제나 매력이 넘치는 노량진의 밤의 거리는 힘든 일도 잊게 해 주었다. 마치 쓰레기 수거 일이 천직인 것처럼 마음이 평안했다. 쉬유는 천천히 이런 노량진의 풍광을 즐기면서 쓰레기차 뒤에 매달려 갔다. 그러다가 앞에서 빠른 걸음으로 걸어오는, 어디서 본 듯한 아리따운 여성에게 시선이 멈춰 섰다. 엊그제 인터넷강의를 들으려다 돈이 없어 실패한 매구 선생님이었다. 매구는 그런 쉬유의 시선을 느끼지 못했는지 그냥 빠른 걸음으로 쉬유를 지나쳐 갔다. 쉬유는 시선에서 매구가 사라질 때까지 매구가 지나간 길을 돌아보았다. 얼른 빨리 돈을 벌어 매구 선생님의 수업을 들으리라고 다짐하면서.

엘리베이터에서 내린 희라는 집에 왔다. 집 안은 희라의 인기척에 반응하여 자동적으로 불이 환하게 밝혀졌다. 바로 보이는 거실은 시원하게 넓지만 유니크한 디자인의 카펫이 깔려 있어 따뜻한 느낌을 주었고, 곳곳에 배치돼 있는 모던한 디자인 가구, 화려한 장식품들에서 고급스러움과 기품이 느껴졌다. 이 모든 것에서 이곳은 최상류층들이 사는 고급 아파트임을 단번에 알 수 있었다. 거실 창밖으로는 아름다운 서울의 야경이 밤하늘을 수놓고 있었다. 희라는 그 야경을 잠시 넋 놓고 바라보았다. 자신이 이렇게 성공하게 되기까지 얼마나 많은 노력이 있었던가.

희라는 삼십구 년 전 태어나자마자 부모님께 버림받고 성당 고아원에 맡겨져 수녀님의 손에서 자랐다. 자신을 키워 준 수녀님은 좋은 분이었지만 고아원 생활이 마음에 들지 않았다. 희라는 철이 일찍 들었다. 늘 근근이 먹고사는 데만 집착하고 꿈도 희망도 없어 보이는 다른 고아원 아이들이 유치하다고 생각했다. 희라는 이 고아원이 없어져서 자신이 여기에서 나갈 수 있으면 좋겠다고 생각했다. 항상 그렇게 생각하던 중 생각보다 고아원은 일찍 사라지게 되었다. 희라가 여섯 살이 되던 해 희라가 있던 동네인 광주에서 민주화 운동으로 인한 계엄령이 발동되었고, 군인들의 폭격으로 인하여 성당에 화재가 발생하여 성당 고아원이 소실된 것이었다. 그때 수녀님과도 헤어지고 고아원 아이들과도 뿔뿔이 흩어지게 되었다. 희라는 막상 완전히 홀로 되니 무서웠지만 수녀님이 살아남기 위해 이것저것 가르쳐 준 게 생각이 났다. 그렇게 희라는 외국으로 떠나 해 보지 않은 일이 없을 정도로 일했고, 공부했다. 그 결과 우리나라 최고의 대학인 서울대학교를 졸업했고, 입시경쟁이 치열한 이 시기에 사교육 일타 강사로서 남부러울 것 없을 정도로 성공하였다. 희라는 빙그레 웃고는 거실의 커튼을 닫고 상당히 걸어서 방 안으로 들어갔다. 방 안에는 네 명이 누워도 넉넉할 법한 침대가 덩그러니 있었다. 희라는 침대에 가방을 내려놓고는 한숨을 크게 푹 쉬고는 긴장이 풀어진 듯 그대로 그 큰 침대로 몸을 던졌다.

"후~"

희라는 폭신한 침대 속에 몸을 묻었다.

그렇게 시간이 얼마나 흘렀을까. 희라는 천천히 몸을 일으켰다. 희라는 핸드폰을 한 번 확인하고는 다시 거실로 나와 티비를 틀었다. 고요하던 집 안이 티비 소리로 채워졌다. 그 사이 희라는 정장 옷을 훌훌 벗어 버리고는 샤워실로 들어갔다. 희라가 나올 동안 텔레비전만 외로이 홀로 떠들었다. 샤워실에 나온 희라의 모습은 노량진에서 봤던 완벽하고 차가운 모습과는 달리 수수하고 자연스러움이 물씬 풍겨져 나왔다. 어떻게 보면 더 예뻐진 것 같았다. 머리를 뒤로 질끈 묶고 편한 잠옷 차림으로 티비 앞으로 간 희라는 한 손에는 과자봉지를, 한손에는 음료수를 들고 책상다리로 편하게 티비 앞에 앉았다. 이제 티비는 혼자가 아니었다. 희라의 절제된 웃음소리와 함께한 티비는 희라에게 더 즐거움을 주고 싶었는지 더 신나게 떠들었다. 그렇게 희라의 웃음소리가 잦아들 무렵 희라는 시계를 흘끔 보더니 티비를 끄지 않고 다른 작은 방으로 갔다. 작은 방은 서재 같았다. 방 모서리를 두른 책장에는 수백 권의 책들이 가지런하게 정렬돼 있었다. 희라는 그중에서 두꺼운 책 한 권을 꺼내 들고 책상에 앉았다. 희라는 스탠드만 켠 채 책을 보며 이것저것 밑줄을 긋고 필기를 했다. 몇 분가량이나 흘렀을까. 그러다 희라는 꾸벅꾸벅 졸기 시작했고, 이내 곧 엎드려서 잠을 청했다.

오늘도 희라의 비슷한 하루는 저물어 갔다.

＊＊＊

"어찌되었든 간에 이번 시험의 특성을 잘 기억하시고 독해능력을 기반으로 하되 합격선을 위해서 해야 할 건 해야 한다는 걸 기억해 주시기 바랍니다. 자, 여러분들 오늘 하루 고생하셨고요, 이 시간 끝나고 복습 철저히 꼭 해 주시기 바랍니다. 파이팅하세요."

희라의 말이 마침과 함께 끝나는 종소리가 들렸다. 희라는 교육 자료를 챙겼다. 그러면서 자연스레 앞자리에 앉은 학생을 봤다. 희라는 속으로 한숨을 쉬었다.

'이번에도 떨어졌나 보구나.'

벌써 수년째 자신의 수업을 듣고 있는 학생이었다. 나이는 이십 대 후반에서 삼십 대 초반은 되었으려나. 이발도 하지 않고 떡진 머리에 정리하지 않은 듬성듬성 난 수염이 보는 이로 하여금 인상을 찌푸리게 하였다. 희라는 이 학생의 꾀죄죄한 몰골이 맘에 들지 않으면서도 측은했다. 몇 번 상담을 하긴 했지만 그동안은 열심히 해 보자는 식으로 상담을 했었다. 하지만 이번에는 마음먹었다. 단호하게 이 학생에게 공무원 시험을 그만두라고 말하기로. 학생을 위해서도 자신을 위해서도 이 학생은 자신의 수업을 듣지 않는 편이 나을 거라고 생각했다. 희라는 자신의 학생이 이렇게 장수생이면 커리어에 큰 오점이라고 생각했다. 자신은 명색이 전국에서 국어를 가장 잘 가르치는 선생인데 그런 자신의 강의를 듣고도 오랫동안 공무원에 합격하지 못하는 학생은 용납하지 못했다. 쇠뿔도 단김에 뺄 겸 지금 말하기로 마음을 먹었다.

"저, 안녕하세요. 이번 공무원 시험 어떻게 잘 보셨나요?"

희라는 교실을 나가는 길에 자연스럽게 그 학생에게 말을 걸었다.

"네?"

그 학생은 희라가 먼저 말을 걸 줄 몰랐던 듯 놀라서 반문했다.

"공무원 시험 오랫동안 보셨잖아요."

희라는 은은한 미소를 띠고 말했다. 자본주의적 미소라 봐도 무방했다.

"아… 저 떨어졌어요. 죄송합니다."

학생은 고개를 숙였다. 꾀죄죄한 모습에서 조금씩 움직일 때마다 괜히 뭔가 냄새가 나는 것 같았다.

"저한테 뭐가 죄송하십니까. 고생하셨네요."

희라는 고개를 숙이고 있는 학생을 겉으로나마 위로하듯 말했다.

"이름이… 박슈팅 씨라고 하셨죠?"

학생은 고개를 들어 천천히 소심하게 끄덕였다.

"슈팅 씨, 그러면 앞으로 계획은 어떻게 되시나요?"

희라는 본론을 이끌어내기 위해 물었다.

"음… 어떻게 하는 게 좋을까요. 선생님. 수년째 낙방하다 보니깐 자신감은 떨어지고, 경찰은 꼭 되고 싶고…"

슈팅은 자신감이 없는 표정으로 뜸 들이면서 말했다.

"그러시군요…"

희라는 턱을 괴고 생각하는 척하다가 말을 이었다.

"흠… 그러면 오랫동안 공부하느라 지치고 고생했으니깐 잠깐 쉬시는 건 어떠세요?"

"그러는 게 좋을까요…"

슈팅은 숙이고 있던 고개를 들어 희라를 보았다.

"네, 공부도 계속 하다 보면 소진되거든요. 잘 안 될 때는 시선을 돌려 환기를 시키는 것도 한 방법입니다. 여행을 간다거나 다른 일도 하면서 생각도 정리할 수 있고요."

희라는 최대한 도도하고 차가운 느낌을 빼고 따뜻하게 말하려고 노력했다.

"그러면… 이미 헛되게 시간을 보냈는데 쉬게 되면 남들보다 뒤처져 늦게 시작하게 되는 건 아닐까요?"

슈팅은 걱정스럽게 말했다. 희라는 속으로 이미 늦었는데 더 늦은들 도긴개긴이라고 말하고 싶었지만 참았다.

"아니에요. 그간 열심히 노력하면서 노력하는 법을 몸소 익혔기 때문에 결코 헛된 시간이 아닙니다. 그리고 기계도 과부하가 걸렸을 때는 잠시 작동을 멈춰 열을 식혀 주잖아요. 사람도 똑같습니다. 오히려 이럴 때는 잠시 쉬시는 게 다시 공부하기에도 좋습니다."

희라는 미소를 머금고 최대한 친절하게 말했다.

"잘 알겠습니다… 다 옳은 말이네요. 한 번 개인적으로 생각을 해 보겠습니다. 고생하세요, 선생님."

슈팅은 그렇게 말하고 돌아서서 갔다.

"네."

희라는 비틀거리며 가는 슈팅의 뒷모습을 불안한 눈초리로 보았다.

슈팅의 확신이 없는 모습이 불안했다.

'내가 이렇게까지 말했는데 개인적으로 생각해 본다고? 그러니 그렇게 시험에 떨어지지.'

희라는 슈팅이 제발 다음 수업 때 오지 않기를 빌었다. 그렇게 생각을 하고 있는데 희라는 자신을 부르는 소리에 시선을 돌렸다.

"어? 안녕하세요, 희라 교수님~"

매구는 반갑게 인사를 했다. 매구도 수업이 끝났는지 품 안에 한가득 책을 안고 있었다.

"네, 안녕하세요."

희라는 기계적으로 말했다.

"선생님, 저 오늘 이따가 특별반 수업 들어가요~"

매구는 웃는 낯으로 말했다.

"네, 열심히 하세요."

희라는 건성하게 대답하고 매구와의 자리를 비켜 가려고 했다. 지금 이 아이한테 신경을 써 줄 시간은 없었다. 매구는 그런 희라를 당황스럽게 봤다가 희라를 좇아 쫄래쫄래 따라 왔다.

"교수님, 교수님, 혹시 제가 주의할 점 같은 것 알려 주실 수 있나요? 제가 이렇게 공부 잘하는 친구들 수업하는 건 처음이라서요."

매구는 빠른 걸음으로 이동하는 희라를 거의 달려서 따라 잡듯이 희라의 옆을 좇아가며 말했다. 희라는 매구를 보지도 않고 무시하듯 앞만 보고 걸어갔다. 매구는 개의치 않은 듯 계속 희라를 따라 가며 말했다.

"저희 고아원에도 공부 잘하는 아이가 한 명 있긴 한데 아직 초등학생이라… 하하…"

매구는 빠른 걸음으로 가는 희라와 보폭을 맞추면서 겸연쩍듯 아무 말이나 하며 웃으면서 말했다. 그런데 희라는 매구의 말을 듣고는 갑자기 멈춰 섰다. 매구는 희라가 갑자기 멈출 줄 몰랐는지 살짝 희라 앞으로 갔다가 제동을 걸고 다시 희라 옆으로 왔다.

"고아원이라구요?"

희라는 말했다.

"아… 네네… 제가 봉사 나가는 고아원이 있거든요. 조기, 조기 강남에 별빛 고아원이라고…"

매구는 희라의 반응이 의외인 듯했다.

"교수님… 혹시 교수님도…"

"참, 선생님은 생긴 것 같지 않게 오지랖도 넓으시네요."

희라는 매구의 말을 잘랐다. 매구는 궁금한 것처럼 물어보다가 갑자기 말을 끊은 희라를 보고 살짝 의아한 표정을 지었다. 희라는 그런 매구를 한심한 표정으로 보다가 말을 이었다.

"휴~ 애들은 다 비슷비슷해요. 고아원 아이들 대해 주듯이 해 주시면 될 거에요."

"아~ 그러면 될까요? 서울대 의대를 목표로 공부하는 학생들이라길래~ 저는 그보다 낮은 대학에 다니잖아요. 혹여나 학생들이 실망을 하지나 않을까…"

매구는 쭈뼛댔다.

"별 시답잖은 걱정도 다 하시네요. 연대 의대도 최고의 의대 중 하나잖아요. 서울대학교에 관한 얘기는 제가 많이 했으니깐 선생님은 학생들이 의대에 더 가고 싶게 의대에 대한 좋은 이야기 많이 해 주시면 될 것 같아요."

희라는 한숨을 쉬며 말했다.

"아! 정말 감사합니다. 교수님! 교수님 덕분에 마음이 편해졌네요."

매구는 꾸벅 90도 인사를 했다.

"그럼 잘하세요. 요즘 학생들이라 스스로 공부한다기보다 부모님들이 시키는 대로 공부하는 경향이 있어서 의대에 진학하려는 목표의식이 약하더라고요. 선생님이 의대의 장점을 강의하면 학생들에게 좋은 도움을 될 겁니다."

희라는 무뚝뚝하게 말했다.

"정말 감사합니다. 교수님! 그럼 수업 끝나고 후기 제가 말씀드릴게요!"

매구는 다시 한번 밝게 인사를 했다. 그리곤 돌아서서 가려고 했는데 희라의 목소리가 다시 매구를 붙잡았다.

"저, 선생님. 그런데 고아원 봉사는 언제부터 하신 건가요?"

이번에는 희라가 쭈뼛대면서 말했다. 매구는 의외라는 표정으로 희라를 보다가 대답했다.

"저, 고등학생 때부터요! 아직 얼마 안 됐어요."

매구는 해맑게 웃으면서 말했다. 희라는 괜히 얼굴이 붉어졌다. 매구에게서 다른 얼굴이 겹쳐 보이는 듯했다.

"안녕하세요~ 반갑습니다. 오늘부터 약 두 달간 영어 강의 및 진학 특강을 진행하게 된 나매구라고 합니다."

매구는 교탁 앞에 서 있었다. 그 앞에는 금방 숫자로 셀 수 있을 만큼 몇 명의 학생들이 있었다. 하나, 둘, 셋, 넷, 다섯, 여섯… 명이었다. 남학생 네 명, 여학생 두 명이었다. 모두 처음 보는 사람을 경계하듯 눈동자가 흔들리는 것을 매구는 보았다. 뭔가 숨이 턱턱 막히는 답답한 분위기였다. 매구는 그냥 수업 못한다고 할까 하는 생각도 스쳐 지나갔다. 매구는 숨을 한 번 고르고는 가져온 출석표를 교탁에 올렸다.

"자~ 그럼 출석 체크를 할게요."

매구는 심플한 출석표를 펼쳤다.

"김일구~"

김일구라는 학생은 손을 살짝 들어 올렸다. 살집이 있는 큰 덩치에 축 처진 눈매, 웅크리고 있는 자세가 소심해 보였다. 매구는 눈인사를 하고 다음 이름을 호명했다.

"이은형~"

"네~"

여학생이 발랄하게 활짝 웃으면서 손을 번쩍 들었다. 매구도 반갑게 웃어 주었다. 마치 자신의 고등학교 시절 모습을 보는 것 같은 느낌이었다.

"성삼동~"

안경을 쓰고 호리호리하고 키 큰 학생 한 명이 가볍게 손을 들었다. 꾸미지 않았음에도 지적으로 잘생긴 얼굴에, 깔끔한 교복이 인기가 많을 스타일이었다. 매구는 가볍게 고개를 끄덕였다.

"박사철~"

매구는 다음 이름을 불렀다.

"넵!"

박사철이라는 학생은 손을 직각으로 들어 보이며 대답했다. 시력이 안 좋은지 뱅글이 안경이 눈에 띄는 아이였다. 피부에는 아직 소년티를 벗지 못해 주근깨와 여드름이 보기 좋게 나 있었고, 김일구 옆에 앉았기 때문인지 몰라도 작고 왜소해 보였다. 매구는 빙그레 웃어 주었다. 박사철의 볼이 슬쩍 벌게졌다.

"오민현~"

"네~"

한 껄렁해 보이는 학생 하나가 손을 대충 군대에서 장교가 병사의 경례를 받아 주는 것처럼 들어 올리고 내렸다. 고등학생임에도 염색한 머리에 귀를 뚫은 게 매구는 이 학생은 학교에서 일진이 아닌가 하는 생각이 들었다. 살짝 무섭다는 생각도 했다. 매구는 겸연쩍은 미소로 답했다.

"육영희~"

"Here~"

안경을 쓰고 긴 생머리에 꾸미지 않은 평범해 보이는 여학생이 손을 들며 말했다. 원래 그러는 건지 아니면 지금 수업이 영어 수업이라 그런 건지는 모르겠지만 영어로 대답한 학생이 참 재미있다고 매구는 생각하고 학생을 보며 반갑게 웃었다.

"여러분 모두 반가워요~"

매구는 출석부를 덮으면서 말했다.

"역시 교수님한테 듣던 대로 멋지고 예쁜 학생들이네요. 여러분들이 공부를 정말 잘한다고 들었어요~ 그래서 저도 긴장이 많이 되네요~ 앞으로 약 두 달간 함께할 텐데 잘 부탁드려요~"

매구는 살짝 고개 인사를 했다.

"그러면 오늘은 첫 번째 수업이니까…"

"선생님! 첫사랑 이야기 해 주세요! 정말 대학 가면 남자친구 생기나요?!"

이은형이라는 발랄한 여학생이 매구의 말을 가로 자르면서 명랑하게 말했다.

"야! 선생님 처음 오자마자 물어보는 게 그게 뭐냐? 선생님 몇 살이에요? 되게 어린 것 같은데."

오민현이라는 학생이 껄렁하게 말했다.

매구는 갑자기 학생들이 이래 와서 살짝 당황했지만 역시 학생은 학생이구나 생각하면서 빙그레 웃었다. 처음 교실에 들어왔을 때의 무거운 분위기는 자기가 괜히 긴장하고 걱정한 데서 온 불안감에서 온 착각이었다고 생각했다. 매구는 신나서 자기 얘기를 라이트와의 러브 스토리를 포함해서 오십 분 동안 콸콸 쏟아 냈다. 라이트가 자신한테 여덟 번 고백했던 얘기를 그렇게나 강조하며. 그렇게 매구는 특별반 첫 수업은 잘 끝냈다고 생각했다.

"특별반 어떠셨어요?"

노량진의 해가 오늘도 하늘을 붉게 물들 무렵, 뜨거운 노을이 노량진 노호학원의 사무실을 비추는 가운데 희라가 퇴근하려던 매구를 발견하고는 뒤에서 물었다. 매구는 놀라서 뒤를 돌아봤다. 희라가 자신에게 먼저 말을 걸 거라고는 생각을 못했기 때문이다.

"아! 교수님! 제가 교수님 먼저 찾아뵀어야 했는데!"

매구는 누구라도 스르르 녹을 수밖에 없는 죄송스런 표정을 지으며 말했다.

"오늘 완전 재밌게 잘한 것 같아요! 교수님 말씀대로 학생은 학생이더라고요~ 막 첫사랑 이야기해 달라고 그러고요~"

"이은형 학생이었나 보네요. 그 학생은 제가 처음 들어왔을 때도 그랬죠. 부모님이 이혼해서 아버지랑 사는 한 부모 가정이긴 한데 참 밝고 기운이 넘치는 학생이죠. 맘에 드는 남자친구를 만들기 위해 대학을 가려고 하는 학생이죠."

희라는 덤덤한 미소를 보이며 말했다.

"맞아요~ 참 밝은 학생이더라고요. 다른 학생들도 각자의 개성들이 다 있는 것 같더라고요."

매구는 검지를 들어 올리며 말했다.

"네, 처음인데 잘 파악하셨네요. 그래서 저도 예년과는 다르게 컨트롤이 어렵긴 한데, 선생님은 고아원에서 많은 아이들을 돌보니까 괜찮을 겁니다."

매구는 갑자기 변한 희라의 호의적인 반응에 놀랐다. 아무래도 고아원 얘기를 기점으로 희라의 태도가 바뀐 것 같았다. 매구는 아무리 도도하고 까칠하더라도 희라는 역시 선생님의 피가 흐르고 있다고 생각했다. 아이들을 참 좋아해서라고 생각했다. 매구는 그런 희라를 반한 표정으로 바라보았다. 희라는 매구의 그런 시선을 느꼈는지 화제를 바꿨다.

"그건 그렇고, 그 출석부 순서가 크리스트 고등학교 전교 석차 순인 거 알고 계시죠?"

"네? 그랬어요? 저는 이름순이 아니길래 당연히 생일 순일 줄…"

매구는 다시 한번 다른 의미로 놀랐다.

"네, 학원에서는 성적이 전부니깐 당연한 거예요. 매번 전국 모의고사 결과를 바탕으로 출석부 순서가 바뀝니다. 학생들한테는 그 순서가 자존심이니깐 혹시라도 순서를 임의로 바꾸질 않길 바라요."

희라는 다시 차가운 사무적인 말투로 말했다. 매구는 살짝 기분이 묘했다.

"어… 그러질 않을 거긴 한데… 좀… 그러네요. 모두 공부 정말 정말 잘하는 학생들인데 기껏해야 한두 문제 차이일 텐데… 그걸로 매번 출석부 순서가 바뀌면… 개인 프라이버시 문제도 있고…"

매구는 무슨 말을 해야 할지 잘 몰랐다.

"선생님, 여기는 경쟁 사회 속의 사교육 현장이에요. 1등이 특별대우 받고 그런 것도 아니고, 단순히 출석부 순서인데 너무 그렇게 신경 쓸 필요는 없어요."

희라는 잠시 말을 멈췄다가 매구의 반응을 살피는 듯하다가 차갑게 말을 이었다.

"그리고 기껏해야 한두 문제 차이라뇨. 선생님도 의대생이잖아요. 잘 아시는 분이 그런 말을 하시나요? 한두 문제로 가는 대학교가 달라질 수 있잖아요."

"그래도…"

매구는 더 할 말이 없었다.


일주일 뒤 매구는 특별반 두 번째 수업에 왔다. 매구는 천천히 출석부를 펼쳤다. 김일구, 이은형, 성삼동, 박사철, 오민현, 육영희… 희라로부터 괜한 소리를 들었다고 생각했다. 알지 못했으면 아무렇지도 않았을 출석부인데 알고 나니깐 이 출석부를 보기가 싫어졌다. 매구는 잠시 뜸 들이다가 그대로 출석부를 덮었다.

"음… 여섯 명, 다 온 것 같으니깐 수업을 시작할까요?"

매구는 출석을 부르지 않았다. 항상 출석을 확인받던 학생들에겐 당황스러운 변화였을 터였다. 소심하게 앉아 있던 김일구가 손을 반쯤 들었다.

"어… 왜 출석 안 부르세요…?"

김일구는 시선을 매구에게 마주치지 못하고 책상만 보면서 말했다. 매구는 빙그레 웃어 보였다.

"여러분 모두 성실하게 빠지지 않고 출석하니깐 굳이 안 불러도 될 것 같아서요."

매구는 사람을 기분 좋게 만드는 미소를 지으며 말했다.

"그리고 저번 시간에 한 번 출석 부르면서 여러분 얼굴도 다 익혔고요."

"쟤… 쟤는 자주 빠지는데요?"

김일구는 손가락으로 오민현을 가리키며 말했다. 오민현은 심드렁하게 꼬고 있던 다리를 풀며 고쳐 앉았다.

"야, 선생님이 그러시겠다는데 니가 뭔 난리야. 꼬우면 니가 선생님하던가."

오민현은 틱틱대면서 말했다.

"안 그래도 내 오답노트 누가 훔쳐가서 짜증 나는구먼 왜 또 시비야."

그 말과 함께 까르르 웃는 소리가 났다.

"웃기는 소리 하고 있네! 누가 네 지저분한 오답노트를 훔쳐 가겠니?"

육영희였다. 육영희는 몸을 뒤로 젖히며 자지러지게 웃었다.

"뭐야? 네가 이번 모의고사 나보다 많이 틀렸잖아, 그렇다면 너밖에 없는데? 도둑이 제 발 저리냐?"

오민현은 육영희한테 으르렁거렸다.

"말 같지도 않은 소리하지 마라. 그딴 알아보지도 못하는 개판 같은 글씨를 누가 보냐? 그렇게 의심스러우면 내 사물함, 내 가방 다 뒤져 보든가~"

육영희는 놀리듯이 말했다.

"씨… 내 꼭 범인 붙잡고 만다."

오민현은 계속 투덜거렸다.

"훔쳐가기는… 네가 불성실하니깐 어디다 두고 까먹은 거겠지."

조용히 있던 성삼동이 나지막이 중얼거렸다.

"뭐야! 너 다시 말해 봐!"

오민현은 자리를 박차고 일어났다.

"자, 자. 여러분들 모두 진정하시고 수업 시작할게요. 민현아~ 우리 수업 끝나고 저랑 같이 잘 찾아봐요~ 어디 잘 있을 거예요."

매구가 오민현을 달래려고 애를 썼다. 민현은 '쳇' 하면서 다시 자리에 시끄럽게 앉았다. 매구는 진땀을 닦으면서 말을 이었다.

"오늘은 의대 준비 방법과 의대의 장점에 대해서 얘기를 해 볼까 해요~"

매구는 첫 번째 수업과는 다르게 굉장히 어렵다고 생각했다. 처음 느꼈던 그 어두운 분위기가 잘못 느낀 게 아니었을지도 모른다고 생각했다.

"자, 그럼 이제 마지막으로 여러분들은 왜 의대를 가려고 하는지 한 명씩 얘기해 볼까요?"

수업 막바지였다. 다행히 수업 초반의 삐거덕거림을 지나서 의대 진학에 관한 이런저런 정보를 가르쳐 주면서 무난하게 진행되고 있는 것 같았다. 매구는 이번 수업의 마지막 과정으로 의대 진학을 하려는 이유에 대해 학생과 나누고자 하였다.

"의대 가면 멋진 남자친구가 생긴다고 해서요!"

이은형이 손을 번쩍 들며 명랑하게 말했다.

"그… 그렇죠? 은형이는 열심히 하니깐 꼭 대학 가서 멋진 남자친구를 만날 수 있을 거예요~ 선생님처럼요~"

매구는 한결같은 이은형이 귀여운지 웃으면서 말했다.

"자, 다음 사람~"

"의대에 가면 부와 명예를 얻을 수 있습니다!"

뱅글이 안경을 쓴 똘망똘망한 학생인 박사철이 손을 직각으로 들며 말했다.

"네, 현재 우리가 사는 세상에서는 의사라는 직업이 부와 명예를 가져다줍니다. 그렇게 사회로부터 부와 명예를 얻는 유망한 직업이지만 그만큼 사회에 환원하고 봉사해야 하는 책임감이 뒤따릅니다."

매구는 박사철을 보며 미소를 띠며 말했다.

"선생님, 제가 열심히 해서 부와 명예를 얻었는데 왜 사회에 환원해야 하나요?"

박사철은 또박또박 말했다. 매구는 조금 생각하다가 대답을 했다.

"음… 그만큼 사회적 지위가 높아짐에 따라 높은 수준의 도덕적 의무를 질수록 그 사회는 아름다워지기 때문이에요. 노블리스 오블리주라고 말을 들어 본 적 있죠?"

매구는 대답했다.

"아뇨, 들어 본 적 없습니다."

박사철이 또박또박 말했다.

"아, 그렇군요. 그럼 숙제를 내겠어요. 사철이는 다음 시간까지 노블리스 오블리주에 대해 조사를 해 오면 좋겠네요."

매구는 진지한 박사철을 향해 방긋 웃으며 말했다.

"시험에 나오나요?"

박사철이 역시 또박또박 진지하게 말했다.

"어? 물론 나옵니다. 제가 수능 볼 때도 나왔던 걸요."

매구는 재작년 수능 언어영역 58번 지문을 기억했다. 분명히 노블리스 오블리주에 관한 내용이었다. 다행이라고 생각했다.

"아! 그렇습니까? 알겠습니다. 조사해 오겠습니다."

박사철은 잘 받아들였다.

"그럼 이제 민현이가 말해 볼래요?"

매구는 시선을 돌려 말했다.

"저요? 의사 그냥 존나 멋있잖아요."

민현은 대충 말했다.

"맞아요~ 의사 정말 멋지죠!"

매구에게는 정말 반가운 대답이었다.

"티비에서 보면 일 분 일 초가 급한 상황에서 죽어 가는 사람을 살려 내는 모습! 정말 멋지지 않나요? 이런 멋진 일을 할 수 있는 게 의사죠. 정말 민현이는 좋은 동기를 가졌군요~"

매구는 오민현을 칭찬했다. 오민현은 '쳇' 하고 고개를 돌렸지만 얼굴이 조금 붉어지는 게 보였다.

"그럼 일구는요?"

매구는 다음 사람에게로 시선을 돌렸다.

"저는… 엄마가 시켜서요…"

일구는 소심하게 말했다.

"음… 일구는 효자구나! 어머님 말씀도 잘 듣고."

매구는 웃으면서 말했다. 일구는 시선을 더욱 내리깔았다.

"영희는요?"

"저는 성적 맞춰서 가려구요."

육영희는 말했다.

"그래요, 그것도 좋은 생각이에요. 처음에는 잘 모르더라도 막상 들어가서 자신과 잘 맞는 경우도 있으니까요."

매구는 싱긋 웃었다.

"저는 타인을 도울 수 있다는 보람을 느끼고 싶어서 의사가 되고 싶습니다."

그동안 점잖게 있던 성삼동이 중저음의 목소리로 말했다. 시선을 끄는 매력적인 목소리였다. 매구는 성삼동을 보고 고개를 끄덕였다.

"그래요~ 우리 모두 각양각색의 동기를 갖고 의대를 지원하고 싶어 하는군요~"

매구는 한 번 주위를 돌아보았다.

"선생님도 어릴 적 주위에 아픈 사람이 있었는데 아무것도 하질 못한 채 그냥 하늘나라로 보낸 적이 있었어요. 그래서 아픈 사람을 도울 수 있는 사람이 되기 위해 의대에 가게 되었어요. 세상에서 무엇을 하려는 이유에 틀린 동기는 존재하진 않아요. 하지만 어떤 동기가 되었든 간에 의사는 아픈 사람을 도울 수 있고, 그 사람뿐만 아니라 주위 사람들까지 웃고 행복하게 만들 수 있는 아름답고 숭고한 직업이라는 겁니다."

이 순간만은 모든 학생들이 조용했다.

"흠… 휴게실에도, 사물함에도 없네."

매구는 지하 1층에서 오민현과 함께 있었다. 수업시간에서 말한 대로 오민현의 오답 노트를 같이 찾고 있는 중이었다.

"그러니깐 제가 말했잖아요."

오민현은 손을 머리 뒤에 이고 툴툴거리며 말했다. 매구는 쪼그리고 앉아서 휴게실 바닥을 살펴보고 있었다. 오민현은 매구 주위를 설렁설렁 걸어 다녔다.

"잃어버린 게 아니라 누가 훔쳐간 거라니깐요."

"민현아, 친구들을 그렇게 의심하면 안 되지."

매구는 오민현에게 꿀밤을 때리는 시늉을 했다. 오민현은 살짝 뒤로 피했다.

"걔들이 무슨… 친구도 아니에요."

오민현은 계속 툴툴대며 말했다.

"걔들은 진짜 이기적이고 자기 성적 향상을 위해서라면 뭐든지 할 녀석들이에요."

"하하… 무슨 소리를 그렇게 하니."

매구는 멋쩍게 웃으면서 말했다.

"아니, 정말이라니깐요. 선생님은 수업만 들어오니깐 걔들의 진짜 모습을 잘 모르는 거예요."

오민현은 진지하게 말했다. 항상 껄렁하던 학생이 진지하게 말하니깐 뭔가 신뢰가 더 느껴지는 기분이었다.

"심지어 살인까지도…"

오민현의 낯빛이 바뀌며 말했다. 매구는 오싹함을 느꼈다.

"얘는! 못하는 소리가 없어!"

매구는 오민현을 나무랐다. 하지만 목소리 톤이 너무 순해서 하나도 영향력이 없는 것 같았다. 오히려 항상 가볍기만 했던 오민현에게서 무게가 느껴지는 모습이 무서웠다. 그렇게 정적이 잠시 흐르며 분위기가 어색해질 무렵 매구는 사물함 아래 비죽 나와 있는 공책을 발견했다.

"어?"

매구는 마주 보고 있던 오민현 너머 사물함 아래를 가리켰다.

"저거 네 공책 아니니?"

매구의 말에 오민현은 매구가 손가락으로 가리키는 쪽으로 돌아보았다.

"어…? 맞네요."

오민현은 사물함 아래 비죽 나와 있는 공책을 꺼내 들었다. 오민현의 오답 노트였다.

"이게 왜 여기 있지?"

오민현은 의아한 표정을 지었다.

"그래, 민현아, 증거도 없는데 친구를 의심하면 안 되는 거야."

매구는 안도의 한숨을 쉬었다. 다행이라고 생각했다. 오민현의 말이 틀렸을 확률이 높아졌기 때문이었다.

"쳇, 분명 훔쳐갔다가 베낀 다음 마치 내가 잃어버리기라도 한 것처럼 도둑이 아무 데나 버린 거라고요."

오민현은 여전히 툴툴거렸다.

"얘는… 어찌되었건 간에 찾아서 다행이야."

매구는 살짝 미소가 지어졌다.

"그런 생각 그만하고, 오답 노트 보면서 열심히 공부하자, 민현아."

매구는 오민현을 다독였다.

"쳇…"

오민현은 도망치듯 매구에게서 등을 돌려서 갔다. 매구는 그런 오민현을 조금 불안하게 바라보았다.

* * *

그렇게 오민현의 오답 노트를 같이 찾긴 했지만 매구는 찜찜한 기분을 숨길 수가 없었다. 매구는 그런 기분을 안고 퇴근하려던 참이었다. 학원 정문 앞을 나서는데 날씨는 여름비가 오려는 듯 우중충했다. 그리고 코를 찌르는 매캐한 냄새가 났다. 매구는 그 냄새가 나는 방향으로 돌아보니 바로 옆에 위치한 학원 옆 건물 담벼락 주위에 서서 한 사람이 담배를 피고 있었다. 금연구역임에도. 개인적인 경험상 금연구역에서 담배를 피우는 사람 치고 무섭지 않은 사람이 없어서 매구는 얼른 그를 피해 가려고 했다. 그러면서 스친 그의 얼굴이 보였다.

왠지 쓸쓸해 보이면서 긴 더벅머리에 후줄근한 차림, 어디서 많이 본 듯한 얼굴이었다. 매구는 그를 어디서 봤을까 하며 찬찬히 기억을 더듬었다. 그렇게 얼마나 기억을 더듬었을까. 매구는 생각이 났다. 일주일 전쯤, 희라와 얘기하던 그의 모습이 떠올랐다. 그때 옆에서 대충 듣기로는 희라가 그에게 공무원 시험을 그만했으면 좋겠다는 얘기를 했던 것 같았다. 이름이 슈팅이라고 했던가. 그때 심란했던 그의 표정이 떠올랐다. 그때 이 남자의 표정에서는 희라가 원하는 말을 해 주지 않는다는 원망의 눈초리를 보았었다. 매구는 왠지 말을 걸고 싶었다. 그의 복잡했을 심경에 뭐라도 도움을 주고 싶었다.

"안녕하세요~"

매구는 그에게로 가서 말을 걸었다.

"노호학원 학생이신가 봐요~"

"저 말인가요?"

슈팅은 고개를 돌려 매구를 보았다. 슈팅은 담배 한 모금을 얼른 빨았다가 연기를 내뱉었다. 듬성듬성 난 수염, 길고 빗지 않은 머리에서 그에게서 자연인의 향기가 났다.

"네, 저는 노호학원 영어 담당 나매구라고 합니다."

매구는 상냥하게 웃으면서 말을 했다. 매구가 이렇게 웃으면서 남자를 대하면 보통 남자는 얼굴이 붉어지거나 고개를 숙이기 마련인데, 슈팅은 그냥 담배만 뻑뻑 빨며 멀뚱히 매구를 보았다. 오랜 수험 생활을 하면서 세상에 해탈한 듯한 표정이었다.

"네, 그런데요."

슈팅은 담배연기를 연신 내뿜으며 무뚝뚝하게 말했다.

"저번 달에 공무원 시험 보셨죠? 고생하셨습니다."

매구는 그렇게 말하고는 자신의 가방을 주섬주섬 뒤지다가 박카스한 병을 꺼내서 슈팅에게 건넸다. 슈팅은 '이건 뭐지' 하는 표정과 함께 주춤하면서 박카스를 받아들었다. 그러는 동안 슈팅의 손에 들려 있던 담배는 계속해서 타들어 가고 있었다.

"아, 사실 제가 본의 아니게 저번에 희라 교수님하고 얘기하시는 걸 들었거든요."

매구는 의아한 표정을 짓고 있는 슈팅에게 설명했다.

"아…"

슈팅은 여전히 멀뚱멀뚱한 표정으로 느리게 고개를 끄덕였다.

"다음에는 꼭 되실 거예요. 그 누구보다 열심히 하셨단 건 하늘이 알고 있으니까요. 경찰 준비한다고 하셨죠?"

매구는 빙긋 웃으며 말했다.

"아… 네, 뭐…"

멀뚱했던 슈팅의 표정이 풀리고 있었다. 그때였다. '쾅' 하는 소리와 함께 매구와 슈팅 사이로 커다란 사람만 한 물체가 떨어졌다. 아니, 물체가 아니었다. 사람이었다. 둔탁한 굉음과 함께 사람이 떨어진 자리에서 사방으로 피가 튀겼다. 백옥 같은 매구의 얼굴에도 붉은 선혈들이 점점이 박혔다. 매구는 순간 벙쪘다. 매구의 커다란 눈동자가 흔들리다가 떨어진 사람에게로 시선이 고정되었다. 사람은 머리부터 떨어진 듯 목이 완전히 꺾인 채 땅에 얼굴을 박고 있었다. 매구는 이런 잔인한 광경에 머리가 어지러웠다. 저절로 비틀거리며 한 발짝 뒤로 물러섰다.

그런데 떨어진 사람의 옷이 굉장히 낯이 익었다. 그 옷은 바로 불과 몇십 분 전 같이 있었던 오민현의 옷과 똑같았다. 체형도 오민현과 매우 비슷했다. 매구는 소스라치게 놀라 그 광경이 잔인하건 뭐건 간에 사람에게로 가서 급하게 똑바로 눕히기 위해 낑낑댔다. 매구의 힘으로 사람이 잘 움직여지질 않아서 옆에 있던 슈팅이 매구의 움직임을 보고 따라 가서 같이 도와주었다. 슈팅도 어안이 벙벙한 표정이었지만 깊은 내색은 하지 않고 있었다. 똑바로 눕혀 보니 얼굴은 거의 뭉개져 있었지만 대충 알아볼 수 있었다. 오민현이 맞았다.

"민현아!"

매구는 숨이 막히는 것 같았다. 얼른 경동맥을 확인했다. 역시 맥박이 없었다. 매구는 피범벅이 된 오민현의 머리를 자신이 입고 있던 블라우스의 소매를 찢어 감싼 뒤 심장마사지를 했다. 심장을 누를 때마다 피가 튀어 올랐다.

"저… 저… 119에 연락해 주세요…"

매구는 심장마사지를 하며 떨리는 목소리로 슈팅에게 말했다. 슈팅은 고개를 저었다.

"경찰에도 연락을 할게요."

슈팅은 심장마사지를 계속 하고 있는 매구를 내려다보며 말했다. 매구는 서서히 힘이 빠지고 있었다. 슈팅은 119와 경찰에 연락을 하면서 학원 건물을 올려다보았다.

'어디서 떨어진 거지?'

7층짜리 학원 건물 창문은 모두 닫혀 있었다. 그렇다면 옥상인가…? 슈팅은 정신이 없는 매구는 내버려 두고 서둘러 학원 옥상으로 올라갔다. 슈팅은 옥상 문을 열기 위해 옥상 문손잡이를 돌렸다.

'덜컹덜컹.'

옥상 문은 잠겨 있었다.

'젠장…'

슈팅은 안쪽에서만 잠글 수 있는 옥상에 들어가지 못하고 다시 1층 경비실로 내려왔다.

"여기 옥상 문 열쇠 좀 주세요."

슈팅은 경비에게 말했다.

"옥상 열쇠? 옥상 문 아침에 열어 놓고 안 잠갔는디…"

경비는 말했다.

"지금 잠겨 있어요. 들어갈 일이 있어서 그러는데 얼른 주세요."

슈팅은 냉소적으로 말했다.

"거참, 보채네 그래. 어디 보자~ 여  네, 그랴."

경비는 열쇠꾸러미를 확인하고 열쇠 하나를 슈팅에게 건넸다.

"이거 하나밖에 없는 거죠?"

슈팅은 경비한테 물었다.

"나야 모르지~ 그 전에 이 장부 좀 쓰고 가~ 열쇠 대여 장부야."

경비는 슈팅에게 표로 된 서류를 하나 건넸다. 열쇠 대여 장부였는데 슈팅이 옥상 열쇠를 빌리려는 사람으로는 처음이었다. 슈팅은 대충 이름을 휘갈겨 쓰고 곧장 다시 옥상으로 올라갔다. 슈팅은 옥상 문을 다시 한번 열어 보았다. 여전히 잠겨 있었다. 슈팅은 열쇠로 문을 열었다. 문이 열리는 소리가 났다. 슈팅은 사람이 떨어진 위치로 추정되는 옥상 난간 쪽으로 달려갔다. 옥상 난간에서 아래를 내려다보니 여전히 죽은 오민현에게 심장마사지를 하고 있는 매구가 보였다. 슈팅은 다시 고개를 돌려 사람이 떨어진 위치 주변을 살폈다. 옥상 난간에는 피다 만 담배꽁초가 하나 놓여 있었고, 그 옆에 하얀 종이가 바람에 날리지 않게 돌에 깔려 있었다. 슈팅은 그 하얀 종이를 보았다. '죄송합니다, 부모님'으로 시작해 자필로 짧게 쓰인 오민현의 유서였다.

"그러니깐 옥상에 올라가 봤더니 문은 잠겨 있었고 경비 아저씨로부터 열쇠를 받아서 문을 열었더니 이 유서가 있었단 말이죠?"

차분하게 생긴 경찰이 차분하게 말했다. 슈팅의 신고를 받고 학원에 도착한 경찰이었다. 학원에 경찰관들이 여러 명 왔는데 몇몇은 폴리스라인을 치고 오민현의 시신을 처리하고 있었고, 그중에서 수사반장쯤으로 돼 보이는 이 차분하게 생긴 경찰이 당시 상황을 파악하기 위해 사건 목격자인 매구와 슈팅을 따로 불렀다.

"네…"

슈팅은 작은 목소리로 고개를 끄덕이며 말했다.

"필적 대조를 해 봐야 알겠지만 일단 자살일 가능성이 크군요."

경찰은 장갑을 낀 손으로 증거물 봉투에 넣어져 있는 오민현의 자필 유서를 보면서 말했다. 유서는 흔들리는 펜글씨로 네다섯 줄 짧게 쓰여 있었다. 그리고 유서 전체적으로 물방울이 떨어진 듯 여기저기 글씨가 번져 있었다.

"자… 살이라구요?"

매구는 조금 전 충격적인 상황에서 여전히 충격이 가시지 않은 듯 덜덜덜 떨리고 있었다.

"네, 상황이 모든 것을 말해 주고 있습니다. 유서에도 나와 있듯이 계속되는 공부에 이젠 지치고 힘들어 자신의 처지를 비관해 자살한 것으로 추측됩니다."

경찰은 차분하게 말했다. 삼십 대 초반이나 되었으려나. 이런 상황을 많이 겪어 본 듯한 프로의 기운이 느껴졌다. 눈으로 보이는 객관적인 상황들을 바탕으로 단순, 명료, 명쾌하게 사건을 해결하려는 모습이 매력적으로 보이기도 했다. 하지만 매구는 그렇게 생각하지 않았다. 불과 떨어지기 삼십 분 전 자신과 있었던 오민현에게서 자살의 느낌은 도저히 들지 않았다. 매구 자신이 예전에 시도했던 것처럼 그런 느낌이 들지 않았다.

"민현이는 자살할 애가 아니에요. 불과 떨어지기 삼십 분 전만 해도 저와 함께 있었단 말이에요."

매구는 경찰에게 말했다.

"아, 그러십니까. 자살할 사람에 대해 잘 알고 계시나 보군요."

경찰은 사무적으로 말했지만 뭔가 비꼬는 것처럼 들렸다. 매구는 잘 알고 있다고 말하고 싶었다. 자신이 예전에… 매구는 슬쩍 곁눈질로 자신의 손목을 보았다. 손목에는 새살이 돋은 듯한 오래된 상흔이 여러 개 보였다. 매구는 손목이 시큰거렸다. 매구는 더 말하려다가 말았다. 여기서 얘기를 더 꺼내서 도움이 될 거라고 생각하지 않았기 때문이었다.

"그렇다면 자살이 아니면 뭐라고 생각하십니까."

경찰은 매구의 반응을 살피고 말을 이었다.

"설마 살인이라고 생각하시는 건 아니겠죠?"

"그… 그건…"

매구는 답을 하지 못했다.

"모든 정황이 학생의 자살을 말해 주고 있습니다. 옥상 안에서만 잠글 수 있는 문과 자필유서만큼 확실한 증거가 없지 않습니까. 상황은 아마 이렇게 된 것일 겁니다. 공부에 지치고 우울증에 빠진 학생이 자살을 결심하고 수업이 끝난 조용한 학원에서 항상 아침에 경비 아저씨가 열어 두는 옥상으로 향합니다. 그러고 아무도 들어오지 못하도록 옥상 문을 잠근 뒤 유서를 남기고 마지막 담배를 피운 뒤 옥상 밖으로 몸을 던진 겁니다. 만약 자살이 아니고 실족사라면 유서가 있는 게 말이 안 되고 옥상 문을 잠근 이유도 설명이 되지 않습니다. 살인이라면 더욱더… 자필유서를 쓸 수 없을뿐더러 옥상에서 학생을 밀쳐 추락시키고 열쇠 없이 옥상을 탈출할 수는 없습니다."

경찰은 물 흐르듯이 단호하게 말했다.

"더군다나 옥상으로 향하는 CCTV를 확인한 결과 그 시간에 오민현 학생 외에는 아무도 출입을 한 사람이 없는 것으로 확인했습니다."

"……."

매구는 더 할 말이 없었다.

"물론 수사를 더 해 보겠지만 만약 자살에 미심쩍은 부분은 생긴다면 그 용의자로는 피해자가 죽기 전에 단둘이 만난 선생님께서 가장 큰 혐의를 받게 된다는 점도 아서야 할 것 같습니다."

경찰은 매구를 진지하게 보았다. 부드러운 눈매이면서도 강렬한 눈초리였다. 매구는 고개를 떨궜다. 그리고는 경찰에게 안 보였으면 하는 마음으로 살짝 위로 경찰을 올려다보았다. 경찰의 가슴팍에 공무원 명찰이 보였다. '경위 박쉬더'라는 이름이 보였다. 젊어 보이는데 경위라니. 아마도 경찰대학을 졸업한 인재일 것이었다. 그때 이런 무거운 분위기를 깬 건 프로페셔널하면서도 가벼운 목소리, 샐리의 목소리였다.

"이게 도대체 무슨 일인가요?"

샐리는 나름 위엄을 갖추려고 노력하는 모습을 보이면서 그들에게로 왔다. 퇴근길에 연락을 받고 돌아오는 길로 보였다. 쉬더는 샐리를 보고 단번에 이 학원 원장임을 알았는지, 아님 나이가 있는 사람이기도 하고 범상치 않은 포스를 보고 대표의 느낌을 받았는지 가볍게 경례를 했다.

"아, 안녕하십니까. 노량진 경찰서 강력계 경위 박쉬더입니다."

쉬더는 신분을 밝혔다.

"학원 원장님 되십니까."

"네, 제가 노호학원 원장 정샐리에요."

샐리는 나름 학원 원장의 위엄을 갖춰 말했다.

"수고 많으십니다. 다름이 아니라 한 학생이 옥상에서 떨어져서 죽는 사건이 발생하였습니다."

쉬더는 도착해서 작성한 사건 서류를 보면서 말했다.

"네, 오면서 개괄적인 내용은 다 보고받았습니다. 듣자 하니 자살

같다고 하던데요?"

샐리는 재빨리 말했다. 매구는 그런 샐리를 처음 보는 사람처럼 쳐다보았다. 마치 감정이라곤 눈곱만치도 없어 보이는 사람 같았다.

"네, 더 수사를 해 봐야 알겠지만 여러 상황을 보건대 공부에 혐오를 느낀 학생이 자살을 선택한 것 같습니다."

쉬더는 말했다.

"그러면, 얼른 수사를 계속 해 주세요. 저희가 도와드릴 수 있는 부분은 모두 돕겠습니다."

샐리는 경찰에게 최대한 협조할 것처럼 말했지만 매구가 듣기에는 귀찮은 일인 양 얼른 사건을 끝내고 싶어 대충 말하는 것 같았다. 마치 예전에도 이런 일들이 있었다는 듯이 대수롭지 않게. 매구는 그런 샐리를 이질적으로 보았다. 매구가 샐리를 그렇게 보고 있을 때 샐리도 매구 쪽으로 고개를 돌렸다. 매구는 살짝 흠칫했다.

"매구 선생, 선생이 최초 목격자라고 했지? 고생 많았어. 욕 봤네. 이제 여기는 우리 행정 직원들한테 맡기고 얼른 퇴근해. 다행히 오늘이 토요일이네. 푹 쉬고 월요일에 수업해야지."

샐리는 매구를 향해 나름 위엄을 갖추려고 웃음기를 쫙 빼고 말했다.

"그렇지만… 저…"

매구는 뜸을 들이면서 쉬더를 쳐다보았다. 샐리의 눈동자도 매구의 시선을 따라 움직였다.

"아, 그렇지. 경위님, 우리 선생님에 대한 조사를 끝내신 거죠? 우리 선생님 퇴근해도 되는 거죠?"

샐리는 매구가 꼭 퇴근해야 된다는 말투로 말했다.

"흠… 네, 몸수색을 비롯해서 기초적인 조사만 하면 될 듯합니다."

그렇게 말하고 쉬더는 알았다는 듯이 고개를 끄덕였다.

"나중에 필요하면 연락을 드리겠으니 오늘은 이만 들어가셔도 됩니다."

"들었지? 얼른 들어가 봐. 매구 선생."

샐리는 매구 옆으로 가서 살짝 매구의 엉덩이를 토닥였다. 보는 외부 눈들이 있어선지 스킨십이 평소보다 약했다.

"응? 당신은 우리 학원 학생이신가요? 학생 분도 들어가 보세요."

샐리는 그제야 같이 있던 슈팅을 발견하고는 말했다.


그렇게 매구와 슈팅은 떠밀리듯 현장을 떠났다. 그때 마침 오민현의 시신은 수습이 끝나고 구급차에 태워지고 있었다. 매구는 차마 그 얼굴을 다시 볼 용기가 나지 않았다. 그리고 구슬프게 '민현아~' 하고 외치며 절규하는 목소리도 같이 들렸다. 아마 오민현의 부모일 것이다. 지금 그들에겐 어떠한 위로도 도움이 될 수 없을 것이었다. 그저 그렇게 울도록 내버려 두는 것이 가장 좋은 위로일 것이었다. 매구도 긴장이 이제 풀린 듯 절로 눈물이 왈칵 쏟아졌다. 매구는 주저앉아 얼굴을 다리 사이에 두고 흑흑댔다. 슈팅은 잠자코 그 옆에 서 있었다.


해가 길었다. 오늘 마지막 수업 후 꽤 많은 시간이 흐른 것 같았지만 아직도 해가 지지 않았다. 매구는 저녁놀을 뒤로하고 걷고 있었다. 옆에는 슈팅이 있었다. 둘은 말없이 걷고만 있었다. 그런 침묵을 슈팅의 한마디가 깼다.

"저도 자살이라고 생각하지 않아요."

조용히 걷고만 있던 슈팅이 매구와 눈도 마주치지 않고 천천히 걸어가면서 말했다.

"네?"

눈물로 얼룩진 매구는 놀라서 그런 슈팅을 쳐다보았다.

"저는 선생님 같은 그런 감이 아니에요."

슈팅은 여전히 앞만 보고 가면서 말했다.

"그 학생, 담배 피는 녀석이라 옥상에서 종종 봤죠. 거의 매일 항상 수업 끝나고 옥상 난간에 서서 밖을 보면서 담배 피는 녀석이에요. 그 학생을 밀어뜨려 죽이려면 그 누구도 할 수 있어요. 그리고… 옥상에 가 봤을 때 그 학생이 마지막으로 핀 담배가… 장초였어요."

"네?"

매구는 무슨 말인지 모르겠다는 듯 말했다.

"담배를 아직 덜 폈다고요."

슈팅은 그제야 매구를 보면서 말했다.

"보통 그 학생이 옥상에 버린 꽁초들을 보면 거의 다 펴서 끝까지 닳은 꽁초들이었어요. 하지만 오늘 옥상에 떨어져 있던 그 학생의 꽁초는 아직 덜 핀 꽁초였어요. 그러니깐 담배를 피던 중간에 누군가에 의해 밀려서 꽁초를 놓쳐 옥상에 팽겨진 채 땅으로 추락을 한 거죠. 자살하려는 사람이 마지막 담배를 하나 물었는데 그것을 평소 습관대로 피지 않는 건 흡연자로서 용납되지 않거든요."

"그럼 왜 아까 아무 말도…"

매구는 그런 슈팅을 원망하듯 말했다.

"저 같은 사람이 말해 봐야 뭐 있겠나요. 제 생각은 중요한 게 아니에요. 경찰, 그들 생각이 중요할 뿐이지."

슈팅은 말했다.

"그리고… 정말 말이 안 되긴 하잖아요. 눈물로 얼룩진 것 같은 자필 유서도 그렇고 거기 누군가 있었다면 그 옥상에서 나가야 하는데 열쇠도 없이 잠그고 옥상을 벗어날 수는 없거든요. 제가 옥상에 가 봤을 때는 아무도 없었어요. 자질구레한 잡동사니들도 있었고 굴뚝도 있었지만 사람이 숨을 곳은 없었어요. 말 그대로 옥상밀실인 거죠."

"굴뚝이라고요?"

매구는 설마 하는 표정으로 말했다.

"이런 바보 같은 아가씨라고… 영화를 너무 많이 보셨나. 한번 옥상에 가 보세요. 굴뚝은 사람이 들어갈 수도, 숨을 수도 없는 구조로 막혀 있고, 만약 들어가더라도 온몸이 더러워져서 나올 때 다 티가 나잖아요. 말도 안 되는 소리에요."

슈팅은 매구의 의문에 딱 잘라 말했다.

\* \* \*

그렇게 한 주가 흘렀다. 옥상은 폐쇄됐다. 매구는 가 보고 싶어도 갈 수 없는 옥상이 되었다. 오민현의 자필 유서는 친필 대조 결과 일치

하여 친필로 확인되었고 다른 특이점도 발견되지 않아 오민현의 죽음
은 자살로 마무리가 되는 듯했다. 특별히 신문에 기사화되지도 않았고
이슈가 되지도 않았다. 그저 사건 발생 후 몇 시간 만에 폴리스 라인은
걷히고 밤사이에 피가 홍건했던 보도블록은 교체하는 것으로 사건은
조용히 막을 내리는 것 같았다. 있던 일이 없던 일이 돼 가고 있었다.
학원의 학생들은 그런 일이 있었는지도 모르는 것처럼 시간은 흘렀다.
매구는 이런 상황을 견딜 수가 없었다. 많이 본 건 아니지만 자신의 학
생이 죽고 그 죽은 학생에 대해 아무렇지도 않아하는 이 학원의 모습
을. 매구는 특별반 수업을 그만해야겠다고 생각했다. 아니, 학원 일을
그만둬야겠다고 생각했다.


"뭐? 매구 선생, 그만두겠다고? 저번 주 자살한 학생 때문에 그러는
거야?"

샐리가 의뭉스럽게 매구를 보면서 말했다.

"…네, 원장님. 아무래도 힘들 것 같습니다. 죄송합니다."

매구는 고개를 숙였다.

"매구 선생, 생각보다 유리멘탈이네."

샐리는 퉁명스럽게 말했다.

"겨우 이런 것도 못 버티면 나중에 뭐 제대로 할는지 모르겠네."

"……."

매구는 두 손을 모은 채 고개를 숙였다.

"의사 될 거 아니야? 의사 되면 죽는 사람도 많이 볼 텐데 이런 것에

놀라면 되겠어?"

샐리는 혀를 차듯 말했다. 매구는 그저 조용히 있었다.

"휴~ 알았어. 나도 싫다는 사람 계속 억지로 데리고 있을 생각 없으니깐. 그럼 특별반 수업은 오늘까지만 하고 이번 달 수강생들 있으니깐 이번 달까지는 힘들어도 좀 해 줘."

샐리는 자기 할 말만 마치고는 매구를 쳐다보지도 않았다.

"…이해해 주셔서 감사합니다… 그럼…"

매구는 꾸벅 인사를 하고 조심히 원장실 밖을 나갔다. 문이 닫히는 소리가 들리자 서류를 쓰는 척하고 있던 샐리는 고개를 들어 매구가 나간 문을 바라보았다.

"좋은 돈줄이었는데 아깝네."

샐리는 혼잣말로 중얼거렸다.


매구는 특별반 수업에 들어갔다. 그러지 않아도 적은 인원인데 한 명 빠진 게 크게 느껴졌다. 매구는 오민현의 빈자리에 놓인 국화꽃을 멀거니 바라만 봤다. 오민현이 죽은 지 일주일이 지났지만 바로 어제 일인 양 생생했다.

"선생님, 수업 안 하세요?"

이은형이 멍하게 있는 매구를 깨웠다.

"어? 어… 그래… 미안하다, 얘들아."

매구는 자신만을 보고 있는 다섯 학생들을 봤다. 다섯 학생들의 분위기도 미묘하게 달라져 보였다. 아니, 겉보기에도 다섯 학생들은 무언가 상처를 입고 있었다. 김일구는 다리를 다쳤는지 오른쪽 다리에 깁스를 하고 책상에 목발을 기대어 놨고, 이은형은 눈병이 났는지 오른쪽 눈에 안대를 하고 있었다. 성삼동은 누구와 싸웠는지 얼굴에 긁히고 멍든 상처가 가득했다. 대일 밴드가 덕지덕지 붙어 있었다. 그리고 박사철은 뱅글이 안경을 바꿨는지 이미지가 달라 보였다. 마지막 육영희는 손에 붕대를 감고 있었다. 힘들게 연필을 쥐는 모습이 안쓰러웠다. 그렇게 이 수업을 어떻게 시작할까 고민하고 있던 찰나 성삼동의 음성이 들렸다.

"선생님, 죽은 오민현 때문에 그러세요?"

성삼동이 대수롭지 않게 말했다. 매구는 잠깐 놀랐다. 마치 부르면 안 되는 이름을 들은 것처럼.

"선생님, 오민현이 죽을 때 옆에 있으셨다고 들었습니다."

박사철이 기계적으로 말했다. 매구는 흠칫했다.

"선생님 의대생이라며요. 근데 못 살리셨네요?"

육영희가 말했는데 마치 조롱하는 것처럼 들렸다. 매구는 울컥했다.

"우리보고 의사 되면 사람 살리는 일을 할 수 있다고 했으면서…"

김일구가 소심하게 말했다. 매구는 답답한 심정으로 심장이 두근두근댔다.

"얘들아, 지금은 그런 게 중요한 게 아니야. 친구가."

매구는 이 말을 해 놓고 후회했다. 분명 이 학생들은 오민현을 친구로 생각하고 있지 않을 것이라.

"아니, 주위 사람이 하늘나라로 갔는데 말을 그렇게 함부로 하면 안 된단다."

매구는 교실을 뛰쳐나가고 싶었다.


수업은 어떻게 진행됐는지도 모르게 지나갔다. 무슨 말을 했는지도 몰랐다. 하지만 대부분의 일은 시간이 해결해 준다. 이 힘든 수업도 시간이 지나면서 끝났다. 매구는 마지막 말을 했다.

"여러분, 저는 오늘이 마지막 수업이 됐어요. 여러분과 함께한 시간 동안 선생님도 많은 것을 배운 것 같아요. 선생님 건강이 안 좋아져서 이렇게 그만하게 되었지만 여러분들은 언제나 열심히 하면서 꿈을 이루리라 믿어요."

매구는 이렇게 말하고 도망치듯 교실을 나왔다. 매구는 이 무서운 교실을 탈출했다고 생각했다. 그런데 이은형이 쫄래쫄래 따라 나왔다.

"선생님! 이거 드세요. 원플러스원이에요!"

이은형은 환하게 웃으면서 비싼 별벌레병 커피 한 개를 매구에게 내밀면서 말했다.

"응… 고마워."

매구는 한 아름 책을 안고 있는 상태에서 조심히 떨어뜨리지 않게 병 커피를 받아들었다.

"눈은 괜찮아?"

매구는 흔들리는 짐들을 바로 잡으면서 말했다.

"누가 의사될 사람 아니랄까 봐~ 별 거 아니에요~ 사실 얼마 전에 전체 고등학교 남자애들이랑 미팅했거든요~"

이은형은 매구에게 가까이로 와서 속삭이면서 말했다.

"그때 렌즈 꼈는데 렌즈를 하도 오래 끼다 보니 눈이 벌게지더라니깐요~"

이은형은 정말 별 거 아니라는 듯 편안하게 말했다.

"하하하… 은형이는 공부도 잘하면서 할 건 다 하는 구나."

"치… 그러면 뭐해요. 남자친구도 못 만들었는데."

이은형은 아쉽다는 표정을 지었다.

"선생님 너무 아쉬워요~ 선생님 수업이 제일 재밌었는데! 남자친구 얘기도 해 주고! 세상 사는 이야기도 해 주셔서 재밌었어요!"

이은형은 해맑게 웃었다. 매구는 이은형이 참 표정이 풍부한 학생이라고 생각했다. 매구는 살짝 미소를 지었다.

"그래, 나도 은형이가 밝게 대해 줘서 내 얘기를 잘 할 수 있었던 것 같아."

매구는 그래도 마지막까지 기분 좋게 해 주는 이은형에게 고마움을 느꼈다.

"선생님… 우리 반 애들이 너무하죠?"

이은형은 걱정 어린 표정으로 말했다.

"저도 그렇긴 하지만 애들이 철이 없어도 너무 없죠? 하하… 맨날 집에서도 아빠한테 공부, 아! 참고로 저 아빠밖에 없어요. 이혼하서 가지고, 학교에서도 선생님께 공부, 학원에서도 공부, 공부, 공부… 하루 종일 공부 얘기만 듣고 공부밖에 할 줄 몰라서 그래요. 공부 때문에 울고 웃고, 스트레스 받고 노이로제 걸리고… 사실 저도 공부 스트레스 때문에 불면증이 심해서 수면제를 먹고 있거든요. 선생님께서 이해해 주셨으면 좋겠어요."

매구는 좀 놀랐다. 이 학생이 그런 분위기를 인지하고 있는 것뿐만 아니라 수면제를 먹을 정도로 스트레스를 받고 있음을 전혀 느끼지 못했기 때문이었다. 축축한 분위기에서도 마냥 해맑은 학생이라고만 생각했었다. 매구의 놀란 표정을 보고 나서 이은형은 말을 이었다.

"처음부터 선생님 만나서 이렇게 사는 얘기 많이 들었으면 우리 반 분위기가 많이 달라졌을 텐데…"

이은형은 혼잣말처럼 중얼거렸다.

"아니야… 은형아… 너뿐만 아니라 반 친구들 모두 열심히 잘하고 있어. 선생님 멘탈이 약해서 그래."

매구는 순간 샐리가 자신보고 멘탈이 약하다고 한 게 떠올랐다.

"에이, 선생님, 마음에도 없는 소리하지 마세요. 거짓말 못 하는 선생님 얼굴에 다 쓰여 있는데요 뭐. 우리 반 이상한 반이라고."

이은형은 장난스럽게 말했다.

"하하… 그러니? 정말인데… 좀 인간미들만 더 느껴졌으면 좋겠지만. 나만의 바람이지 뭐."

매구가 쭈뼛거렸다.

"그리고 이제 선생님 그만두니까 언니라고 불러도 돼."

매구는 고백하듯 얼굴이 조금 붉어졌다.

"와~! 정말요? 좋아요, 좋아!"

이은형은 어린 아이처럼 신나 했다. 매구는 그걸 보며 별 말도 아닌데 되게 좋아한다고 생각했다.

"공부하다가 생각나면 문자하고. 모르는 문제도 알려 줄 수 있을 거야."

"피~ 저 모르는 문제 없는 걸요? 이래 봬도 크리스트 고등학교 전교 2등이라구요!"

이은형은 윙크를 하면서 손가락을 브이자로 그렸다. 매구는 귀엽다고 생각했다.

"그래, 그래. 내년에 꼭 의대 가서 의대 얘기 같이 많이 하자. 서울 의대 가서 나 기 좀 눌러 주고."

매구도 농담조로 말했다. 이은형의 밝은 모습에 조금은 누그러진 듯했다.

"의대 못 가더라도 꼭 멋진 남자친구 만들어서 선생님한테 연락드릴게요!"

이은형의 굳은 결심을 하는 표정을 지으며 말했다. 그때 이은형의 주머니에서 알람 소리가 들렸다. 이은형은 인상을 찌푸리며 주머니에서 핸드폰을 꺼냈다.

"어? 시간이 벌써 이렇게 됐네. 선생님 저 이만 학원 자습실 가 볼게요. 공부할 시간이네요. 분명 또 뭐하냐고 지겨운 우리 아빠한테 공부하라고 전화 올 거예요. 이따가 어차피 학원에서 볼 거면서. 피!"

이은형은 한참 매구와 이야기하느라 재밌었는데 김샜다는 표정으로 말했다.

"다음에 봐요!"

이은형은 손을 세차게 흔들면서 뒤돌아섰다.

매구도 멀어져 가는 이은형을 보면서 천천히 손을 흔들었다. 매구는 이 특별반 학생들과 수업을 더 해 봐야 했나 하며 수업을 피한 자신이 잘못한 것 같다는 생각이 들었다.

"어, 오답 노트가 없네?"

저 멀리서 가방을 뒤적이고 있던 이은형의 혼잣말이 작게 들렸다. 매구는 순간 불안감이 엄습했다. 이미 이은형은 저 멀리로 사라지고 있었다.

* * *

"뭐야, 별 일 아니었잖아? 지금 몇 시지? 열두 시네, 새벽 한 시까지만 공부해야지."

이은형은 홀로 학원 자습실 자신의 자리에서 고쳐 앉으면서 혼잣말을 했다. 그리고는 옆에 놓인 커피를 마셨다. 잠시 후…

"으… 응? 커피 마셨는데도… 수면제 먹지도 않았는데 왜 이렇게 졸리… 지…"

이은형은 그렇게 말하고 엎드려 잠에 들었다. 잠시 후 누군가 들어오는 인기척이 들렸다. 이은형의 뒤에 선 그는 밧줄을 갖고 있었다.

* * *

다음 날 아침, 매구는 학원에 출근했다. 노량진은 아침에도 좋은 자리를 맡기 위해 일찍 온 학생들로 복잡했다. 그런데 학원 앞에 경찰차가 있었다. 매구는 뭔가 불안한 느낌을 받았다. 매구는 빠른 걸음으로 학원으로 들어갔다. 학원으로 들어가니 가장 먼저 한 중년 남성이 통곡을 하는 소리가 1층 로비에까지 들렸다. 매구는 심상치 않은 기운을 느꼈다. 매구는 사람들이 많이 모여 있는 학원 자습실 쪽으로 갔다. 학원 자습실 앞에는 폴리스라인이 쳐 있었다. 경찰들은 분주히 왔다 갔다 하고 있었고 주위에는 학생 및 직원들이 삼삼오오 모여 걱정스런 말들을 뱉고 있었다. 그리고 한 중년 남성이 주저앉아 꺼이꺼이 울고 있었다.

"무슨 일이에요?"

매구는 옆에 있는 학원 선생님인 듯한 사람에게 물었다.

"학생이 자살을 했대요. 자습실에서 목을 매서. 이은형이라는 공부 잘하는 학생인데…"

매구는 그 소리를 듣자마자 풀썩 주저앉았다. 어제부터 이어져 온 불안감이 완성되는 순간이었다.


"어제도 이은형 학생이 가장 마지막에 대화를 나눈 사람이 선생님 이시더라구요."

경찰관 쉬더는 수첩에 필기를 하면서 말했다. 조사가 이뤄지고 있는 교무실에는 원장인 샐리를 비롯해 희라도 있었고, 그 외 학원 선생님들도 몇몇 있었다.

"네… 아마도요…"

매구는 덜덜 떨렸다.

"그때 이은형 학생에게서 이상한 점은 못 느끼셨나요? 예를 들어 자살 징후 같은 거라던가…"

쉬더는 이은형의 자살이라고 추측되는 현장 사진을 매구에게 보여주면서 말했다. 몇 장의 사진에는 깔끔한 책상에 눈물을 흘린 듯 얼룩진 유서가 놓여 있는 사진과 천장에 밧줄을 매달아 목에 건 새파래진 은형의 모습이 있었다. 매구는 제대로 보지 못하고 눈을 질끈 감았다.

"은형이는 자살할 애가 아니에요."

매구는 고개를 숙인 채 부르르 떨었다.

"또 그 소리시군요."

무표정으로 차분하게 있던 쉬더에게서 피식 하는 웃음이 새어 나왔다. 매구는 그런 쉬더를 흘겨보았다. 쉬더도 자신이 실수를 했다고 생각했는지 헛기침을 했다.

"흠… 흠… 아무튼 물론 더 조사를 해 봐야 알겠지만 정황상 자살이 확실합니다. 자습실 책상에는 자필 유서가 발견되었습니다. 역시 유서를 쓰면서 울었는지 유서에는 얼룩이 져 있었습니다. 그리고 사인은 교사에 의한 질식사입니다. 목을 매달 때 나타나는 한쪽으로 쏠린 끈 자국, 삭흔이 발견되었습니다. 사건은 이렇게 된 것일 겁니다. 역시 평소에 수면제를 먹을 정도로 공부에 대한 스트레스가 심했던 이은형 학생은 더 이상 한계를 느껴서 자살을 결심합니다. 그리고 평소 홀로 자습실에서 새벽까지 공부했던 이은형 학생은 조용한 시간에 유서를 남기고 자습실 천장에 목을 매단 겁니다."

쉬더는 확신에 찬 모습으로 말했다.

"네, 알겠어요. 고생 많으셨어요. 경위님, 저희들이 협조할 수 있는 부분들에선 최선을 다할 테니까 얼른 정리해 주셨으면 감사하겠어요."

샐리는 다리를 꼰 채 마치 관심 없다는 듯한 말투도 말했다. 매구는 그런 샐리를 보고 조용히 고개를 저었다.

"네, 감사합니다. 선생님들과 학생에게 몇 가지 질문만 하면 될 것 같습니다."

쉬더는 잘 협조해 주겠다는 샐리에게 고마움의 경례를 하면서 말했다.

"먼저, 담당 선생님이신 박희라 선생님."

"교수에요."

샐리가 옆에서 도도하게 말했다.

"아, 네. 박희라 교수님."

쉬더가 정정했다.

"네."

희라는 살짝 상기된 표정이었지만 차분하게 대답했다.

"지도 교수님으로서 이은형 학생에 대해 어떻게 생각하셨나요?"

쉬더는 차분하게 질문했다.

"음… 어… 이은형 학생은 겉으로 보기에는 밝은 학생이긴 했지만 내면으로는 어려움을 겪고 있는 학생이었어요… 이혼한 한 부모 가정에서 새벽에 쓰레기 수거를 하는 아버지하고만 살아서 제대로 된 교육을 받지 못하고…"

희라는 평소답지 않게 말을 조금씩 더듬었다.

"우울증도 심해서 잠을 못 자 수면제를 복용할 정도로…"

순간 매구는 희라의 말을 끊었다.

"교수님, 지금 무슨 말씀을 하시는 거예요? 은형이는 그런 학생이 아니라는 거 교수님이 제일 잘 아시잖아요? 교수님은 괜찮으세요? 학생들이 이렇게 죽어 나가는데도요?"

매구는 희라를 원망하는 눈빛으로 보며 말했다. 매구의 초롱초롱한 눈망울이 금방이라도 울음을 터트릴 것만 같았다. 희라는 그런 매구를 보고 당황했다.

"매구 선생! 지금 교수님한테 무슨 말버릇인가!"

샐리가 매구에게 소리쳤다. 샐리의 꾸짖음에 매구는 터져 나오려는 눈물을 삼켰다.

"죄… 죄송합니다. 저는 이만 나가 보겠습니다."

매구는 눈물이 나는 것을 숨기려는 듯 고개를 먼저 휙 돌리고 교무실을 나갔다. 하지만 매구가 고개를 돌릴 때 눈물이 스치웠다. 희라는 멍하게 매구가 나간 자리를 바라보았다.

"미안합니다. 경위님, 저희 나매구 선생은 아직 들어온 지 얼마 되지 않아서 사회생활 경험이 적거든요."

샐리는 도도하게 경찰 쉬더에게 사과를 했다. 쉬더는 괜찮다는 듯 경례를 했다.


"자, 이거…"

슈팅은 쪼그리고 눈물을 감추고 있는 매구의 옆으로 와서 매구를 쳐다보지도 않고 손만 내밀어 손수건을 건네며 말했다.

"가… 감사합니다."

매구는 훌쩍거리면서 슈팅의 손수건을 받았다. 매구는 손수건으로 눈물을 톡톡 닦고는 코를 팽 하고 풀었다. 슈팅은 흠칫했다.

'아… 이 여자 뭐야. 손수건 닥스 건데.'

슈팅은 손수건을 고이 접고 있는 매구를 흘겼다.

"범인은 그 성적 좋은 반 나머지 네 명 중에 있어요."

슈팅은 손수건에 시선을 두면서 말했다.

"네?"

매구는 눈물, 콧물로 얼룩져서 벌게진 얼굴로 슈팅을 보면서 말했다.

"그 학생은 매일 항상 제일 늦게까지 학원에 남아서 공부하던 학생이에요. 저도 공부하느라 학원에 오랫동안 남아 본 적이 있어서 잘 알죠."

슈팅은 그제야 매구를 보면서 말했다. 슈팅은 매구에게 손을 내밀었다. 매구는 잠시 그런 슈팅의 얼굴과 슈팅의 손을 바라보다가 슈팅의 손을 잡고 일어섰다. 슈팅은 깜짝 놀라 황급히 손을 뺐다. 매구는 균형을 잃고 휘청거렸다. 매구는 그런 슈팅을 흘겼다.

"아… 손수건 달라고요."

슈팅은 헛기침을 하며 말했다. 슈팅의 얼굴은 처음으로 새빨갛게 붉어졌다.

"아… 네네…"

매구도 멋쩍은 표정을 지으며 코를 푼 손수건을 그대로 슈팅에게 주었다. 슈팅은 마치 징그러운 물건이라도 되는 양 손가락 두 개를 이

용해서 거우 손수건을 챙겼다. 물컹한 감각이 느껴졌다.

"그래서 그 학생의 생활 습관을 알고 있는 사람은 언제나 기회가 있었던 거죠."

슈팅은 매구를 보면서 말했다.

"사실 아무도 신경을 쓰지 않는 것 같지만 어젯밤 열두 시쯤 화재경보기가 울렸어요. 제가 그때 학원에 있어서 잘 알죠."

슈팅은 차마 학원에서 공부하려고 남았지만 너무 졸려서 엎드려 자고 있다가 화재경보기에 깼단 말은 하지 못했다.

"화재경보기가요?"

매구의 울음이 그쳐 가고 있었다.

"네, 그때 몇 안 되는 학생들이긴 했지만 밖으로 나왔어요. 그 이은형이라는 학생을 포함해서요. 아참, 그 네 명의 학생들도 나왔어요. 모두 이은형 학생보다 조금씩 늦게 나온 것 같지만. 그 시간이 오 분 안팎이었을 거예요. 그러다 경비 아저씨가 잘못 울린 거라고 하자 다시 다 들어갔어요."

슈팅은 핸드폰 시계를 보면서 말했다.

"그렇다면…"

매구는 슈팅의 말을 집중해서 들었다.

"아마도 범인이 화재경보기를 울려 이은형 학생을 밖으로 유인한 뒤 그 사이에 이은형 학생이 있는 자습실에 가서 자살로 위장할 수 있게끔 무슨 수법을 썼을 거예요."

"범인이 이은형 학생이 있는 자습실에 들어갔다고요?"

매구는 조금 소리가 높아져서 말했다. 슈팅은 무슨 호들갑이래하는 표정으로 고개를 살짝 끄덕였다.

"그럼 CCTV가 있잖아요. 은형이 자습실로 들어가는 CCTV요! 한번 가 봐요!"

매구는 슈팅의 손목을 잡고 끌었다. 슈팅은 얼굴이 다시 붉어졌다. 슈팅은 마지못해 끌려갔다.


"네? 자습실 복도 영상자료가 없어요?"

매구는 아쉬움에 다시 한번 물었다.

"그렇다니께. 며칠 전 고장이 났더라고. 사람 불렀는데 여태껏 안 고쳐 주더라고. 이게 한꺼번에 다~ 고장 나야지 바꿔 주려나."

경비는 툴툴거리며 말했다.

"그럼… 다른 CCTV 볼 수 있을까요?"

매구는 적극적으로 말했다. 슈팅은 건질 것 없을 것 같다는 듯 한 발짝 물러서 있었다.

"알았소. 여기 각 층마다 복도에 설치된 CCTV요. 우리 젊은 선생이 경찰보다 열심이시구먼."

경비는 기특한 눈길로 매구를 봤다. 매구는 아랑곳하지 않고 초롱초롱한 눈망울에 불을 켜고 CCTV영상을 봤다. 복도를 오가는 사람, 복도에 설치된 쓰레기통에 쓰레기를 버리는 사람, 핸드폰을 보는 사람, 이야기를 하는 사람 등 매구는 두 시간여 동안 눈이 빠지도록 CCTV를 보았지만 특별히 눈에 띄는 점은 건질 수 없었다. 특별반의 그 네 명의 학생도 조금씩 모습을 보였지만 특별히 이상한 점은 느끼지 못했다.

"끝이라네."

경비는 영상 비디오를 멈추면서 말했다. 매구는 한숨을 푹 쉬었다. 고개를 돌려 슈팅을 보았다. 슈팅은 손을 턱에 괴고 있다가 매구가 뒤돌아 자신을 보자 잘 모르겠다는 듯 으쓱하는 몸짓을 보였다.

"감사합니다. 아저씨. 저희는 이만 가 볼게요. 그럼 고생하세요."

매구는 경비에게 꾸벅 인사를 했다.

"그랴~ 뭐 좋은 소식 있으면 얘기해 줘."

경비는 둘에게 잘 가라고 인사를 했다.


"고마워요. 제 생각에 동의를 해 주셔서요."

매구와 슈팅은 학원 바로 옆 건물 1층 김밥분식집에 와서 밥을 먹고 있었다.

"아니에요. 저도 그렇게 생각해서인데요 뭘."

슈팅은 퉁명스러운 척 말했다.

"꼭 범인을 밝혀서 어떤 이유가 됐던 간에 친구를 죽인 학생을, 잘못된 교육으로 잘못된 가치관을 가진 학생에게 도움을 주고 싶어요."

매구는 범인이 불쌍하다는 표정을 지으며 말했다. 슈팅은 속으로 무슨 헛소리냐고 생각했다. 살인자는 그냥 이유 불문하고 감방에 넣고 평생 썩히는 게 답이라고 생각하는 슈팅이었다.

"자필 유서는 대충 알 것 같긴 한데… 그런데 정말 민현이 땐 어떻게 빠져나갔을까요? 옥상으로 올라가는 계단 CCTV에도 찍힌 건 민현이 밖에 없었다는데…"

매구는 골똘히 생각하면서 말했다.

"혹시 옥상에서 떨어진 게 아닌 건 아닐까요? 떨어지는 장소를 보진 못했잖아요. 혹시 그 아래층이라든가…"

"그건 아닐 거예요. 떨어지고 나서 선생님이 학생한테 응급처치를 하고 있을 때 제가 학생이 떨어진 학원 건물을 봤거든요. 창문이 모두 닫혀 있었어요. 그리고 CCTV에도 옥상으로 올라가는 학생이 찍혔을 뿐만 아니라 옥상에 있던 담배꽁초도 학생의 것으로 밝혀졌잖아요."

슈팅은 하나하나 조목조목 설명했다.

"아참… 그렇구나… 저 참 바보네요."

매구는 자신의 머리를 콩콩 두들겼다.

"그러고 보니 되게 경찰 같으세요. 경찰 잘 어울리는 것 같아요."

매구는 슈팅을 향해 살짝 미소를 지었지만 여전히 수심이 가득한 모습이었다.

"가… 감사합니다. 열심히 해야죠."

슈팅은 뜬금없는 매구의 칭찬에 당황스러우면서도 기분이 좋았다.

"경찰 하시면 정말 잘하실 것 같아요. 경찰 되려면 시험과목에 어떤 게 있어요?"

매구 정말로 궁금한 듯했다.

"음… 이론 시험은 국사, 형사법, 경찰학, 범죄학이 있고 영어도 있긴 한데 공인 시험으로 대체하는 거라… 그리고 체력 시험은 100m 달리기, 1,000m 달리기, 윗몸일으키기, 좌우 악력, 팔굽혀펴기가 있어요."

슈팅은 갑자기 뜬금없는 질문을 하는 매구가 처음으로 귀엽다고 생각했다.

"우와… 체력 정말 좋으시겠네요."

매구는 대단하다는 표정을 지었다.

"그렇죠… 저 전에는 소방공무원 준비했었는데 그것도 체력 종목 많아서 악력, 배근력, 앉아 윗몸 앞으로 굽히기, 제자리 멀리뛰기, 왕복 오래달리기 등…"

슈팅은 매구의 칭찬에 괜히 으쓱해진 듯 TMI를 쏟아냈다.

"와… 소방공무원도 잘 어울리시네요. 119 구조대처럼…"

매구는 눈웃음을 지으며 말했다. 그러다 매구는 슈팅의 말을 곱씹는 듯 말을 멈췄다. 슈팅은 잠자코 생각에 잠기는 매구의 표정을 바라보았다.

"어? 만약… 그거라면…"

매구는 순간 뭔가 뇌리를 스친 듯 그러지 않아도 초롱초롱한 눈망울이 더 밝아졌다.

"저, 자… 잠깐만요. 저 먼저 학원에 다시 가 볼게요."

매구는 밥을 먹던 숟가락을 내려놓으며 자리에서 일어났다. 그러고는 슈팅을 향해 꾸벅 90도 인사를 하고 돌아서서 밖으로 달려 나갔다. 슈팅은 그런 매구를 의아하게 바라만 보았다.

밖에는 어느덧 노량진에 노을이 물들고 있었다.

"경비 아저씨… 아… 안녕하세요… 하아… 하아… 저 혹시 옥상 열쇠 좀 잠시 빌려 주실 수 있나요?"

매구는 허겁지겁 달려오더니 숨도 채 고르지 않고 경비에게 말했다.

"허~ 참~ 젊은 선생이 다짜고짜 와서는… 원장님이 옥상 폐쇄하겠다고 열쇠 주지 말라고 했는데…"

경비는 난처하다는 듯 말했다.

"좋은 소식을 들려드릴 수 있을 것 같아요!"

매구는 약간 상기된 채 말했다.

"알았어, 알았어. 여기 있네 그랴. 젊은 예쁜 선생님."

경비는 못 이기는 척 열쇠를 매구에게 주었다.

"감사합니다!"

매구는 열쇠를 받아들고는 단숨에 옥상으로 올라갔다.

매구는 옥상 열쇠구멍에 열쇠를 넣고는 열쇠를 돌렸다. 철컹하는 소리가 들렸다. 매구는 옥상 문을 열었다. 끼익 하는 소리가 들리며 옥상의 전경이 한눈에 보였다. 원래는 회색빛의 콘크리트였을 옥상 바닥은 노을빛에 반사되어 붉게 물들어 보였다. 마치 오민현의 피가 물든 것처럼. 매구는 조심스럽게 오민현이 떨어졌을 것으로 예상되는 난간에 섰다. 처음으로 와 보는 살인의 현장이었다. 옥상 난간의 낮은 모양새가 누군가 밀면 금방이라도 밖으로 떨어져 버릴 것만 같이 아찔했다. 8층 정도 높이의 옥상에서 난간 아래 인도는 오민현이 흘린 피가 묻은 보도블록을 교체한 티가 확연히 났다. 그렇지만 사람들은 아는지 모르는지 신경을 쓰지 않고 그 보도블록을 밟으며 자신의 갈 길만을 가고 있었다. 그리고 인도 밖으로는 폭이 좁은 왕복 6차선 도로에 버스, 자가용 등의 차들이 섬세하게 느린 속도로 다니고 있었고, 도로 맞은편으로 노호학원의 라이벌 학원이라고 할 수 있는 푸름학원이 있었고 그 양옆으로도 비슷비슷한 건물들이 보이지 않을 때까지 빽빽이 늘어서 있었다. 매구는 옥상을 한 바퀴 돌아보았다.

'그래… 여기라면…'

매구는 울컥했다.


'그런데… 증거가 없어. 그 증거가 가장 좋았겠지만 벌써 일주일이나 흘러 버려서 아마 찾을 수 없을 거야. 그렇다면… 오늘 은형이한테서 찾아야 하는데… 그리고 보니 그때 은형이는… 가만… 가만…'

옥상에서 내려 온 매구는 학원에서 나와 옆 건물 김밥분식으로 향하면서 걷고 있었다. 그때 매구의 귀에 혼잣말을 하는 사람의 목소리가 들렸다.

"에휴~ 쓰레기 수거 일 못 해 가지고 돈 못 받겠네. 짜증난다."

혼잣말을 하는 그 사람은 이 년째 공시 생활을 하고 있는 노량진 나와바리 쉬유였다. 쉬유는 툴툴거리며 김밥분식이 있는 건물로 향하고 있었다. 쉬유는 그 건물 5층에 있는 피시방에 가려고 하는 중이었다. 매구는 그런 쉬유를 보고 얼른 쉬유를 붙잡았다.

"저… 갑자기 이렇게 말 걸어서 죄송한데 쓰레기 수거를 못했다니요?"

매구는 맑은 눈망울을 크게 뜨며 말했다. 쉬유는 깜짝 놀랐다. 컴퓨터에서만 보던, 자신이 지금 일하는 이유인 예쁘고 귀여운 나매구 선생님이 바로 눈앞에 나타나 먼저 말을 걸었기 때문이었다.

"어… 저저저저…"

쉬유는 떨리는 목소리로 말을 잇지 못했다.

"죄송해요. 갑자기 놀라셨죠? 저는 여기 학원 강사 나매구라고 합니다."

매구는 죄송하다며 꾸벅 인사를 했다.

"제가 급한 나머지 결례를 범했네요."

"아… 알고 있어요… 무슨 물어보실 거라도…"

쉬유는 소심한 목소리로 말했다.

"다름이 아니라 오늘 쓰레기 수거를 못 하셨다고요?"

매구는 물었다.

"아, 네… 제가 밤 열두 시부터 노량진동 쓰레기 수거 알바를 하는데 어제 사수인 이부길 아저씨가 갑자기 급한 일이 생겼다고 근무를 빵구 내는 바람에 쓰레기 수거를 못 했거든요. 참, 일하는 것보다 급한 일은 도대체 뭔지… 저는 아직 혼자 못하고 사수가 필요해서… 그래서 일당을 못 받아 아쉬운 마음에…"

쉬유는 여전히 소심했다.

"정말요? 그럼 오늘 새벽, 그러니까 어제 밤 저희 노호학원 쓰레기도 수거 못 하신 거예요?"

매구는 원하는 답이 나오길 기도했다.

"네… 못 했죠… 여기는 새벽 세 시쯤 도는 데거든요…"

쉬유는 웅얼거렸다.

"와!"

매구는 자기도 모르게 탄성을 질렀다. 쉬유는 그런 매구를 이상하게 바라보았다.

"아… 죄송해요. 저도 모르게…"

매구는 민망한지 머리를 긁적였다.

"그러면, 저 부탁 한 개만 해도 될까요?"

매구는 자신의 필살기인 남을 스르르 녹게 만드는 엄청나게 귀엽고 예쁜 미소를 보이면서 말했다.

"그리 어렵지 않은 부탁이에요!"

매구는 눈웃음을 간직한 채 쉬유에게 소곤소곤 말했다. 쉬유는 듣고는 생각했다. 노호학원 그 큰 건물에서 나온 엄청난 양의 쓰레기를 뒤지는 게 뭐가 어렵지 않은 일이냐고.

* * *

오늘도 어김없이 노량진에 밤이 찾아왔다. 노량진의 야경도 여느 번화가 못지않게 아름다운 불빛으로 빛나고 있었다. 꺼진 곳이 많았지만 군데군데 불이 켜진 노호학원 강의실 겸 자습실들은 노량진의 아름다운 야경의 한 축을 담당하고 있었다. 시선을 좁혀 불이 밝혀진 자습실 가까이로 가 보니 자습실 안에는 입시생 및 공시생들의 알 수 없는 긴장감이 느껴졌다. 매구는 그 몇몇의 자습실 중 하나로 향하고 있었다.

'똑똑똑…' 매구는 노크를 했다. 노크 소리에서 긴장감이 느껴졌다. 매구는 자습실에 있는 사람의 답을 듣지 않고 천천히 자습실 문을 열었다. 끼익 소리가 들리며 자습실이 열렸다. 자습실은 낮 동안에는 강의실로 운영되는지 앞에 하얀 칠판과 나무로 된 교탁이 있었고 자리는 열 자리 안팎으로 아늑한 공간이었다. 그 열댓 자리 중 불규칙한 어느 구석 한 자리에는 한 학생이 공부를 하고 있었다. 그는 매구의 인기척에 자리를 고쳐 앉는 반응을 했다.

"공부는 잘되고 있어?"

매구는 자습실 앞 교탁으로 가서 말했다. 매구는 긴장했는지 심장이 점점 빠르게 뛰기 시작했다. 학생의 시선은 매구의 움직임에 따라 움직였다.

"선생님이 어쩐 일이세요? 그만두신다고 했잖아요."

앉아 있는 학생은 교탁에 서 있는 매구를 올려다보면서 퉁명스럽게 말했다.

"그랬지. 그런데 선생으로서 친구 둘을 죽였는데도 불구하고 한 올의 죄책감도 갖지 못하는 불쌍한 학생에게 교육을 해 줘야 한다는 마음에 차마 아직 그만둘 수 없겠더라고."

매구는 자습실 교탁에서 천천히 앉아 있는 학생 쪽으로 다가가면서 말했다.

"…누구보고 말씀하시는 거예요?"

학생은 잠시 멀거니 매구를 본 뒤 지금 매구가 무슨 헛소리를 하고 있느냐는 듯한 표정을 지으며 말했다.

"그거야 뭐… 친구를 죽인 범인이 가장 잘 알겠지."

매구는 이 학생이 두렵고 무서워 떨려 왔지만 겉으로 보기에는 최대한 담담하게 말했다.

"나 참… 지금 공부하는 학생 방해하는 돌팔이 선생 되지 말고 어서 나가세요."

학생은 귀찮다는 듯이 말했다.

"그럴 순 없어. 지금은 자율학습 시간이 아니라 내 수업 시간이거든. 원장님 확인이 들어간 이 시간표를 보렴."

매구는 그러면서 시간표를 좌악 폈다. 특별반 시간표였다. 자율 학습이라고 써져 있어야 할 칸에 '특강 : 나매구 선생'이라고 적혀 있었다. 정샐리 원장의 결재서명과 함께.

"참 나… 지금 장난치세요?"

학생은 짜증을 냈다.

"할 일이 그렇게도 없어요?"

"잘 보렴. 원장님 서명을. 뭔가 친숙하지 않니?"

매구는 정샐리 원장의 서명을 손가락으로 가리켰다. 매구가 들고 온 시간표의 서명은 정샐리 원장의 서명과 거의 비슷했지만 글씨체가 흔들리는 게 누가 따라 쓴 듯한 느낌을 주었다. 학생은 불편한 것을 보는 듯 보는 둥 마는 둥 했다.

"이건 범인이 은형이와 민현이의 가짜 유서를 썼던 방법과 같은 거거든."

학생은 흠칫했다.

"뭐라구요? 가짜 유서라니요? 걔들은 친필 유서를 쓰고 자살한 거잖아요."

학생은 어이가 없다는 표정으로 말했다.

"오답노트…"

매구는 긴장되는 이 상황에 대한 느낌과 죽은 학생들에 대한 생각이 겹쳐 복합적인 감정에 울컥했지만 그 감정을 학생에게 보이지 않기 위해 눈을 내리깔았다.

"네?"

학생은 놀란 표정을 지었다.

"오답노트라면 할 수 있어."

매구는 여전히 눈을 내리깐 상태에서 말했다.

"오답노트를 이용하면 살인이 자살처럼 보이게 친필 유서를 흉내낼 수 있다고."

매구의 말에 학생은 말이 없었다. 침을 꿀꺽 넘기는 소리가 났다.

"민현이와 은형이는 죽기 전 오답노트를 잃어버렸어. 범인이 훔쳤던 거지. 훔친 오답 노트에는 각각 민현이와 은형이의 자필 글씨들로 가득할 테지. 범인은 오답노트를 복사하던지 하는 방법으로 해서 글자 하나하나를 오린 뒤 이어 붙여서 가짜 유서에 쓸 문장을 완성했어. 그 다음은 종이에 대고 따라 쓴 거지. 그러면 필체는 영락없이 본인이 쓴 것으로 착각할 수밖에 없을 거야. 그리고 용도를 다 사용한 오답 노트는 다시 주인에게 돌려주었는데 그건 누가 오답 노트를 훔쳐간 게 아니라 오답 노트 주인이 관리를 잘못하여 잃어버렸다는 것을 보여 주고 싶었던 거야."

매구는 말했다.

"아무리 그래도… 전문가들의 친필감정인데 결국에는 범인이 쓴 거잖아요? 과연 완벽하게 전문가들을 속일 수 있었을까요?"

학생은 매구에게 말이 안 된다며 말했다.

"그래서 범인은 유서에 눈물자국처럼 보이는 젖은 자국을 남긴 거야. 물을 떨어뜨려 글자를 흐리게 해서 제대로 된 친필 감정이 이뤄질 수 없도록."

매구는 기다렸다는 듯 대답했다. 학생은 흠칫했다. 불편한 표정이 얼굴에서 드러나기 시작했다.

"그… 그래서요? 그런데 그건 선생님 생각일 뿐이잖아요. 더군다나 걔가 옥상에서 떨어져 죽을 때 옥상에 올라가는 CCTV에 찍힌 영상에서 옥상에 올라간 사람은 걔밖에 없었다면서요?"

학생은 조금씩 말이 많아지기 시작했다.

"그것만큼 확실한 자살 증거가 있는 것 아니겠어요? 옥상은 다른 사람은 아무도 드나들지 않은 밀실이었잖아요."

"아니… 옥상이 밀실이었다는 것은 착각이었어. 옥상으로 들어가는 문은 잠겨 있어도 옥상에는 어디로든 훨훨 갈 수 있는 넓은 하늘이 열려 있거든. 이 방법을 사용하면 옥상으로 올라가는 계단을 통하지 않고 옥상에 출입할 수 있지."

매구의 말에 학생은 입이 바싹바싹 말라 오는지 입술에 침을 발랐다.

"그렇지… 않니? 옆 건물 옥상에서 학원 건물 옥상으로 멀리 뛰다가 다리를 다친… 일구야?"

매구는 감정을 어느 정도 추스른 듯 흔들리는 눈동자로 학생을 보았다. 학생의 얼굴이 찬찬히 드러났다. 소심한 덩치, 김일구였다. 매구가 일구를 보는 눈길은 가련하고 동정 어린 눈길이었다.

김일구는 식은땀이 흐르기 시작했다. 자습실 안은 고요했다. 시계 초침 돌아가는 소리만 째깍째깍 들렸다. 김일구는 괜히 곁눈질을 했다. 김일구의 심장소리가 들릴 것처럼 쿵쾅대기 시작했다.

"빽빽한 건물이 밀집한 여기 노량진 동네의 특성상 옆 건물과의 거리가 3~5m 정도야. 특히 우리 노호학원과 옆 피시방이 있는 건물과의 거리는 더 가까운 편이야. 막상 눈으로 보면 옥상이어서 고도가 있고 옆 건물과의 높낮이 차이도 있어서 멀게 느껴져 과연 뛸 수 있을까 생각하겠지만 사람의 보통 도움닫기 멀리뛰기 기록은 적어도 4m는 돼. 옥상에 난간이 있어서 확실한 도움닫기를 할 수 없긴 하지만 옥상에 있는 잡동사니들을 난간과 바닥 사이에 위치시켜서 비스듬한 경사를 만든다면 어느 정도 도움닫기를 할 수 있을 거야."

매구는 김일구의 반응을 살피면서 떨리는 목소리로 말을 이었다.

"그러니깐 내 말은 먼저 옆 건물 옥상으로 가서 여기 옥상으로 뛰어넘은 뒤 항상 그 시간이면 옥상 난간으로 가서 담배를 피러 오는 민현이를 몰래 기다렸다가 밀어 떨어뜨리고 다시 옆 건물 옥상으로 뛰어넘어서 유유히 옥상에서 사라진 거지. 그렇지만 옥상 바닥도 시멘트 바닥이고 옥상 난간도 있고 잡동사니들을 밟아서 도움닫기를 했기 때문에 여러 모로 멀리뛰기하기에 불편한 환경이라 착지할 때 다리를 잘못 디뎌 다치고 만 거야. 오른발잡이면 오른발로 먼저 뛰니까 착지할 때 오른발이 지면에 먼저 닿아 오른발을 다칠 위험이 높아지게 돼. 그래서 일구 넌 민현이 사건 이후로 다리를 다친 모습으로 나타난 거야."

"나 참… 무슨 소리 하시는 거예요? 제가 다리를 다친 건 계단을 헛디뎌서 넘어져서 그런 거라고요."

식은땀이 흐르는 걸 숨기려는 듯 김일구는 최대한 의연한 척 하며 말했다.

"제가 그렇게 했다는 증거가 있나요?"

"…없어… 일주일 전이라면 있었을지도 모를 옥상에서의 네 족적은 바람에 쓸려 사라졌겠지."

매구의 표정에서는 쓸쓸하고 슬픈 기색이 묻어 나왔다. 김일구에게선 다행이라는 안도의 표정이 보였다.

"봐 봐요! 지금 어디서 감히…"

김일구가 목소리를 높여가려고 할 때 매구가 말을 잘랐다.

"아니… 감히는 너한테 해당되는 말이야. 어디서 감히 친구를 죽이니?"

매구는 부르르 떨었다. 그때 자습실 문이 열리는 소리가 나더니 한 사람이 들어왔다. 김일구의 시선이 그쪽으로 갔다. 둔해 보이고 어딘가 불쌍해 보이는 사람이었다. 쉬유였다.

"저… 헥… 헥… 찾았어요… 이 커피 병…"

쉬유는 작업장갑을 낀 손으로 별벌레 커피 병을 들어 보였다. 김일구는 그 커피 병을 보더니 '헥!' 하는 소리와 함께 얼굴은 핏기 없이 창백해졌다.

"때마침 잘 오셨네요."

매구는 쉬유를 보면서 말했다. 그리고는 다시 시선을 김일구에게 주었다.

"왜 그렇게 놀라니, 일구야. 이미 수거해야 할 쓰레기가 나타나서 놀랐니?"

김일구는 이해가 되지 않는다는 눈길로 커피 병을 멍하게 바라보았다.

"이 커피 병은 어제 은형이가 마시던 커피 병이야. 그리고 하루 전 네가 은형이를 죽이고 버린 커피 병이기도 해. CCTV에 적나라하게 네가 버리는 모습이 찍혀 있는…"

매구는 쉬유가 가져온 커피 병을 들어 보이며 말했다.

"사건은 어제 화재경보기가 울렸을 때부터 시작이었어. 너는 살인을 실행에 옮기기 전 며칠 전에 은형이 자습실 쪽 CCTV를 고장 냈어. 자살로 위장하려면 CCTV에 자습실로 들어가는 너의 모습이 나오면 안 됐거든. 다른 CCTV까지 고장 내기엔 위험부담이 커서 가장 결정적인 자습실 복도 쪽 CCTV만 고장 냈지? 그리곤 살인 당일에는 은형이가 자습실에 들어가는 것을 보고 화재경보기를 울려 학생들 모두를 바깥으로 유인한 뒤 비어 있는 은형이 자리로 가서 은형이의 커피 병에 수면제를 과다하게 탔어. 은형이는 평소에 수면제를 복용했기 때문에 만약 부검에서 수면제 성분이 검출된다 할지라도 크게 문제될 게 없었어. 과다 복용한 게 문제가 될 수도 있었겠지만 어느 정도 참작이 됐을 거야. 이후 잘못 울린 화재경보기로 다시 자리로 돌아온 은형이는 커피를 마시고 잠이 들게 되었고, 너는 은형이의 목을 매달아 자살처럼 위장을 했어. 그리곤 수면제 성분이 남아 있고, 증거가 될지도 모르는 커피 병이 불안했던 너는 은형이의 커피 병을 챙기고 나와 쓰레기통에 버렸어. 쓰레기 수거가 새벽쯤에 시작될 것도 이미 너는 계산에 있었겠지? 그렇지만 왜인지 모르게 쓰레기 수거가 되지 않았어. 그 때문에 너는 발목이 잡힌 거야. 은형이의 지문이 잔뜩 묻어 있는 수면제 성분이 검출될 이 커피 병과 CCTV에 찍힌 네가 이 커피 병을 버리는 모습… 어떻겠니?"

매구는 다시금 감정이 북받쳐 올라오는 듯 눈물을 삼켰다. 아마도 이은형의 모습이 머릿속에 아른거렸으리라.

"아니, 이게 도대체 왜…"

김일구는 당황한 기색이 역력했다. 일구는 이해가 되지 않는 표정에서 화가 점점 차올랐다.

"커피 병이 왜 수거가 안 됐는지 모르겠어?"

매구는 말했다.

"바로 네가 은형이를 죽였기 때문이야."

매구의 말에 김일구는 이 사람이 또 무슨 소리를 하는 건가 생각했다. 자신이 이은형을 죽인 뒤 증거를 없애려 커피 병을 버렸는데 그게 증거인멸이 되지 않는 이유가 이은형을 죽였기 때문이라니. 김일구는 점차 드러나고 있는 진상에 끓어오르는 화를 억누르며 잠자코 듣고 있었다.

"은형이의 아버지가 쓰레기 수거 직원이셨어. 딸의 부고를 듣고는 일이고 뭐고 내팽개치시고 곧장 달려오신 거야."

매구의 목소리는 여전히 떨려 왔다. 김일구는 고개를 떨어뜨리고 부들대고 있었다.

"더 이상 어떤 변명도 소용없어. 일구야, 이제 그만…"

그때 갑자기 김일구가 나매구에게 달려들었다.

"웃기는 소리하지 마! 으아아아악! 너도 죽어!"

김일구는 괴성을 지르며 매구의 목을 조르려는 듯 손을 매구에게 뻗었다. 매구의 눈은 놀란 토끼눈처럼 동그래졌다. 하지만 김일구의 손은 더 가지 못하고 매구의 코앞에서 멈췄다. 김일구의 뒤에서 그를 제압한 어두운 그림자가 나타났다. 슈팅이었다.

"흐억… 흐억…"

김일구는 가쁜 숨을 몰아쉬면서 힘을 주며 몸을 비틀었다. 슈팅은 김일구가 그럴수록 더욱 강하게 옥죄었다. 그러기를 잠시, 김일구는 힘이 부친 듯 축 늘어졌다. 슈팅은 김일구의 힘이 빠진 것을 보고 그를 놓아 줬다. 김일구는 풀썩 자리에 주저앉았다.

"일구야… 친구들을 왜 죽인 거니. 공부도 제일 잘하면서…"

매구는 주저앉아 고개를 숙이고 떨고 있는 김일구를 측은하게 바라보았다.

"무서웠어요…"

김일구는 울고 있었다.

"겁이 났어요… 저는 중학교 때는 그렇게 공부를 잘하지 못했었어요. 그저 억지로 따라가기 급급한 고등학교 선행학습을 하던 아이일 뿐이었죠. 그러다가 고등학교 올라와서 그 선행학습이 빛을 발했는지 100점을 맞고 1등을 할 때, 부모님이 얼마나 좋아했는지 몰라요. 그때가 참 좋았었죠."

김일구는 오래 전 일에 대한 회상에 눈물 속에 약간의 미소가 고여 보였다.

"그래서… 부모님이 기뻐하시는 모습이 저도 너무 좋아서 계속 열심히 공부를 해서 계속 1등을 했어요. 그때마다 부모님은 정말 좋아하는 게 눈에 선하게 보였죠. 아마도 그때가 제가 정말로 공부를 즐겼던 시절인 것 같아요. 그러다가… 언젠가 실수로 한 문제를 틀려서 97점을 맞아 1등에서 밀려난 날이 있었어요."

김일구는 침을 꿀꺽 삼켰다. 매구는 그런 일구를 안쓰럽게 바라보았다.

"그때만큼 무서웠던 부모님의 눈초리를 본 적이 없었어요. 부모님은 그때 저를 무슨 벌레 보듯이 대했어요. 처음으로 부모님이 아니라 남처럼 느껴졌어요. 뿐만 아니라 친척도, 학교 선생님도 저를 향한 실망의 눈빛을 보냈어요. 저는 충격을 받았죠. 그래서 결심을 했어요."

김일구는 잠시 숨을 골랐다.

"절대로 1등을 놓치지 않기로. 죽기 살기로 공부만 하겠다고… 하지만… 계속 1등을 할 수가 없었어요. 다른 애들도 죽기 살기로 공부를 했거든요. 아니, 죽기로 공부했거든요. 그래서 저는 종종 1등을 놓쳤고, 그때마다 저에게 비수가 되어 날아오는 부모님의 비난과 힐책이 두렵고 무서웠습니다."

김일구는 벌벌 떨고 있었다. 매구는 생각했다. 평범했던 아이를 이렇게 만든 것은 평범한 어른이라고.

"그렇게 얼마나 고통의 시간을 보냈을까요… 전 더 이상 100점을 계속 맞아서 1등을 계속할 자신이 없어졌어요. 그렇지만 부모님과 어른들로부터 비난을 감당할 자신도 없어졌죠. 이렇게 자포자기하고 자신감을 다 잃었을 때 생각이 들었어요. 1개 틀려도, 97점 받아도 1등을 할 수 있는 방법을 찾자. 얘네들을 다 죽여 버리면 1개 틀려도 1등할 수 있으니까… 이제 97점 맞아도 1등할 수 있으니까…"

김일구는 무언가 동의를 바란다는 얼굴로 고개를 들어 매구를 쳐다보았다. 매구는 그런 김일구를 보고 눈을 감고 고개를 가로저었다.

"아니야… 잘못 생각했어. 일구야, 너는 97점을 맞아도, 100점을 맞아도 이젠 절대 1등을 할 수 없어. 친구를 죽인 너는 인간으로서, 사람으로서 빵점이야, 너는 인간 꼴등이라고…"

매구는 김일구를 안타깝게 바라보았다. 김일구는 그런 매구의 말을 듣고는 흐느끼더니 점점 크게 엉엉 울기 시작했다. 매구는 생각했다. 성적이 전부인 입시 위주의 주입식 교육, 1등 아니면 안 되는 무한경쟁을 강요하는 사회, 김일구는 한편으로는 이 비정한 교육을 지향하는 사회의 피해자였다.

"비록 잠시였지만 선생님으로서 한 번만 부탁할게. 아니, 선생님으로서 숙제를 낼게. 자수하렴… 일구야… 그리고… 네 죗값을 달게 받고 다시 학원에 와서 정말로 참된 공부를 해 보자."

매구는 떨리는 목소리로 말했다. 자습실 안은 김일구의 흐느끼는 소리만 들렸다. 매구는 그를 그저 동정 어린 시선으로 바라보았다.


다음날 아침이었다. 어제보다 몇 대는 더 많이 온 사이렌을 깜빡이는 경찰차들이 학원가를 빽빽이 둘러싸고 있었다. 새벽에 김일구가 자수를 하면서 경찰들이 재조사에 나선 것이었다. 노호학원 원장인 샐리는 심기가 불편한 듯 이리저리 분주하게 왔다 갔다 하는 경찰들의 움직임을 불편한 시선으로 바라보고 있었다. 학원 건물 입구에서는 슈팅과 대화를 하고 있던 쉬더는 매구를 발견하고는 머쓱하게 고개를 숙여 인사를 했다. 슈팅은 쉬더와 할 얘기를 다 마친 듯 이 전체적인 광경을 한 발짝 멀리서 보고 있던 매구에게로 왔다. 매구는 학원 짐을 쌌는지 큰 가방을 메고 있었다.

"그래도 다행이네요. 빨리 검거하지 못했더라면 나머지 학생들이 다 죽었을 수도 있으니까요."

슈팅이 덤덤히 말했다.

"그런… 가요? 그건 잘 모르겠지만 이거 하나는 확실해요. 저도 죽을 뻔했는데 슈팅 오빠가 나타나 주셔서 도와주셨으니까요. 마치 경찰이 범인을 체포하는 것처럼 제압하시던데요?"

매구는 담담하게 말했다. 슈팅은 매구의 오빠라는 소리에 얼굴이 새빨개졌다.

"아… 오빠라고 불러도 되죠? 나이도 열 살 차이밖에 안 나는 것 같고, 이젠 저도 학원 선생님이 아니니…"

매구는 얼굴이 새빨개진 슈팅의 반응에 살짝 당황한 듯 말했다.

"아… 네…"

슈팅의 얼버무림에 매구는 은은한 미소를 지어 보였다. 그때 멀리서 매구 쪽으로 달려오는 사람이 있었다. 희라였다.

"매구 선생님~"

희라는 매구 앞으로 와서 헉헉대면서 숨을 골랐다. 매구는 약간 의외라는 듯한 표정을 지었다.

"아! 희라 교수님! 제가 먼저 인사드리고 떠났어야 했는데, 지금 학원 분위기가 분위기인지라… 그리고 어젠 제가 너무 무례했습니다. 죄송합니다. 교수님."

매구는 희라를 향해 꾸벅 인사했다.

"아네요, 매구 선생님, 제가 너무 야박했었어요. 교육자라는 사람이 학생들이 그렇게 되면 아무런 의미도 없는데도 제 커리어에만 신경 쓰는 주객전도된 모습을 보였네요. 매구 선생님을 보고 어제 느낀 게 많았어요."

숨을 고른 희라는 다시 평소 때의 모습처럼 차분한 목소리로 말했다. 그렇지만 말의 내용은 평소 때와 너무나도 달랐다. 평소의 강한 자존심은 사라지고 이해심이 묻어나왔다. 매구는 그런 희라를 처음 보는 사람처럼 느꼈다.

"…이젠 이 사교육 시장을 떠나려고 합니다."

희라는 말했다.

"네? 갑자기요…?"

매구는 놀랐다.

"음… 그렇게 갑자기는 아니에요. 선생님 봤을 때부터 그러고 싶단 느낌이 들었어요. 제 예전 모습 보는 것 같기도 하고."

희라는 살짝 얼굴을 붉히며 말했다. 매구는 그런 희라를 보고 처음으로 조금 귀엽다고 생각했다.

"나라의 미래인 아이들이 행복할 수 있는 교육을 받을 수 있는 그런 교육자가 되겠습니다."

"네, 교수님. 언제 한번 저희 고아원 놀러 오세요! 아이들이랑 같이 놀아요. 아이들이 좋아할 거예요!"

매구는 희라를 향해 싱긋 웃어 보였다. 희라는 부끄러운 듯 고개를 살짝 숙였다.

"어? 그쪽은…"

희라는 그제야 슈팅이 옆에 있다는 것을 눈치챘다. 슈팅은 담담한 눈빛으로 살짝 고개를 까딱했다.

"경찰 공무원 준비하시는…"

희라는 왜 이 사람이 여기 있냐는 눈길이었다.

"안녕하세요. 선생님, 그때 제가 공부를 계속 할지 말지 생각해 본다고 했잖아요. 생각해 봤는데 경찰공무원이 될 때까지 공부하기로 마음먹었습니다. 이번엔 한번 독학으로 진하게 해 보려고요. 아무래도 빨리 경찰이 돼야겠더라고요."

슈팅은 담담하게 말했지만 그의 눈빛에선 꼭 경찰이 되겠다는 강한 의지가 보였다. 희라는 그런 슈팅의 모습은 지난 수년간 한 번도 본 적이 없는 처음 보는 모습이었다. 그 눈빛이 조금 멋있다고도 생각했다.

"그래요, 꼭 경찰공무원이 되셔서 열심히 범인들을 잡아서 승진하시길 바랄게요. 그러면 언젠가 다시 한번 볼 날이 있겠네요."

희라는 슈팅을 보면서 말했다. 슈팅은 '다시 볼 날'이라니 하면서 의아한 표정을 지었다. 그때 저 멀리서 원장 샐리가 손짓을 하며 희라를 부르는 소리가 났다. 희라는 샐리 쪽을 처다본 뒤 크게 한숨을 쉬었다.

"그럼 전 이만 학원 들어가 볼게요. 아직 조사가 덜 끝났거든요."

희라는 그렇게 말하고 자신감이 느껴지는 발걸음으로 학원을 향해 돌아서서 갔다. 매구와 슈팅은 그런 희라의 뒷모습을 보다가 동시에 말없이 서로를 봤다. 둘은 서로 어색한 미소를 지었다.

쉬유는 즐거운 마음으로 컴퓨터 앞에 섰다. 이제 돈도 모였겠다, 나매구 선생님의 강의를 결제하는 일만 남았다. 쉬유는 노호학원 홈페이지에 접속해서 수강신청 코너에 갔다. 그런데 어찌된 영문인지 나매구 선생님의 강의를 찾을 수 없었다. 쉬유는 수십 분 동안 홈페이지 이곳 저곳을 다 클릭해 보며 매구의 강의를 찾아 헤맸지만 찾을 수가 없었다. 쉬유는 슬슬 열이 오르기 시작했다. 그러다 노호학원 홈페이지도 아닌 공시생 홈페이지에서 어떤 글을 발견했다. 나매구 선생님 강의가 폐강되었다는 글이었다. 그 글에도 매구의 강의가 폐강되어 아쉽다는 내용의 공시생이 쓴 글이었다.

쉬유는 울화통이 치밀어 오르며 엉엉 울며 대성통곡을 했다. 자신이 왜 새벽까지 일하면서 모은 돈인데 돈을 번 이유가 사라져 버린 것이었다. 공무원 공부고 뭐고 다 때려치워야겠다고 생각했다. 그때 핸드폰에 문자 메시지가 오는 소리가 들렸다. 쉬유는 짜증이 났다. 분명 라이트 그 녀석이 스타크래프트 하자고 보낸 문자일 것이었다. 쉬유는 핸드폰 문자 내용을 확인하지도 않고 고시원 문을 향해 던졌다. 핸드폰이 박살나는 소리가 들렸다. 그 소리와 함께 고시원 원장이 문에 노크를 했다. 쉬유는 대충 눈물을 훔치고 문을 열었다. 삼십 대 중후반이었지만 나름 동안인 여자 원장이 문밖에 있었다.

"무슨 소리가 이렇게 커? 쉬유 학생~"

원장이 이상하게 쉬유를 보면서 말했다.

"아… 저 그게…"

쉬유는 뜸을 들였다.

"그건 그렇고, 고시텔비 납부해야지~ 날짜가 지났어~"

원장은 말했다.

쉬유는 날짜가 벌써 그렇게 됐나 하고 핸드폰을 봤다. 하지만 핸드폰은 이미 전원이 들어오지 않는 상태였다. 그러다 쉬유는 번뜩 생각이 났다. 나매구 선생님의 강의를 수강 신청 못 해서 남아 있는 돈으로내면 되겠다고 생각을 했다. 그러고는 눈물을 완전히 훔쳤다. 고시텔비를 내고도 무려 오만 원이라는 돈이 남을 것이었다. 쉬유는 기분이좋았다.

매구는 라이트와 함께 있었다. 노량진에 있는 별벌레 커피숍이었다.

"어… 쉬유 오빠 연락을 안 받네…"

매구는 핸드폰을 보면서 아쉽다는 표정을 지었다.

"냅둬~ 아마 또 돼지같이 자고 있을 거야."

라이트가 신경 쓰고 싶지 않다는 듯 말했다.

"그나저나 그 통통한 오빠가 라이트 형이라니~ 어쩐지 처음 봤을 때부터 듬직하니 느낌이 좋더라니깐."

매구는 라이트를 꿀이 떨어지는 눈길로 보았다. 라이트는 얼굴이 붉어졌다.

"드… 듬직하기는… 먹어서 살찐 거지. 그리고 친형 아니야."

라이트는 매구의 시선을 피해 다른 곳을 보면서 툴툴거렸다.

* * *

희라는 광주에 내려왔다. 그리곤 어느 작고 허름해 보이는 가게 앞에 서 있었다. 도심 속의 아늑함이 느껴지는 한적한 곳이었다. 주변 나무에서는 매미 소리가 도심 속의 자연과 어우러져 기분 좋게 들려왔다. 가게 앞마당에는 곧 쓰러질 것만 같은 빨간 우체통이 이 가게만의 마스코트처럼 눈에 유독 띄었다. 희라는 추억을 회상하는 듯한 표정을 지으며 천천히 이 가게 주위를 걸었다.

그러던 중 가게에서 한 남자가 어슬렁어슬렁 나오는 게 보였다. 아마도 이 가게의 주인인 듯했다. 아저씨로 보이는 주인은 벙거지 모자에 멜빵바지를 입고 수염 정리를 제대로 하지 않은 남루해 보였다. 분위기에서는 아저씨 기운이 팍팍 났지만 막상 얼굴은 상당히 동안으로 보였다. 아저씨는 큰 기지개를 켜더니 작은 나일론 빗자루를 들고는 허리 숙여 마당을 쓸기 시작했다. 나름 큰 마당을 저 작은 빗자루로 쓸고 있는 어색한 모습에 희라는 피식 웃었다. 큰 빗자루라도 선물해 주고 싶은 심정이었다. 그런데 희라가 피식 하는 소리를 들었는지 아저씨가 희라 쪽으로 시선을 돌렸다. 희라는 살짝 당황했다. 아저씨는 마당을 쓸다 말고 빗자루를 들고는 천천히 희라에게 다가왔다. 희라는 마치 한 마리의 늑대처럼 빗자루라는 무기를 들고 슬금슬금 다가오는 아저씨에게 살짝 겁을 먹고 뒷걸음질을 쳤다.

"어떻게 오셨나요?"

아저씨가 희라의 앞까지 왔다. 용민이었다.

"찾으시는 물건 있어요?"

용민은 무표정하게 말했다. 전혀 위압감이 느껴지지 않는, 허술하고도 어벙한 표정이었다. 희라는 괜히 긴장했다고 생각하고 가슴을 쓸어내렸다.

"아… 멀리 떠나기 전에 예전에 제가 살던 곳에 한번 와 봤어요."

희라는 추억을 회상하듯 말했다.

"예전에 여기에 제가 지냈던 금남로 성당이 있었거든요."

"아, 그래요?"

용민은 빙긋 웃었다.

"추억이 가득한 곳이겠네요."

"네, 맞아요. 수녀님이랑 고아원 애들이랑 추억이 가득한 곳이에요. 그리고 잘 안 되는 일들이 있었던 사람들이 기도하려고 자주 왔었죠. 수녀님은 그 사람들을 위로해 주셨고…"

희라는 옛날 생각에 뭉클한 듯 눈동자가 떨려 왔다.

"참 좋은 일을 많이 한 성당이었네요."

용민은 인자한 미소를 보였다.

"네. 맞아요. 그땐 참 철이 없어서 몰랐었는데 지금 생각하니 수녀님만큼 멋진 선생님이 없었던 것 같네요."

희라는 수녀님에 대한 생각에 은은한 미소를 지었다.

"그렇군요… 저도 수녀님 하면 생각나는 분이 한 분 계시긴 하죠. 저도 그맘때, 이 근방 성당이었던 것 같은데… 확실히 기억은 잘 안 나네요."

용민은 약간 무안한 표정을 지었다.

"그런데 그 수녀님은 그럼 지금은…"

용민은 희라에게 궁금한 표정으로 말했다.

"헤어졌어요. 왜냐하면 삼십여 년 전 5·18 광주 민주화 운동 때 성당이 군인들의 폭격으로 불타 사라졌거든요. 그때 수녀님이랑 고아원 애들이랑 뿔뿔이 흩어졌어요."

희라는 당시 아팠던 추억에 살짝 고개를 숙이고 차분하게 말했다. 용민은 그런 희라를 의미심장한 표정으로 보았다. 하지만 희라는 고개를 숙이는 바람이 용민의 표정을 보지 못했다.

"그나저나 좋은 가게를 하고 계시네요. 옛 성당 터에서."

희라가 고개를 들어 용민을 보았다. 희라의 말에 용민은 빙긋이 웃어 보였다.

"네, 삼 년 전쯤부터 가게를 차렸는데 재밌게 하고 있어요."

용민은 그렇게 말하더니 마당 한구석에 위치한 쓰러질 것만 같은 허름한 빨간 우체통을 가리켰다.

"저기 저 보이시죠? 저 빨간 우체통. 저기로 신기한 편지가 종종 오거든요."

　용민의 표정이 즐거워 보였다.

# 끝마치면서

단편 소설 5개를 마치면서 작가 본인이 의식한 마치 국어 시험의 답안지와도 같은 주제문에 대해서 말하고 싶다. 물론 이것을 느껴야만 올바른 소설 읽기가 된 것은 아니다. 글을 읽는 것에 대한 정답은 없으니까. 다만 작가의 생각일 뿐이다.

첫 번째 「크리스마스 선물」에서는 이 세상 어떤 누구든지, 잘살건, 못살건 상관없이 인간이라면 누구나 행복한 크리스마스에 선물을 받을 자격이 있다는 것을 말하고 싶었다. 인본주의와 휴머니즘에서 나온 소설이다.

두 번째 「인천항 살인사건」은 어쩌면 「크리스마스 선물」과 정반대되는 주제의식을 갖고 있다고 볼 수 있다. 사회에서 인정하는 높은 위치건 낮은 위치건 신분 고하를 막론하고 인간은 이기심과 욕심으로 뭉친 한낱 비루한 존재에 지나지 않는다는 것을 말하고 싶었다. 결국 인간의 역사에서 변화의 바람이 불더라도 그것은 나아지는 것이 아니라 결국 쳇바퀴를 돌리는 반복적인 일일 뿐이라는, 인간의 한계에 대해서 말하고 싶었다. 내용 분량에 비해서 너무 많은 것을 얘기하려고 한 느낌이 있어 조금은 아쉬운 소설이었다.

세 번째 「문방구의 천사 - 반지의 비밀」에서는 사랑에 대해서 말하고 싶었다. 인간이 인간답게 살아가는 데 있어서 가장 소중한 가치는 사랑이라는 것이다.

네 번째 「테이블 데스」에서는 여전히 해결되지도 못하고 해결하지도 못하는 사회문제인 성폭행의 참상을 말하고 싶었다. 법으로 해결하지 못하는 비극적인 현실을 말하고 싶었다. 그리고 의료인 면허에 대한 진정성에 대해서 함께 말하고 싶었다.

다섯 번째 「노량진 학원 살인사건」에서는 교육이란 무엇인가를 말하고 싶었다. 우리나라의 미래를 이끌어갈 친구들이 지금 받고 있는 교육은 대체 무엇을, 그리고 누구를 위한 것인가라는 데서 물음표를 가지고 쓰게 된 소설이다.

# 노량진 학원 살인사건

ⓒ 주요한, 2022

초판 1쇄 발행 2022년 6월 24일

지은이    주요한
펴낸이    이기봉
편집      좋은땅 편집팀
펴낸곳    도서출판 좋은땅
주소      서울특별시 마포구 양화로12길 26 지월드빌딩 (서교동 395-7)
전화      02)374-8616~7
팩스      02)374-8614
이메일    gworldbook@naver.com
홈페이지   www.g-world.co.kr

ISBN   979-11-388-1054-8 (03810)